人生路遥

The stories of
Luyao

海波 / 著

SPM
南方出版传媒
广东人民出版社
·广州·

图书在版编目（CIP）数据

人生路遥 / 海波著． — 广州：广东人民出版社，2019.7
ISBN 978-7-218-13508-3

Ⅰ．①人… Ⅱ．①海… Ⅲ．①回忆录—中国—当代
Ⅳ．①I251

中国版本图书馆 CIP 数据核字（2019）第 066601 号

RENSHENG LUYAO
人生路遥
海波 著

出 版 人：肖风华

项目策划：向继东
责任编辑：古海阳
责任技编：周 杰 易志华
装帧设计：木犀 STUDIO 231742409@qq.com

出版发行：广东人民出版社
地　　址：广东省广州市海珠区新港西路 204 号 2 号楼（邮政编码：510300）
电　　话：（020）85716809（总编室）
传　　真：（020）85716872
网　　址：http://www.gdpph.com
印　　刷：山东临沂新华印刷物流集团有限责任公司
开　　本：880mm×1230mm 1/32
印　　张：8　　**字　　数**：230 千
版　　次：2019 年 7 月第 1 版　2019 年 7 月第 1 次印刷
定　　价：58.00 元

如发现印装质量问题，影响阅读，请与出版社（020 - 85716808）联系调换。
售书热线：（020）85716826

绝假纯真说路遥

——海波《人生路遥》序

赵　勇

海波先生嘱我为这本书写几句话，我二话不说就答应下了，甚至忘了客气一下，谦虚一番。书是我推荐给向继东先生的，向先生又慧眼识珠，决定出版，我不写谁写？

为什么我会推荐？小孩没娘，说来话长。

大约十年前，我就知道有海波这么个人了，因为网上有张他与路遥勾肩搭背的照片，广为流传。照片中，路遥胖，挺胸凸肚，踌躇满志，像个政治家；海波瘦，抿嘴收腹，目光下垂，像是乡镇干部。我就想，这个海波是谁呀？

2010年，北京十月文艺出版社推出《路遥全集》，邀我参加出版座谈会。回来翻阅路遥通信，发现他写给海波的信收录得最多，一下子恍然大悟：他们关系不浅呢，肯定是陕北“好基友”。脑子里就开始蹦诗：几回回梦里回延安，路遥我搂定宝塔山。白羊肚手巾红腰带，海波俺迎过延河来。

但我真正“认识”海波，是在2015年。那一年，厚夫的《路遥传》出版，他托一位朋友赠我大作，读后感慨颇多。又见他频繁引用海波《我所认识的路遥》（编者注：本书为《我所认识的路遥》的增订版）一书，立刻让我意识到此书价值，于是就想请回一本。上网查，发现各个书店均已无货，又见这本书出自长江文艺出版社之手，便向在该社北京分社供职的一位学生求助："能不能给我弄本?"她侦察之后回复我："那本书是总社出的，但断货已久，总社的库房都没有。我已让同事问责编，看能否从责编手里搞到本样书哈。可能时间会长一点。"我鼓励她："钻头觅缝！就佩服你这种上天入地求之遍的革命精神。"

我等不及这本书，就在海波博客里读起了网络版。待连载读完，我这位学生也在微信中大呼小叫："书到啦！"我喜出望外，说："伟大啊。"发过一连串的表情包。她说："哈哈，啥伟大啊，悲哀啊。断货了都没有信心加印，还得从责编手里淘样书。"我说："那就比较伟大吧。"当年祝福周副主席，不是叫"比较健康"吗?

我把找书的过程交代如上，一是要说明我想读此书的急迫之心，二是觉得这样的好书断货既久，只有赶快让它再度出山，才对得起读者。这是我推荐此书的理由之一。

理由之二当然是它的价值。海波与路遥是"从小一块耍大"的好朋友，两人的交情达三十年之久。路遥当年英年早逝，别人的怀念文章满天飞，但他却写不出，结果被曹谷溪"痛骂"一顿。以我之见，海波当时不是不想写，而是不知如何写，因为他对路遥知根知底，熟悉得不能再熟悉。海波说："提灯的人是瞎子。"我则想起鲁迅先生名言："长歌当哭，是必须在痛定之后的。"为什么"必须在痛定之后"? 实际上鲁迅也早有解释："我以为感情正烈的时候，不宜作诗，否则锋芒太露，能将'诗美'杀掉。"除此之外，其中或许还涉及距离与真实的关系。距离太近，真实自然还是真实，但这真实又被浓情浸泡，便不免会肿着胀着扎煞着，以致马瘦毛长，华而不实；拉开距离，真实才能冗繁削尽留清瘦，山高月小，水落石出。我在怀念童庆炳先生的文章中写过："我需要距离，因为距离不仅产生美，而且还能沉淀出真。”说的就是这个意思。我接着写道：“我也需要寻找写作的契机，因为，重要的不是故事讲述的年代，而是讲述故事的年代。也许，只有在讲述故事的年代里，那些故事才能被我从容讲述。而现在，我还没有找到心情和笔法。我只能写出局部的真实，其实那只是冰山一角。”将心比心，海波写路遥，是不是也在寻找着“讲述故事的年代”？

路遥去世十八年之后，海波终于写出这篇大文章，我们也就顺着他的私人化视角，看到了一个不一样的路遥。例如，路遥过继给他大伯当儿子，世人皆以为是被动为之，海波却觉得这是路遥的主动选择，唯其如此，他才能圆自己的上学梦。再比如，关于路遥与林达的婚姻，议论者不少，但在海波这里，我们却看到了更为丰富的细节。路遥被初恋女友（北京知青）抛弃，海波劝他找本地女子，踏踏实实过日子，不料路遥生气了，说：“哪一个本地女子有能力供我上大学？不上大学怎么出去？就这样一辈子在农村沤着吗？”哪里跌倒哪里爬起，于是路遥痛下决心，以后还找北京知青。路遥与林达结婚，后来琴瑟不调，海波既分析谁对谁错，也告诉我们一个细节。有次路遥对他说：“我和林达即使有点小分歧，也很少争论。为什么呢？因为她说的是普通话，我说的是陕北话。争不过两句，我就会产生一种错觉，觉得自己不是和爱人说话，而是和一位播音员或者讲解员说话，说着说着就糊涂了，忘记自己为什么争论了。”这个段子很能让人浮想联翩，甚至让我跑到了苏联电影《两个人的车站》那里。与此同时，海波又爆料道，1987年他在鲁迅文学院学习，路遥来京办事。有次路遥上街回来，狼吞虎咽，一口气吃下六个馒头、三份素菜后，拉着海波打车直奔王府井。那天路遥见物触物，见人撞人，情绪激动，几近失态。折腾完之后回来，路遥才告诉海波，他见到初恋女友了，与她平静地说话，感觉就像遇到一块儿当过民工的熟人。海波道："既如此，何不请人家吃饭，多聊一会儿？"路遥说："没这个必要。"海波反问："那干吗情绪激动？"路遥一下子爆发了："难道不应该激动吗？你知道她是在什么情况下抛弃我的吗？你知道这种抛弃意味着什么吗？你知道雪上加霜吗？你知道一个人在最困难的时候身边的'反手一刀'吗？你知道我为了证明自己，吃了多少苦、受了多少罪、咬了多少回牙吗？"这个细节让我明白了路遥的"创伤性内核"在哪里，也让我加深了"作家与白日梦"的理解。由此再来琢磨《人生》中高加林与刘巧珍、黄亚萍的爱情故事，那种刻骨铭心的体验是不是其来有自？

路遥的写作观也让我深思。海波从路遥为什么会写《惊心动魄的一幕》这个故事讲起，随后总结道，该作发表虽历尽磨难，但最终获奖却修成正果，这样一来，也规定了路遥的总体创作取向："站在政治家的高度选择主题，首先取得高层认可，然后向民间'倒灌'。"如此做法，也就带来了两个后果：一是站得高，看得远，题材选择精准，能连连获奖，扬名天下；二是因为主题先行，写作就并非水到渠成，而是先建红旗渠，再引漳河水。半山腰上修建"人工天河"难不难？难！难于上青天。所以路遥写作很吃力，挺费劲，"写一个东西脱一层皮"。当海波如此反思路遥的写作观时，他就给我们提供了理解路遥的另一个维度。在我的心目中，《平凡的世界》已是"民选经典"，但它显然也存在着一些缺陷。这种缺陷是不是与路遥的主题先行、用力过猛有关？

还有路遥的抽烟观。据海波言，路遥抽烟档次很高，甚至高到了与其收入不相称的地步。为什么要抽好烟呢？路遥有一番"歪理邪说"：只有抽着高档烟，才能营造一种庄严的心情；只有保持庄严的心情，才能进行庄严的工作。而更隐秘的原因在于，如此操作还能先声夺人，压人一头：“我抽的烟五块钱一包，你抽的烟六毛钱一包；我敬你的烟，你抽着舒服，你递给我的烟，我纯粹就不接，在这种情况下，你的自卑和我的自信哪一种是可以避免的呢？不论你此时的心情是惭愧也好，无奈也好，不平也好，甚至眼红也好，但在总体上，你已经被这件‘烟事’给压住了，已经没有观察我们交谈的兴趣了，更谈不上评判。而我却不一样，我会有滋有味地边抽烟边看你的表情，揣摩你的心情。”这种抽烟观，往小处说是生活小窍门；从大处讲，说不定就关联着波德里亚的“符号价值”。“周围的邻居不是开宝马就是开奔驰，你要是开一日本车，你都不好意思跟人家打招呼！”这是冯小刚贺岁片《大腕》中的经典台词，也是“符号价值”的中式表达。路遥聪颖过人，他是不是凭借其“抽烟哲学”，早已参透了波德里亚所说的高级机密？

还有路遥的报恩观：把所有的恩情“扎成捆”，“打成包”，集中起来一起报。这种观念不寻常，其中隐藏着大智慧。

婚恋观、写作观、抽烟观、报恩观、交友观、人生观……就这样，海波历数他与路遥的交往史，侧面讲述路遥的成长史，重点打捞路遥人格结构中的复杂元素，如数家珍，倾其所有，令人遐想，启人深思。所有这些，我在这里是无法一一列出的。故以上所言，只是择其要者，蜻蜓点水。但我必须承认，这本书是吸引着我一口气读完的。为什么它如此诱人？我觉得还是因为真实。仔细想想，我们虽然总在呼唤真实，但一方面，真实不易；另一方面，即便都是真实，其实也分三六九等。从写人记事做传记的角度看，借用弗洛伊德的说法，真实或许可以一分为三：“本我”之真、“自我”之真和“超我”之真。“超我”是道德之我，理想之我。许多人写人写己，往往在“超我”上下功夫，于是自己被擦得锃光瓦亮，他人被打扮得花枝招展，仿佛圣人降世，仙女下凡。你不能说这种真实不真实，但你又很难说这种真实很真实，这样就有了“自我”之真与“本我”之真。“自我”遵循“现实原则”，很功利；“本我”追求“快乐原则”，太任性。这两种“我”自然更本真，但又很不好写。把它们写出彩来既需要勇气，更需要诚实。假如能在这两个层面进入他人世界、深入自己心中，才算达到了真实的另一种境界。

我以为，海波是在“自我”之真和“本我”之真上琢磨过一番的。于是面对路遥，他不但呈现其“高大上”，更要描摹其“矮矬穷”；不但写他走阳关道，更画他过独木桥。而路遥的矛盾、苦恼、影响的焦虑、自我中的本我、小我中的大我、凌云壮志中的私心杂念、比学赶帮超中的个人英雄主义等等，都被他回溯、捕捉、记录、咀嚼。这样一来，海波笔下的路遥不是完人，也不是美人，而是真人——绝假纯真，真实得一塌糊涂。最近我刚好读到一本北师大老校长王梓坤的传记作品，刘培杰先生在书后的“编辑手记”中说：“此书写传主‘神性’多写‘人性’少，是其美中不足之处。”休谟说过：“只有写了自己丢脸之处的自传，才可能是真实的自传。”海波没怎么写路遥的“神性”，而是把他充分“人性”化了。画神容易画人难，人性写好不简单。海波这么写路遥，或许会让路遥的“粉丝”失望，但我觉得只有这么写才自然天成，才真实可信。

或许因为写的是路遥，我感觉海波下笔比较谨慎，路遥的“丢脸”处他还适当搂着。而在海波的自传作品《回望来路笑成痴》中，他似乎已把自己这张老脸豁出去了，于是“丢脸”处俯拾皆是，“打脸”处排山倒海。那里面也有路遥，只是路遥已成配角。

像路遥一样，海波也是作家。作家写作家，思想性可能不足，但文学性往往爆棚，这是其好看的一个方面。海波这本书虽未汪洋恣肆，但我已看到其中的气象了。比如，他说他领教过路遥的呼噜，地动山摇，让他夜不能寐，叹为观止。不仅此也，他还把路遥的呼噜主客二分。您瞧这客观呼噜：

> “客观呼噜”的动力来自身体：气出丹田，声出咽喉；长如山叹息，短如水呜咽；呼气时能牵引身体上飘，吸气时能压得床垫下陷；舒展时八小节一拍，急促时一小节八拍。最令人惊讶的是，他躺着打、仰着打，且各有各的“打法”。躺着打时，声长和体长同进退，音高和胸高共起伏，打得理直气壮、天高地远、气吞山河；仰着打时，颈提脊、脊提臀、臀提全身，一动俱动，一静俱静，此起彼伏，首尾相接打得声情并茂、张弛合拍、高低入律。

此谓标准的海波笔法，四六句中音调铿锵，又风趣幽默。本来这是闲笔，是他所谓的“花絮”，但从这呼噜声中，我怎么也读出了路遥的气势，读出了气吞万里如虎呢？

在“路遥逝世二十五周年纪念暨全国路遥学术研讨会”上，我见到了海波先生。我从《我所认识的路遥》一书中认识了他，他从《路遥的人格魅力与缺陷——读〈路遥传〉致作者》一文中知道了我。因为路遥，我们相见恨晚，我们一见如故。那天参观路遥故居归来，海波又找到我房间，挑灯夜谈王卫国（路遥的原名），说长道短正视听，讲的全是掏心窝子的话。这位路遥当年的小兄弟，如今已是眼神不济头飞雪了，但说起路遥，他依然激动，依然长吁短叹。

在感叹中，我们也以特殊的方式，完成了对路遥的一次小小缅怀。

望着海波，我在想，当山一般的路遥矗立在海波面前时，他给海波带来了什么？当这座山轰然倒塌时，他又给海波带去了什么？但时至今日，这个问题我还没想明白。

我想明白的是，路遥之于海波，前者可能已成为后者人生中永远的坐标，也是后者写作中永久的参照系了。我不由得感慨：因为路遥，海波何其幸运！也是因为路遥，海波又何其不幸！

幸自何处？悲从何来？不能细说了，你懂的。万一不懂，您就使劲猜。

2018 年 1 月 28—29 日写于西安、北京

自　序

海　波

我和路遥是好朋友，有长达三十年的交情。我们相识于1963年，那年他十四岁，我十一岁，可以说是从小一块耍大的。那时我们都在延川县城关小学读书，他是六年级，我是五年级，后来又先后考入延川中学，他是初中六六届，我是六七届，两度同校同学。由于我们都喜欢文学，因此交往比一般同学和儿时的伙伴更多，从认识那天起，交往从来没有中断过，一直到他不幸早逝。我视路遥为一生中最重要的朋友，他怎么看，我不知道，但《路遥全集》收录的书信中，写给我的最多，差不多占了三分之一。由此可见，我起码也算得上他的一个重要朋友吧。

在我坎坷的人生中，路遥给过我特别重要的帮助：1976年，帮助我当上了公社中学的民办教师，使我结束了在土地里刨吃喝的艰难岁月，事实上等于离开了农村；1984年，他介绍我到青海省文化厅《现代人》编辑部工作，使我开始了大都市生活。柳青说过，人的一生虽然漫长，但关键的时候只有几步。路遥在关键的时候帮助过我，这些不但永远记在我的心中，也记在我的履历中，与我的生命共在，与我在社会上的影响共存。

但是，这些还不是我写此书的主要原因，主要原因还在别处。

路遥成名后，尤其在他去世后，介绍、研究、评论和回忆他的文字很多，几近“汗牛充栋”，但由于作者出发点不同、站的角度不同、对路遥的了解程度不同，难免有些缺漏甚至错讹，有的错讹甚至得到了普遍认同，进而成为“定论”。据此，我觉得自己有责任、有必要就自己的了解和认识，作一些补充和说明，以期给历史留一个更加完整的路遥。

本书分上、中、下三部分。上部名为“激流中的水手”，主要写路遥的成长轨迹。他从小就把握着自己的命运走向，总体上看是顺大势而逆时流，虽然波澜时起，挫折连连，但波波立潮头，挫挫上台阶，从一个农家穷孩子一步步走进国人的视野，走进英雄云集的史册。中部名为“兄弟情深”，写我和路遥长达三十年的交往和友谊，意在把这个“传奇英雄”具象化、生活化、人情化，尽可能地写出一个真实的路遥。下部名为“说说也无妨”，主要写一些有关他的“花絮”和难以归类的故事，既作为前面两部分的拾遗，也作为他在性格和为人处世方面的补充，意在尽可能地完整表现他这个既丰富又复杂的人。

需要特别说明的是，我的说法也只是“一家之言”。我把书名定为“人生路遥”，书中既包括我对他通过实际交往的认识，也包括对他的看法。前者基于事实，我得向其真实性负责；后者只是看法，我只能为自己的认识水平惋惜。

路遥小名叫卫儿，原名王卫国，曾用名王路遥，路遥开先是他的笔名，最后才成了他具有法律意义的真名。这些名字对应着他一生的几个时期，时期不同，用的名字不同，其演变过程还比较复杂，这个我将在书中专门细说，这里就不多说了。为了叙述方便，书中统一用“路遥”这个名字。

是为小序，再不多言。

目　录

上部　激流中的水手：路遥的成长轨迹

2　穷人的孩子早当家
6　过继后边有“文章”
10　快乐总比苦难多
14　好马并非只吃草
18　自产萝卜赛蜜糖
21　有风送他上半空
24　初恋失败成转机
27　挫折恰似炉中火
29　说破“英雄”不惊人
31　不能不说曹谷溪
35　难得《山花》培育情
37　贵人总扶有为者
41　又上角逐新擂台
45　一跃“龙门”天地宽
48　标准之下说高低

中部　兄弟情深：我和路遥三十年

52　戏剧性初识

54　“争夺”中深交
57　亲密之后疏远
60　危难时重托
62　帮助和促进
66　路遥帮我找工作
71　我和路遥的书信联系
74　一次争吵两方冤
78　路遥帮我去青海
83　“不要离开青海”
86　路遥的“穷”和“大方”
91　路遥的家庭
94　路遥和老家里的人
97　路遥有病人未识
101　病危中的路遥
105　难描难画的怀念（一）
109　难描难画的怀念（二）

下部　说说也无妨：令人扼腕的“花絮”

114　令人难堪的传言
118　关于《一生中最高兴的一天》的素材
131　关于《平凡的世界》的标题
133　路遥给我推荐过的书
137　我被路遥“小看”了半辈子
141　我跟路遥受过“大罪”
145　“练子嘴”说出“是非”来
149　路遥崇拜“受苦人”
152　生生死死陕北情
156　朋友如鸟贵同飞

160　恩多只能“打包”报
166　“只有保持庄严的心情，才能进行庄严的工作”
170　路遥对自己“残酷”的程度
174　我和路遥的区别和分歧

177　附录：路遥致海波的信
236　后记

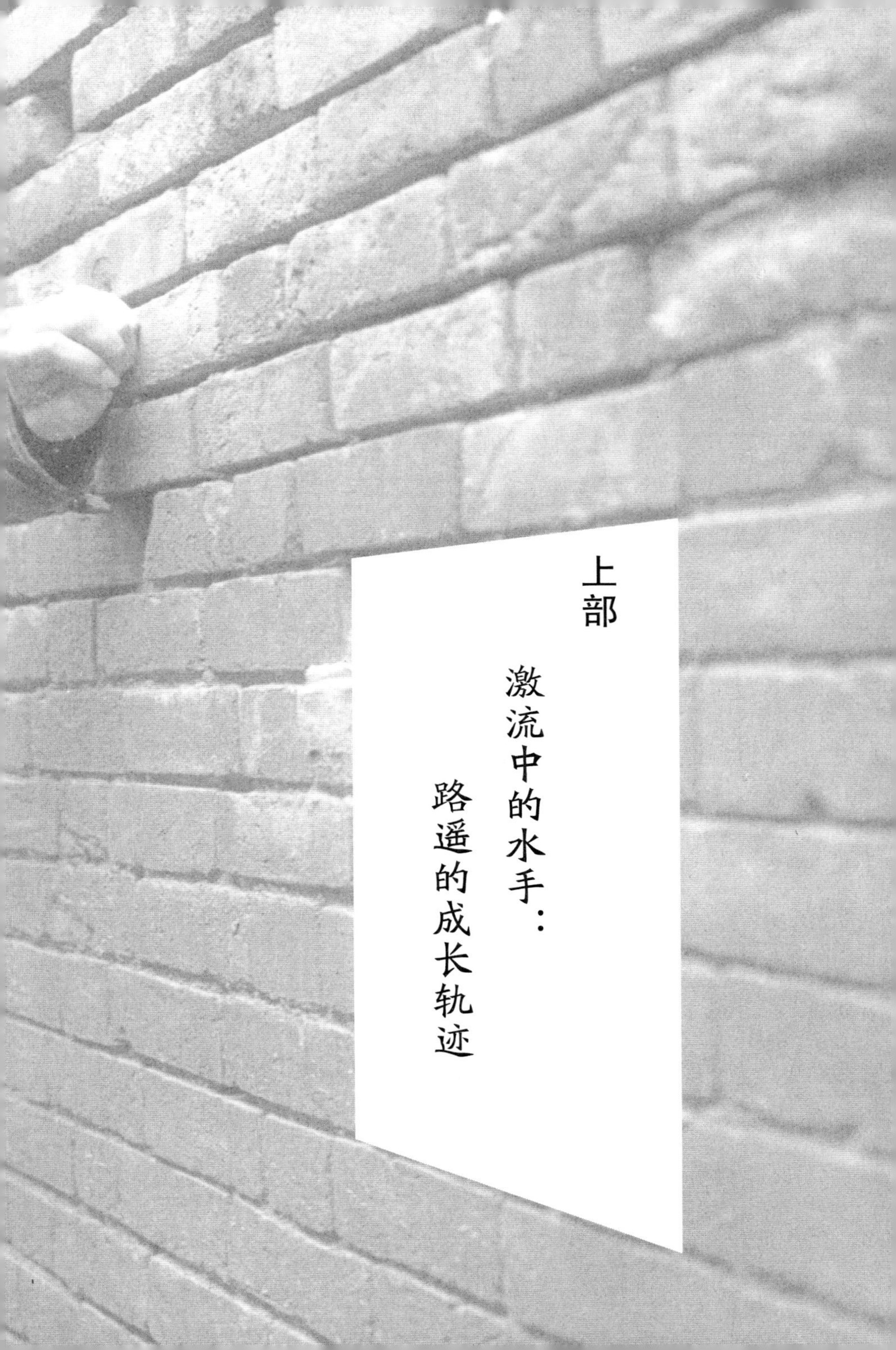

上部

激流中的水手：路遥的成长轨迹

穷人的孩子早当家

1949 年 12 月 2 日，农历十月十三日，路遥出生在陕西省清涧县石嘴驿乡王家堡村。父亲叫王玉宽，母亲姓马，路遥是家里第一个孩子。按常理，他应该是个最受宠的孩子，可他打小起就没享过几天福，因为这是个多子女家庭，他之后，弟弟妹妹一个接着一个：1951 年大妹妹出生，1952 年二弟出生，1954 年三弟出生，1956 年四弟出生。除了三岁时便夭折的大妹妹，截至 1957 年，他家共六口人，却只有他父亲一个男劳力，家里紧巴的程度不难想象。打二弟出生，三岁的路遥就告别一般意义上的童年，被当作个小大人来使唤。当时大妹一岁多，二弟刚出生，他母亲又要做饭，又要喂牲口，还要趁时间帮助地里干活的父亲。她除了招呼二弟外，哪还有时间？这时，路遥就成了照看大妹的主要人手，天气好时领到外边玩，天气不好时一起坐在炕上玩，偶有空闲，还得帮助母亲喂猪、喂鸡、搂柴、烧火。不是母亲不心疼他，是心疼不过来。这么多孩子，那么多营生，她顾了门里顾不了门外，顾了做饭顾不了烧火，“一手难遮两耳风”啊。随着大妹逐渐长大，路遥的处境有了改变，不是更轻了，而是更苦了，由干家里活变成了干地里活，由母亲的帮手手变成了父亲的助手。

那时还没有集体化，是一家一户耕作，许多农活一个人根本无法完成，耕地时要有一个跟在后边打土圪垯的，下种时要有一个点种的，铡草时得一个递草的，远处干活时得有个送饭

路遥生父王玉宽（资料图片）*

的，这些活路看起来不起眼，但没人做却是断然不行的。从四五岁开始，路遥就干开了这些营生，天一亮就跟着父亲下地，天黑了才能回来，成了一个“半劳力”。

随着年龄的增长，他肩上的担子越来越重，要做的农活越来越多，开春给山里送粪，父亲担着粪，他赶着驮粪的毛驴；夏天收麦子，父亲担两大捆，他背一小捆；秋天收庄稼时更忙，初秋收糜谷，中秋掰玉米，晚秋拔黑豆，不管做多做少，必须天天出山。冬天稍好点，地里的活做完了，庄稼只有一样营生：砍柴。对当时的他而言，砍柴有两个好处，一是因为离开了大人的管束有了相对的自由，二是和同龄人在一起相当热闹。他们可以抽出一些时间在河壕里溜冰鱼，在场院上的麦秸堆丛中躲猫猫，在河滩里“打瓦”和“扇宝”。由于路遥脑瓜子聪明，想出的点子新颖，他很快就在小伙伴中树立了威信，不但同龄人听他的，大一点的孩子们也服他；由于能吃苦、敢下茬，砍的柴比别的孩子多，供住灶火仍有富余，不多时便在硷畔积了一大垛，引得村人称赞、父母自豪。尽管有一次他不小心从山崖上跌下去，昏迷了好长时间，但总体上讲，这是路遥童年最开心的一段日子，紧随其后的就是无法忍受的失落。

---

* 书中插图除特别注明者外，均由作者提供。

失落来自何处？来自不能上学。

1956 年秋天，路遥将满七岁，正是上学的年龄。村里同龄孩子都上了学，他却不能去。不是没有钱，那时上学除了课本费交不了多少钱，关键是家里走不开，他一走，家里的许多农活就拉不开了。这对路遥是个非常大的打击，他虽然人在山头，心却在学校，每到休息，就望着村里的学校院子发呆，一有机会就请求父亲让他去上学，并承诺，一放学便会帮家里干活。父亲心疼不过，只好让他去了。尽管他一放学就往地里赶，一到地里就拼命地干活，竭尽全力帮助父亲，可还是不行。因为许多农活必须有人配合，无法突击完成，例如种麦子，必须一人耕地，一人点种，一人纳粪，一动俱动，一停俱停，他父亲总不能耕一遍地过去，再回头点一回种、纳一回粪。一茬庄稼事关一家老小的吃饭问题，父亲为了保全家人的生计，断然让路遥退学，继续跟他上山干活。这让路遥特别失落，特别难过，特别难以接受。这段时间是他一生中最绝望、最无助的日子。好在时间不长，转机从远处伸了过来。

1957 年深秋的一天，路遥家里来了一位不是客人的客人——他的大伯父王玉德。王玉德和路遥的父亲王玉宽是一母同胞，也是个农民，但没有住在王家堡，住在距这里一百八十里的延川县城关乡郭家沟村。要说清这一点，须从他爷爷说起。

路遥的爷爷叫王再朝，是一个大字不识的农民，本来在老家务农。1940 年左右，陕甘宁边区政府为了支援抗战，战胜经济困难，号召包括清涧在内人多地少的绥德分区，向包括延川县在内人少地多的延属分区移民，他就是响应这个号召，举家移民到郭家沟村的。这个新地方没有辜负他，短短八九年后，他在延川不但有了地，有了窑洞，还先后娶过路遥的大伯母和母亲。1949 年初，就在路遥父母成亲不久，爷爷领路遥父母和未成年的三叔返回了老家，为的是守住那边的家产和土地，只留下他大伯父一人在郭家沟。和路遥家人丁兴旺、子女众多相反，大伯父家存不住孩子，连续生了几个，都夭折了。1957 年，大伯父四十岁了还没有子女。他这次来就是和弟弟商量这个事情的，路遥的爷爷早在 1953 年便去世，弟弟就是他最亲的人。

这给路遥走出绝望提供了机遇。

过继后边有“文章”

按现在流行的说法，路遥是因家庭生活困难，被父母过继给大伯的。虽然具体情况我不了解，但我认为这种说法不准确。过继是真，但过继的原因不仅仅是因家庭生活困难，还有更多更复杂的背景。

是的，当时路遥家庭是困难的，且困难的主要原因也确实是因为子女多、拖累大。但这在当时的陕北农村是普遍现象，那时没有计划生育，一对夫妇生六七个孩子是极平常的事情。传统的陕北人不仅不以此为累，反而以此为荣。在那时农民的眼里，有“双男双女”“五男二女”是件十分荣耀的事情。至于说到困难，那是相比较才能得出的：他们家的人口和别人差不多，别人不觉得沉重，他家怎么会独独觉得不堪重负，进而作“加粮不如减口”之想呢？

退一步说，即使路遥的父母确有这个想法，想送一个孩子给人，选择的孩子也不应该是路遥，而应该是路遥的某一个弟弟。因为，将路遥过继给人不合改变家庭困难的初衷（假如这是初衷的话），同时还和“乡村道理”相悖。

先说与此相关的“乡村道理”。当时的陕北乡村，传统思想仍然占主导地位，家中长子的地位既重要又特殊。长子在财产继承上处于优先地位：家里有多处房产，长子不出旧院子；家中有一处房产，长子要分最中间的窑洞；家中弟兄多、窑洞少，甚至只有一孔窑洞，没有别人的也少不了长子的。长子在

家庭成员及主要社会关系

姓名	年龄	性别	与本人关系	解放前后的政治面目及职业	解放前后与本人关系	现在何处工作，任何职务

路遥自己填写的家庭成员及社会关系表

家族中的这些特权与其在家庭中的责任联系在一起：父母的晚年由他领导弟弟们照顾，照顾得不好，他得负第一责任；父母去世，他得扛“引魂”，背“哀哀父母，养我劬劳”的“孝子帖”。父母去世，若留有债务，债主第一个找的就是他，道理是“父债子还”；父母去世，弟妹年幼，抚养和帮其成家是他义不容辞的责任，道理是“长子如父”。路遥是长子，他父亲深知“乡村道理”，怎么可能这样做呢？

再退一步讲，即使他父亲为了摆脱贫困，不念“乡村道理”，过继的首选也不应该是路遥。当时路遥实足年龄已经七岁，虚岁为八岁，已经是家里的一个重要“人手”了，再过几年，自然就成为家中的砥柱，而他任何一个弟弟要做到这一点都得用更多的时间。如果父母送儿子给人的目的是摆脱贫困，为什么不选作为消耗者的小儿子，而选路遥这个家中的“有生力量”呢？这在逻辑上是讲不通的。

我们权且再后退一步，就算是他父母因一时糊涂，忘记了“乡村道理”，算错了利害得失，非要把路遥过继给人不可，还有个他大伯接受不接受的问题。

他大伯为什么要过继儿子？因为没儿且生育无望。为什么不过继别人偏偏要过继路遥家的男子呢？因为“乡村道理”就是这样规定的：人无子，要收养儿子，首先考虑过继，其次才考虑抱养。所谓过继，就是把兄弟、堂兄弟或者户族兄弟的儿子作为自己的儿子；所谓抱养，就是把户族外其他人的儿子作为自己的儿子。在传统观念看来，这是必须遵循的规矩，不得违反，不容讨论。在现在人看来，这种规矩毫无道理可言，但它却符合传统道理，并且在很长一个历史时期产生过非常积极的作用。首先，这能保证户族血脉的纯粹，不让“白羊群里出现黑羊”；其次，可保证祖先留下的土地房产不落入外姓人之手。

那么，站在他大伯的立场上，他会选择哪一个侄儿呢？他首先考虑的是刚刚出生的路遥的四弟。如果考虑到这个孩子正在哺乳期，抚育困难，其次会考虑路遥的二弟、三弟，而路遥只会是最后的选择。为什么会这样呢？道理并不高深，只要设身处地一想，“地球人都会明白”。

常言道“养儿防老”，抱养儿子更是这样。抱来的儿子能不能为他养老、会不会对他好，互相之间的感情很重要。而感情的培养，一要假以时日，二要有坚实的基础。具体到养子来说，他对亲生父母的感情越淡，对养父母的感情就可能越深，因为一张白纸才最好作画。路遥已经七岁，人又“百灵百怪”，要让他“忘记过去”，怎么可能？而不能“忘记过去”，培养感情的难度就大了许多。他大伯在如此重大的人生关口，怎么能舍轻就重？

说到这里，读者可能就要问了：这也不会，那也不会，那么路遥是怎么过继给他大伯的呢？

这正是我想说的问题。我认为，这是路遥自己的选择。为此，他很可能作了积极的争取，包括说服父母亲与大伯大妈。小小的路遥为什么会这样做呢？为了实现他自己的理想：上学。

有人也许会问：路遥是怎么努力的，他父母和大伯是怎么同意的呢？老实说，这一切我说不清，也不敢臆测，但我会反问一句：如果路遥不同意，他父亲怎么能把他送到延川呢？不要说像路遥这样有个性的人了，就是这个年龄的一般孩子，大人可能逼他干活，逼他把好吃的东西留给弟弟和妹妹，怎么可能把他逼出家门，给别人“为儿”呢？如果他死活不去，或者去了后天天往回跑，大人有什么办法呢？

有人也许还会问：当时路遥只有七岁，怎么会为了上学主动离开父母呢？他的感情依托又是什么呢？这正是我想补充说明的，当时路遥的奶奶还健在，和大伯一块儿在延川生活；更重要的是，路遥小时奶奶带过他一段，他对奶奶的感情很深，这可以弥补他因离开父母而造成的感情缺口。

快乐总比苦难多

少年路遥（资料图片）

按照现在流行的说法，路遥的童年充满了苦难，没有乐趣可言。我认为不是这样，路遥的童年（特指过继给大伯后）虽然有苦难的记忆，但更多的是奋斗的快乐。一个人在回忆童年的时候，都以现实作为参照物。所以，败落户子弟回忆童年，尽是美好；寒门出身的英雄回忆童年，多有苦难。路遥的名声和成就，令人们放大了他童年的苦难，而忽视了他的快乐。

是的，路遥童年时，整个中国都很穷，陕北农村尤甚。但是，贫富贵贱是相比较而存在的，相映衬而彰显的，而且这种比较还得建立在当时的基础上。道理很简单，现在普通人家坐的沙发，比古代皇帝坐的龙椅都舒服，但谁会据此断定那些皇帝处在苦难之中呢？不说皇帝了，单说路遥。

先看他的家庭情况。当时他家四口人，奶奶、大伯、大妈和他，算是个小家庭。他进门的那年，奶奶六十岁上下，大伯和大妈四十岁左右，除他之外都能干活。三个大人干活，只有一个孩子，这样的家庭应算是当地相对宽裕的家庭，至少也应该算中等。不和别的家庭比，和老家比就好出许多。在那边，他是最大的男孩子，必须“吃苦在前，享受在后”；这里，他是唯一的孩子，吃穿自然会优先。这是物质上，再看感情方面。

他大伯和大妈我都见过，都是非常善良厚道的农民，性格非常温和。他们因“缺儿少女”过继了路遥，怎能不疼爱他呢？奶奶打小抚育过他这个宝贝长孙，现在他又远离了亲生父母，怎么能不格外呵护和疼爱他呢？所以在感情上也没有问题。

更重要的是上学。在老家时，别的孩子能上，自己上不了，只能上山干活，那种痛苦无法形容；现在好了，终于和同龄人站在同一起跑线上了，那种快乐同样无法形容。

当然也不是没有困难，初到延川的路遥遇到最大的困难来自文化方面的不适。虽然延川和清涧是邻县，但在文化方面还是有区别的，比如说口音。那时的农村人交往半径很小，除了下地干活很少出门，走得最远的地方就是县城和附近的集市，来往的人除了亲戚就是偶然来村里的石匠和木匠，一有不同口音出现，立即就会引起人们的惊异。这种惊异表现在成人身上，往往是默默地观察；而小孩子就不同了，一听到外地口音，就大惊小怪起来，像发现狗吃月亮一样。

路遥出现在这里的第一天就受到小伙伴们的嘲笑，嘲笑的方式奇特而又尖酸：先是一个孩子问他话，当他回答后，所有的孩子都大笑起来，边笑边夸张地学他的“清涧口音”，有的孩子甚至极野蛮地叫他“外路脑子”。当他提出抗议时，这伙人吃了一惊，不是为自己的不礼貌吃惊，而是为这个“外路脑子”居然敢反抗吃惊。他们一下子沉默了，变着法子孤立路遥——在村里时，大家不和他一块儿玩耍，见他过来后众人就大笑着散开了，把他一个人孤零零地晾在那里；上山砍柴时，那些先到孩子“指山占地”，手臂一挥就将有柴的地方全“占”去了，然后再一个个地“准入”，别人都能砍，唯独不让路遥砍。

当路遥灰溜溜地回到家里，把委屈告诉大人后，他不但得不到保护和安慰，反而受到责备。大伯和大妈要他“和小伙伴们好好相处，不要惹是生非”；他揭发了哪个孩子的恶行，大伯和大妈就会马上到那个孩子家里去，不是去找回公道，而是去道歉，临行还将自家的洋芋、萝卜拿一点送去，理由是：“小孩子闹了架，不要整得大人不好见面”，“不要让人家说咱们小孩子不懂事，大人也不懂事”。

大伯和大妈如此是有道理的。这样做，首先是基于传统道德和熏陶，出于与村人和谐相处的需要，更重要的是出于一个外来户的无奈。当时外来户对政府来说是积极有利的，但对当地原居民来说不完全是件好事，因为这些外来户分走了他们的土地。尽管当地居民慑于政府的权威，从整体上不敢反对这件事，但对个体的外来户不无排斥心理；外来户必须“夹紧尾巴”、处处小心，才能站住脚。这就是大伯、大妈如此处事的历史原因。当然，路遥到延川后，随着土地合作化、集体化的进程，当地人对外来户的排斥感已经很淡了，但他大伯的习惯已经养成，小心处事、谦让处人已经成了他的“脾气”。

路遥个性强，在老家时王家又是大户，他从小就是“娃娃头”，哪里受过这种气，自然要反抗；在得不到家人保护的情况下，只好独自面对困难，捍卫尊严，这就成了其奋斗一生的起点。

具体怎么个奋斗法，谁也说不清楚，但结果是清楚的：路遥大获成功。过了不久，他就又成了这个村里的“娃娃头”，年龄比他大的孩子都成了朋友，和他差不多大的孩子都成了他的“部下”，比他小的孩子都成了他的崇拜者或者追随者。他在孩子们中的“强大”和他大伯在成年人中“卑微”形成了巨大的反差。随着年龄的增长，路遥为了维护自己的利益和尊严，开始越过大伯与村里的成年人直接对话；而村里的成年人，特别是那些有远大眼光的“精英”们，立即意识到面前这个孩子会成为将来村里的“强人”，和他处好关系，不失为一种明智的“投资”，因此也乐于和小小的路遥对话。这使路遥享受到了别的孩子根本无法想象的快乐。

好马并非只吃草

1961年夏天，路遥初小毕业考上了高小，困难迎面而来。困难来自何方？来自贫穷。虽然他家不是最穷的农家，但他却是城关小学最穷的学生。这是为什么呢？容我从头细说。

先说城关小学。延川县城关小学是县上的中心小学，分初小和高小两个部分。初小部与本题无关，不去说它，单说高小部。

高小部共两个年级四个班，具体的学生数我说不确切，但不会超过一百八十名。这些学生又分为两种情况：一是县城机关、事业、企业的干部、职工子女和城关大队农民的子女，二是城关公社四十个村子里的农民子女。前者在家里吃饭、住宿，为走读生；后者在学校学校里住宿、上灶，为住校生。住校生的数字我也说不确切，但可以肯定的是不会超过三十人。由此可以得出这样一个结论：那时农村小孩能上高小的人也很少，具体到路遥他们这一级，平均两个村子才有一个上高小的孩子。

那么什么样的孩子才能上高小呢？一是家庭情况较好的农家孩子，二是虽然家在农村但父亲在外工作的孩子。和这些孩子比，路遥当然是最穷的学生。那么，这穷又表现在什么地方，又怎么能和他当"孩子王"联系在一起呢？容我进一步细说。

家境好的孩子和住校的孩子在穿衣上有差别，但差别不大。那时候布匹定量供应，无论是有钱的还是穷汉，每人每年发一丈七尺六寸布票，凭票购布，谁也特殊不了。有差别的仅仅在衣服的式样和鞋袜的时新上，无非是富裕的孩子穿着缝纫机做的衣服、买来的鞋袜，穷一点的孩子的衣服和鞋袜都是手工做的。那时候人们都穷，能穿缝纫机做的衣服、买来的鞋袜的学生很少，农家子女穿不起，干部子女也绝大部分穿不起（当时整个延川县只有一个缝纫社，仅有八名职工，还没活干，不久就倒闭了）。由于大家都穿得差，偶然有一两个穿好衣服的人，不但得不到赞扬，还会受到攻击，女的被称为“洋小姐”，男的被唤做“骚情鬼”，谁敢穿？具体到路遥，这更不算个事情，他才不重视这些东西呢。

吃饭上差别就大了，走读生在家吃饭，好处显而易见，就不说它了。仅就上灶生而言，差别就很大：灶上采取报饭制，吃什么、吃多少由自己决定。只要能交得起白面，天天吃蒸馍也没人管。交不上粮就没办法了，只能将家里带来的干粮在灶上“馏”热了吃。路遥恐怕连“馏”饭吃的时候也不多，因为他带来的干粮不全是粮食做的，里边总有糠，容易散伙不说，还可能“污染”别人的好干粮，所以只能就着酸菜冷吃，和灶上的“交往”只是喝一碗“熬锅水”。对路遥来说也不是什么大问题，他吃的东西虽然比不上别的同学，但比大伯大妈吃的就好多了——老人吃的东西里糠更多，“团粒结构”更差。

最让路遥受不了的是城乡学生间在文化享受方面的差别。这种差别主要表现在看电影上。当时延川县城有一个电影放映站，有一部放映机，三个职工，租了一个有围墙的院子作为放映场，一张票一毛钱。就是这小小一毛钱，把路遥隔在了电影场外。当时的一毛钱是什么概念呢？相当于一个小干部日工资的十分之一（当时级别最低的干部月工资为三十元），但却差不多相当于一个男性农民一天的工值（当时大部分农民的日工值为一毛多钱，有的连一毛也不到）。这样的票价不但路遥消费不起，一般农家也消费不起，能看电影的大都是县城里的干部子女。那时候的电影很强势，不但“高台教化”，还引导流行走向：电影里的插曲立即就成了音乐课堂上的学习曲目，电影里的人物立即就成了人们议论的主题，电影里有特色的对话立即就成了学生的口头禅。每次看完电影，城里的学生就要和老师一块儿议论几天，而路遥他只能站在一边憨态态地听。路遥不但没有了这个学习和娱乐的机会，同时还丧失了在同学中的话语权——那些理应追随他的农家孩子们都转而听别人讲电影中的故事去了，他被彻底地晾在了一边。

这是路遥无法接受的，他必须想办法解决这个问题。他想的办法就是看书和看报纸杂志，因为书报上说得更具体、更全面、更深刻，从而更有“推广价值”。那时延川城里有一个新华书店和一个阅览室，规模都小得可怜：新华书店年销售额不到三万元，其中学生课本、农民过年贴的年画和财神、灶君像销售占绝大部分，剩下来就是孩子们看的连环画；阅览室是一孔大窑洞，订有四五份报纸和七八种期刊，由一个六七十岁的老先生照看着，每天总有进城的农民在门口休息和拉话儿，但很少有人进去。那时候路遥是这两个地方的常客，一有时间就来这两个地方看书、看报。先在新华书店看，看的时间长了，售书员就会很客气地赶他走，“这是书店，要看，到阅览室看去”（那是一名非常温和的女人，我和路遥常学她说的这句话）。路遥只好遵命，“移师”到阅览室接着看。次次依然，如此反复。

在这里，路遥看到了延川之外的世界：从画报上看到了大都市、公共汽车、火车和铁路、海洋和轮船；从报纸上看到了苏联、越南、古巴、巴拿马和巴勒斯坦，知道了胡志明、卡斯特罗、阿拉法特和第一个进入太空的航天英雄加加林的名字。这一切令他振奋，他觉得自己应该向这些人学习，做一个响当当的人物。每次看完，他都忍不住向同学们说说，这不但吸引了绝大部分同学，也引起了老师和一些学生家长的注意，和在农村时一样，城里人也觉得这个孩子前途不可限量。老师开始重视他了，那些有眼光的学生家长也鼓励自己的孩子和路遥交朋友，以便“近朱者赤”。于是，路遥再度成了同学们眼中的“英雄”，等到上六年级时，他已经是全校最著名的学生了，不但同学们这样看，老师也这样看。这时候，他再也不为看不上电影发愁了，想请他看电影的同学大有人在。

自产萝卜赛蜜糖

1963年夏天，路遥高小毕业并顺利地考上了延川中学。当他兴冲冲地把录取通知书拿回家后，迎接他的却是“一盆冷水”：大伯大妈不让他上学了，要他回家来好好“过光景”。

这个决定在现在的人看来简直不近情理，但在当时的陕北农民看来，不但合于情理，而且切合他们这样的家庭的实际，是过日子人应有的考虑。现在，让我们看看他大伯是怎么考虑问题的。

就在路遥整天想入非非的同时，他大伯却在考虑着完全不同的问题。那时陕北人普遍早婚，许多孩子在十四五岁前就订婚了，一到十八岁就该结婚了。俗话说，“老人欠儿子一个婆姨，儿子欠老人一口棺材”，王玉德最着急的正是这件事情。年轻人到了这个年龄还没有订婚，做家长的在人面前就抬不起头。王玉德那年四十多岁，路遥也十四岁了，村里同龄孩子都订下了婆姨，唯独路遥还没有，这使王玉德感到很大压力。在他看来，念书是个小事，能认识自己的名字，能算开账就行了。好好修一院窑洞，给路遥娶个婆姨才是大事，才是“活人过日月的正道”。

他反复把这个道理讲给路遥听，意在“以理服人”；可是路遥就是不听，两个人越说越远，有时甚至争了起来。这时他动摇了，不是觉得路遥说得有道理，而是害怕自己的方法不对头。于是，他放下手里的庄稼活，连着赶了几次集，把亲戚、朋友拜访了一遍，听取了各方面的意见。“三个臭皮匠，合一个诸葛亮”，在这个大问题面前，他表现得慎而又慎。

他能找到的人都是穷人，日月过得比他更紧巴，这些人的看法是“穷不供书，富不教学，吃饭穿衣得看家景”。他们以为，像王玉德这样的家境去供孩子上学简直就是笑话，并告诫他说：“家有千口，主事一人。孩子不懂事，大人要做主。可不敢误了孩子的前程。”这话一下子说到王玉德的心坎上了，不但坚定了自己的看法，反而觉得自己的态度还不够强硬，因为他觉得路遥“说起来‘精’着哩，其实‘憨’得什么也不懂”。如果任其下去，会“城里的误了，乡里的也误了”，闹不好，还会惯成个“二流子”。“力出当墒牛，事出冤家口”，这个主意得自己来拿。

王玉德本来就不多说话，打定主意后话更少了，路遥提起这个事，他只是打哈哈，直到开学那天才说了实话：“这学肯定不上，天王老子说了也没用。”说完递给路遥一把小镢头和一条羊毛绳，要他上山去砍柴。路遥一下子愣了，默默地接过小镢头和绳子，一到山里就抡圆了扔进沟里，然后独自进城去了。

路遥给我说过那次进城时的心情，他说：“感觉特别孤独，就像一只小羊羔独自处在茫茫雪原上那样孤独。”为了上学，他找过所有要好的同学，许多同学都支持他，情愿帮他筹集报名费，有一个同学还带他见了家长，希望家长出面帮助。那位可敬的家长也很同情路遥的处境，但却不同意路遥背着家里人报名的想法，担心以后的事不好办，“上学不是一天两天的事，必须把基础打好”，他建议路遥去找村里的领导，争取当地党组织的支持。路遥接受了这个建议，返回村里直接找村里的领导。当时村里的领导叫刘俊宽，是一个十分有眼光且很仗义的人，他当即答应了路遥的请求，并借给他二斗黑豆，让他换成钱去交报名费。当路遥前去学校报名时，已经过了最后期限，学校不再接受，那位可敬的农村领导又帮他过了这一关。

这件事在路遥的一生中影响巨大，不仅仅是上学本身，更重要的是在关键时候，路遥通过自己的人事关系把住了命运之船的航向。从这时候起，路遥已经成了一个独立的人，而不再是一个平常的孩子；他已经离开大伯为他设定的人生轨道，走上了自己的路子。通过这件事，大伯在他眼中的权威感消失了，他觉得关键时候要自作主张，“自己的事情自己办，自己命运自己安排”。当同龄孩子都把身子紧紧地依偎在父母的怀里时，路遥已经开始主宰自己的人生。这似乎是悲凉，反过来看也不乏豪迈。

有风送他上半空

在“文革”中，路遥曾是延川中学一派学生组织的第一号头头，后来又成了延川县革委会副主任。由于众所周知的原因，这件事搞得很神秘，对此，人们总是闪烁其词，不想挑开了明说。我觉得这没有什么，这个事并非延川中学独有，不是路遥一个人有这样的经历。当时全中国的学校都是那样，每个学校都有一些人扮演过这个角色，且大部分人都是被时代潮流裹挟进去的。据实说清反而有好处，不然越到后来越说不清楚。

别的地方我不知道，延川县的“文革”是从 1966 年的暑假开始的。路遥作为初中六六届的学生已经毕业，并参加了中专考试，有关学校也派人搞过政审，有的学校还和这些毕业生进行过座谈。在座谈会上，路遥的发言受到来人和老师、同学的一致好评，加上成绩也不错，上中专不成问题。当时人才紧缺，一上大中专院校，国家就发放生活费，身份也变成城镇居民，如果不犯大的错误，一毕业就能走上工作岗位，得到一个“铁饭碗”。就在路遥为此高兴，他家里人也终于松了一口气时，“文革”开始了。这场史无前例的大革命送给路遥的第一份礼物是苦涩的——大中专院校停止招生，已经考取的也返回原校参加运动。路遥就是在这种背景下，和他的同学们一起返回了延川中学。

延川中学是当时全县唯一的完全中学，是延川县的“最高学府”。一个县只有一所完全中学在当时的陕北并不少见，少见的是路遥这个初中生当了一派学生组织的一号头头——在别的县，总是由高中生来担任。出现这种情况有两方面的原因，一是延川中学的特殊情况，二是路遥本身的基础和能量。

1966 年路遥被推选参加延川中学组织的串连队，图为他在天安门前的留影（资料图片）

当时延川中学共有九个班，初中六个班，高中三个班；初中每班大约五十人，高中每班大约三十人。高中生在人数上占绝对少数，约占全校学生总数的四分之一。更重要的是，学校的第一个红卫兵组织是在县委工作组的指导下成立，其主体是高中生，几乎囊括了所有家庭出身好且有威信的学生。后来县委工作组被斥为“执行‘资产阶级反动路线’”，成了受批判的对象，原来那个红卫兵组织骨干力量因此受到了牵连。剩下的人“掌控”一派组织已经很吃力了，“掌控”两派已无可能，这就给初中生“大展身手”造成了可能。这就是当时延川中学的特殊情况。

回头再说路遥的基础和能量。前面说过，路遥毕业于延川县城关小学，城关小学是全县的中心小学，集中了全县大部分城镇学生。相对于各公社（乡镇）小学考上来的学生，城关小学考上来的学生不但在人数上占多数，在见识和胆略上也略胜一筹，从整体上说在各班都占据着主导地位。六六届是初中部的最高年级，在高中部学生“失宠”的背景下，初中部的“风光”应该在情理之中。这就是我说的基础。

说到路遥的能量，那不应该是一天两天形成的，而是由来已久了。他在城关小学时就是那里的“孩子王”，上了初中以后自然也是——通过城关小学的同学支持，在整个六六届争得了话语权；再以高年级的天然优势，聚拢了大部分初中生，然后和以高中生为头头的另一派抗衡，这就是他当学生头头的由来。而当全县一派群众组织的一号头头，进而当延川县革委会副主任，都是从这个基础上衍生出来的，是大环境使然，个人争取的成分很少。

随着“文革”的狂潮进一步推进，群众组织由学校扩展到社会。因为“先入者为主”，路遥就成了全县一派群众组织的第一号头头。武斗被制止后，成立了“三结合”的革命委员会。“三结合”是指：解放军代表担任革委会主任，老干部代表和两派群众组织代表担任副主任。当时延川县革委会中有四个人以群众组织代表的身份出任副主任职务，两派各有两人，都是本派的一二号头头。这种情况不是延川独有，全国都是这样，所以不算什么稀奇事儿。

初恋失败成转机

前述的内容虽然在全国看来不是什么稀罕事，但在弹丸之地的延川已是石破天惊了，路遥再度成了全县的名人，全县无人不知。社会上是这样，延川中学更甚，几乎所有的男同学都自称是他的朋友，所有的女同学都对他高看几分。大家都在想："十八九岁就是'县团级'，将来还能了得？"

路遥的感觉当然也很好，一派意气风发的样子。可惜好景不长，一个多月后，知识青年开始下乡——家在城里的插队，家在农村的返乡。路遥家在农村，自然得回家去。经过几年闯荡，家乡在他眼里已经非常遥远了，路遥一下子陷入迷茫之中。就在这前后，爱情向他频频招手，先是一个本地女子，后是一个北京女知青。

首先向他示爱的是本地女子，当时他还在学校，正准备收拾行李返乡。那是一个深秋的中午，天高气爽，秋阳宜人，有一个女同学来找他，让他在一个小笔记本上签个名。这是当时同学们分手时的惯例，一般都是同班同学间互签；路遥是名人，找他签名的很多，男的也有，女的也有，因此就没有在意。签完名后，那女的没走，而是静静地站在一边数自己的指头。路遥觉得奇怪，就问她还有什么事。那女的没看路遥，努力地低声说："咱们到外边走走，我想和你拉两句要紧的话。"路遥这才注意到那女子的模样，高挑身材，白净脸皮，短辫及肩，举止端庄，是典型的陕北俊女子。那女子在前面走，路遥在后边跟着，一边走一边想："这个同学怎么不认识呢？"刚想转着弯儿问，那女子倒先开口了，说她是初六八届的学生，并报了姓名。听得路遥无限感叹，觉得自己这几年只顾得在外面闯荡，竟然连同学也不认识了。"怎么能把人活成这样呢？"他不由得发了一通感慨。路遥东一句西一句地感慨，那女子静静地听，不时朝着他笑，露出满口整齐的白牙。路遥说完了，那女子却开口了，一开口就给了他一个意外——向他表示爱意！

路遥生性强悍，但在这方面却不行，加上当时正为自己的前途着急，完全没有这个想法，于是就和那女子打起了"马虎眼"，首先告诉她说："我也是平常人，县革委会副主任职务只是个'名儿'，一离开学校就是农民。"那女子答："你是农民，难道我不是？我就喜欢农民。"路遥又说："我啊，农民也不是个好农民，耕不了地，下不了种，庄稼活十样里面九样不会。"那女子又答："你不会我会。地里的活都由我去干，你在家里款款地待着，什么也不要你管。"路遥一听大惊，连忙找了个借口离开，那女子的笑容立刻僵在了脸上……

这事是路遥亲口给我讲的，我在叙述时极力还原当时的情景，对话肯定没有大错，两人的情态中有我的想象，当然是合理的想象。至于这个人姓甚名谁，我知道，但实在不方便说，请读者千万理解。

再说那个北京女知青。据说，他们初识于一次大会上，路遥坐在主席台上，她在台角负责喊口号。他们真正相识在 1969 年的冬天，那时路遥已经回到村里，以"贫宣队员"的身份进驻延川县百货公司搞"路线教育"，一同进驻的还有这位女知青。这期间他们恋爱了。其中的细节我无法得知，只知道她"改造"了路遥，"改造"的结果在某些方面影响了路遥的一生：路遥喜欢在下雪天沿着河床散步，据说这是他们相识时的情境；路遥喜欢唱《三套车》和《拖拉机手之歌》，据说这是他们相恋时唱过的歌曲；路遥喜欢穿大红衣服，据说这是那女子的专爱；路遥曾用过一个笔名叫“樱依红”，据说其中暗含那女子的名字。为了她，路遥做了能做的一切，1970 年招工，县上给了路遥一个指标，让他去某“信箱”厂（保密工厂，不公开厂名和地址，只公开一个信箱，故如此称呼）当工人。这是“文革”开始后第一次招工，机会非常难得，路遥把这个名额让给了恋人。令他没想到的是，这位女知青进厂不久，就和别人好上了，将她和路遥的定亲纪念品—— 一块提花被面退还了路遥。

我没有见过这位女士，据说长得小巧玲珑且能歌善舞，是个人见人爱的角色，但是我觉得这件事情她做得不好，有损于她美丽的形象——当时路遥的县革委会副主任刚刚被停职，她这样做无疑是雪上加霜。

全面失落的路遥灰溜溜地回到村里，先是下地干活，后是当民办教师。一呼百应的日子过去了，短暂的幸福也过去了，留给他的只有满腹疑惑和无限苍凉。他的初恋虽然很失败、很苦涩，但也从另一方面成就了他，例如他的成名作《人生》就是在这个基础上写成的。这是后话，在此不再多说。

挫折恰似炉中火

这是路遥一生中最困难的日子，困难的程度局外人根本无法想象。要说清这个，不得不提他被停职的原因。

在县革会成立的同时，中国人民解放军延川县军事管制小组成立，代行在“文革”初期被“砸烂”的公检法的权力，开展的第一项工作就彻查武斗中的刑事犯罪案件。由于路遥所在的那派组织，在大规模武斗开始之前就被对立派赶出了延川县城，逃到了西安，因此，涉及的刑事案件人少；而对立派相对就多一些，还涉及主要头头。对立派一边抱怨军管组没有“把一碗水端平”，一边千方百计“寻找线索”，矛头自然集中在路遥等人身上，有人“揭发”说，他与武斗中的一桩人命案有间接关系，因此他被停职。

那段时间，延川县的气氛很是紧张，每隔三五天就有人被拘留或者逮捕，被怀疑的对象都惶惶不可终日，路遥也不例外。

“文革”时期的路遥（资料图片）

这件事最终在三十二名在场者的证明下水落石出，路遥得以解脱。他刚刚松一口气，就接到了那名女知青的绝交信，这事对他的打击更大，震动更大。如果说第一件事让他感觉到人生有数、奋斗徒劳的话，那么这件事则逼他继续奋斗——不仅是为了前途，更重要的是为了尊严。

我认为这是路遥结束过去，重新设计未来的转折点。回顾他之前的人生，脉络非常清楚：从自愿离家到当上村里的“娃娃头”，从城关小学的“孩子王”到延川中学的学生头头，从群众组织的一号人物到县革委会的副主任，走的完全是“政治路子”。如果路遥早生四十年，他可能是一个很大的人物。这不仅是我的设想，也可能是他的抱负。但随着“气候”的改变，他感觉到这条路已经走不通了，只能调整。如果没有这次失恋，他可能会从容一点，沉下心来，从头做起。但恋人的抛弃令路遥大失自信，而自信是他当时唯一的资本，失去了自信就等于失去了一切。在这种情况下，他选择了成名，意在用巨大的名气洗刷巨大的“耻辱”。

路遥是个很“狠”的人，一旦确定了目标，就会集中全部资源向这个目标努力，不遗余力，不留退路。有一次，他和我谈到自己的婚姻，说：“还得找一个北京知青。”我说：“还是找一个本地人比较稳妥，知根知底，有挑有捡。”他一听竟然生气了，反问我说：“哪一个本地女子有能力供我上大学？不上大学怎么出去？就这样一辈子在农村沤着吗？”见我尴尬，他又说：“一个人要做成点事，就得设计自己，先得确定目标。目标一设定，就要集中精力去努力，与此无关的都得牺牲。想样样都如意，结果一样也不能如意。”

之后不久，他就学习文学创作了，这才是他作家之路的开头。

说破“英雄”不惊人

路遥正式学习文学创作在这之后，但准备和积累远在之前，一直可以追溯到他的童年。陕北地处偏远，时新文化很少进入，用现在的话说可以称为落后。但“落后”了的仅仅是时尚，固守的却是传统。陕北秧歌中有远古祭神的痕迹，陕北说书继承古代“陶真”的旧范，陕北道情的音乐就直接来自唐时道教的诵经。清涧、延川一带地处陕北腹地，传统文化影响更大，浸润更深，这就是路遥的文化背景。他老家那边的秧歌、道情都很好，他母亲也能唱秧歌，他从小就跟着学，这可能是他最早的“创作”练习。

在城关小学时，路遥是全校出名的调皮学生。主要表现在两个方面，一是爱给同学起绰号，二是喜欢编顺口溜调侃人。编出的顺口溜事出有由来，夸张无止境，能笑得人肚子疼。这可能是他最早的“创作”尝试。

到延川中学后，这种自发的创作冲动得到了鼓励。路遥的作文常常得到语文老师的表扬。有一次，他写了一篇作文，题为“从五星红旗想到的”，学校领导在全校学生面前朗读了一遍，从此他文名大振，成了全校的“明星”。还有一次，他根据小说《红岩》创作并编排了一幕话剧，利用活动时间在教室前演出，引来全校学生观看。

路遥最初的自命题写作是一份“宣言”。那时他刚从外地串联回来，独自成立了一个红卫兵组织，名为“横空出世誓卫东战斗队”，“宣言”就是为此而写。“宣言”写得很长，用了两整张白纸；写得“气势磅礴”，看了让人亢奋。其中的两句话最为抢眼：“大旗挥舞冲天笑，赤遍环球是我家。”他很欣赏这两句话，一度将“冲天笑”作为自己的化名；后来又据此给三个弟弟起了大名（三弟叫王天云，四弟叫王天乐，五弟叫王天笑）。路遥进一步的写作是大字报。他所在的那个红卫兵组织“武力”不逮，武斗刚开始不久，他就被对立派赶出县城，逃到西安，直到军管时才被解放军“护送”回来。但他文采非凡，“声讨”写得激情四溅，“控诉”写得声泪俱下。虽然“写手”不少，但路遥总是最主要的执笔者和最后审定者。

路遥最初面世的文艺作品是一首诗歌，时间在 1969 年，他当时的身份是延川县城关公社马家店小学的民办教师。那年暑期，县上集中全体教师开会，组织者要求每个公社出一期墙报，他的诗作就发表在墙报上。诗歌不短，句子更长，形式上像贺敬之的《西去列车的窗口》，具体写什么，记不清了，也许当时就没能记下。

路遥后来又在延川县文化馆办的油印杂志《延川文化》上发表过一些诗歌和革命故事。诗歌有《塞上柳》《车过南京桥》等，故事的题目我记不得了，只知道内容是写越南军民抗击美国入侵方面的。这个油印杂志的主持人叫白军民，当时延川县文化馆的负责人，路遥在城关小学上学时的老师，他是最初发现并鼓励和支持路遥写作的人，这一点非常重要，不应该忽略。

当然，这些都只能算是前奏和起步，路遥真正展示才华是在认识曹谷溪等人之后。

不能不说曹谷溪

说到作为作家的路遥，首先要提到的人就是曹谷溪。曹谷溪不能算路遥创作上的导师，但起了比导师更重要的作用。如果把路遥比做一颗航天卫星，曹谷溪就是第一级助推火箭。同时，曹谷溪也沾了路遥的光：他因为成功地“推了”路遥，而获得了快乐。一个愿意帮助别人赶上自己的人，是贤人；一个愿意帮助别人超过自己的人，简直就是圣人。曹谷溪当然不是圣人，但他爱提携文学新人，并以此为乐，乐此不疲。

我这样说会给人们误解，以为曹谷溪是个慈祥老太太般的平庸好人。其实正好相反，曹谷溪是个气宇轩昂、激情四溢、特点鲜明的人。最鲜明的特点是：见官大一品，见民小三分。不论见了多大的官，他都敢挺了胸脯指着自己一字一顿地说：“谷溪，诗人！”无论多么不堪的讨吃人，只要上了他家的门，他都会挽着对方的胳膊高挑起门帘说：“拜识，上炕。”曹谷溪的交往特别宽，许多从延安走出去的老作家都认识他，建国以后从陕北出来的作家几乎都是他的朋友，其中绝大部分得到过他的帮助。

曹谷溪比路遥大八岁，两人为同乡，都是清涧县人，还一前一后来到延川。路遥 1957 年过继到延川，曹谷溪 1956 年来延川上初中，初中上完了，延川又开办了高中部，他又在这里上高中（1956 年前延川县没有中学，这里的学生高小毕业后得到清涧去上初中，当时清涧和延川同属绥德专区，教育上相

1970年，路遥与曹谷溪（右）在黄河畔采风（资料图片）

互调剂）。但在这之前，两人并不相识，只是互相知道：曹谷溪知道的路遥是对立派的头头，路遥知道的曹谷溪是陕北最有名的文化人，和周总理一块儿照过相。两人认识的由头是文艺创作，曹谷溪当时正在办一件大事：编一本诗集。

说起这件事的由来，有点像《三国演义》中“桃园会”，颇有些传奇色彩。大约在1969年的某一天，时任延川县革委会政工组下设的通讯组组长的曹谷溪突然接到一个任务，要他和同事闫尔雄一起去关庄公社鸭巷大队调查一个北京知青的情况。这位北京知青姓陶名正，清华附中学生。和别的插队知青不同，他来陕北时不但没带面包、糖果，甚至连换洗衣服也没带，只带来一部手推式油印机，为的是编印《中国红卫兵报》。因该报转录了《内参》上的内容，引起了有关方面的注意，要求延川县调查这件事并写出报告。曹谷溪和闫尔雄就是去做这个“营生”的。

曹谷溪万万没想到这次下乡会改变他的一生。他一见到陶正就喜欢上了这个年轻人，他的激情，他的坦率，他的远大目光，他的朴素单纯。尤其是他办的那份小报，更让曹谷溪热血沸腾，心花怒发，他顿时萌生了一个念头：咱们为什么不能这样做？于是曹就把调查的事置于脑后，反而成了帮助陶正过关的人了。

事有凑巧，就在此事过后不久，上海市出版了一本由川沙县农业余编写组编写的故事书，名为《一颗红心为革命》，上面有毛主席和林彪的题词，《人民日报》用大篇幅介绍了此书。曹谷溪一下子找到了方向，决定“咱们也干它一场”。于是就和白军民一起物色作者，组织稿件，游说领导，筹措经费，干了起来。除了他们两人外，联系到的主要作者还有陶正、闻频和路遥。

这就是当时延川文艺创作队伍中的“五虎上将”。曹谷溪、陶正和路遥不再细说，这里简略说说白军民和闻频。白军民是当地土著，生得人高马大，体态伟岸。他是个多面手，能唱歌，会作画，体育方面也有“几下子”，但这都是次要才能，主要才能在文学方面。要说清他在文学方面的才能不容易，也与本节的主旨不合，我在这里转录他的几句诗，读者自己去体会。这首诗叫《磨刀谣》，开头有这样几句：“平坦坦一根石条，沉甸甸一把大刀，潦一把清水洒上去，呔，听我来首磨刀谣！”

闻频（右）和路遥（资料图片）

闻频本名焦闻频，陕西关中人，大学毕业后被分配到延川县永坪中学教书。和白军民正好相反，他生得身材修长，脸皮白净，一派儒雅。他也是一个多才多艺之人，作诗填词无所不能，三弦二胡无所不会，书法绘画无所不至。要说清他的才能也不容易，只好用日后的成就来佐证。几年后，他成了《延河》杂志的诗歌编辑、诗歌组组长，直到副主编，是陕西乃至全国的著名诗人。

凡是有才气的人都有特点，都有个性，要把这几个人团结起来，很不容易，但曹谷溪做到了。曹谷溪是怎么做到的呢？现在省去别人专说他和路遥。

如果放在一般人身上，曹谷溪没有理由抬举路遥——在“文革”中两人是对立派，曹谷溪还被路遥的手下“关押”了一段时间，打得一佛出世，二佛升天。路遥找曹谷溪时或许还小有顾虑，曹谷溪接纳路遥时却是一脸春风。曹谷溪不但“指点”路遥创作，还在生活、感情方面给予他实实在在的支持和鼓励，其中包括修复失恋留下的创伤和教他如何重新恋爱。从那时候起，路遥就成了曹谷溪家的常客、上客，敬吃敬喝敬香烟，先是亦师亦友，后是亦友亦师，最后是互师互友。这种关系一直延续到路遥去世之后，设在延安文汇山上的路遥陵园便是在曹谷溪等人的努力下建成的。

千金有时易得，一友从来难求。世无路遥，文坛上会少了一个受老百姓爱戴的大作家；世无曹谷溪，路遥的创作之路会更加曲折和艰难。

难得《山花》培育情

曹谷溪、白军民、陶正和路遥几个人果然厉害，不久就编出了一个诗歌小册子《工农兵定弦我唱歌》，署名是延川县工农兵文艺创作组。小册子在延川轰动了，群众争相传看，议论纷纷。更巧的是，当时陕西人民出版社刚刚恢复业务，正四处寻找合适的稿子，一见这个小册子，大喜，将书名改为《延安山花》公开出版。曹谷溪他们当然高兴，乘着这阵东风办了一份文学小报，取名《山花》。

此书一出，上下震动。延川这个偏僻小县一下子成了继川沙之后，以县出书的第二家。陕西省的文化部门派出联合调查组来延川总结经验，《人民日报》《陕西日报》先后在显著版面发表文章，文章中点名表扬的作者只有一个人，这人不是别人，就是路遥。为什么会这样呢？因为在几个骨干作者中，只有路遥一人是真正的农民——当时延川县除了一个农具修理厂外，没有别的工厂；除了"县中队"之外，别无驻军，宣传路遥就是宣传此书的"工农兵"创作主体。于是刚刚沉寂了一年的路遥再次受到高度关注。在众人的帮助下，路遥被抽调到县上——以"搞路线教育"为名，每月领 15 块钱工资，名义上是县文艺宣传队的编剧，事实上是脱产搞创作，作品大都发表在《山花》上。

开初路遥主要写诗歌，内容虽然紧跟形势，形式却活泼可喜。他写了一首题为《老汉一辈子爱唱歌》的诗，其中有这么几句："县上召开文创会，指名道姓要我去。心像小鼓一个劲擂，一晚上折腾得不瞌睡。"清新之气，可见一斑。后来路遥又写短篇小说，写的第一个短篇小说就被刚刚创办的《陕西文艺》转载，从此成了陕西省的重要作者。

《山花》对路遥的成长起到了非常重要的作用，这种作用神奇而又复杂，很难用直接描述的办法说清楚，因此只好用比例子的办法来试试。如果把文学创作比作豆腐的话，《山花》没有能力给路遥豆腐，给的只是石膏——能把豆浆"点化"成豆腐的石膏；如果把文学创作比作快乐歌声的话，《山花》没有给路遥传授歌唱的方法，却给了他歌唱的热情。

从"文革"开始，路遥就是延川县的名人，可以说全县无人不知。但知名度不等于美誉度，同派人说他是个人才，对立派却斥他为恶棍，真可谓毁誉参半。成为《山花》的骨干之后，同派人说他是个全面人才，对立派也赞叹他人才难得，进而博得了县里的一致好评。兴趣是最卓越的老师，鼓励是最有力的促进，群众的口碑是最恒定的检验标准。在这一切共同作用下，路遥持续了他的热情，盘活了他的才情，最大限度地挖掘了他的潜能，进而快乐地进入了通向文学殿堂的轨道。这就是《山花》之于路遥的意义。

贵人总扶有为者

1973年，路遥被推荐到延安大学中文系学习，走出了他人生中非常关键的一步。为此，延川县委和县政府花了很大力气，尤其是县委书记申易出力最多。

那时候上大学不考试，全部靠推荐，从理论上说每个有条件的知识青年都有可能被推荐，所以路遥被推荐也不算什么奇怪的事情。但这件事却遇到了重重阻力，原因是政治审查过不了关。路遥出自贫寒人家，祖宗十八代都是“受苦人”，家庭成分介于贫农和雇农之间，在那样一个年代怎么会政治上过不了关呢？对此，有人说这是因为路遥当过“造反派头头”，其实是不对的。那是1973年，当时全国各地的政权中都有“造反派头头”出身的干部，上海的“造反派头头”王洪文还身居高位，怎么偏偏到路遥就不行了呢？这种说法显然是站不住脚的。

那么，阻力究竟来自何处呢？其实还是派性在作怪。具体地说，就是有人在告状，直接向招生单位反映说，路遥在“文革”初期有“重大问题”。这些问题本来不会吓住招生单位，因为上面有明确政策，除刑事犯罪外，“高中生的错误记入档案，初中生既往不咎”；至于其他问题，有当地政府的推荐，招生单位怕什么呢？招生单位有不便明说的隐情，那就是，他们不希望招一个这样的学生回去。要说清这一点，必须

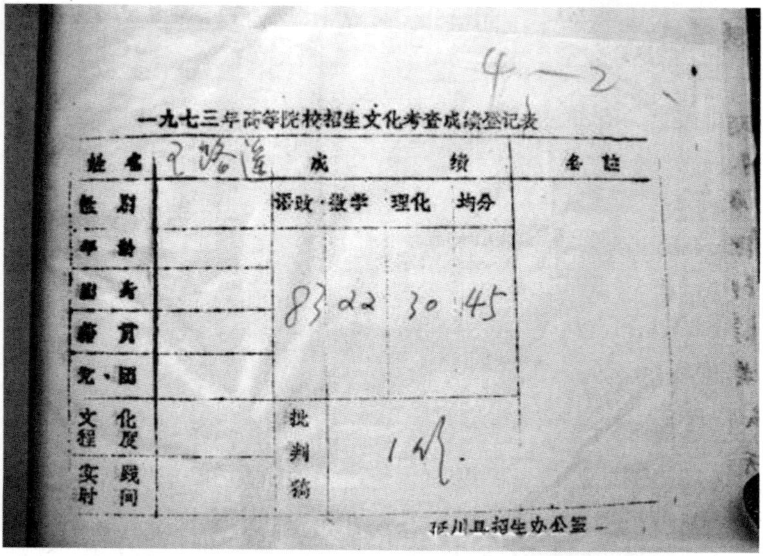

4—2

一九七三年高等院校招生文化考查成绩登记表

姓名 王路遥

成绩

备注

性别

年龄

出身

籍贯

党·团

文化程度

实践时间

语政·数学 理化 均分

83 22 30 45

批判稿 1分

延川县招生办公室

1973 年路遥的招生文化考查成绩登记表

了解当时的招生背景。那时招的学生叫“工农兵学员”，上面给这些学员的任务是“上大学、管大学、用毛泽东思想改造大学”；各大学都有由学生组成的“上、管、改”领导小组，直接参与学校的管理。这些招生的人以为路遥是个闹事的人，由此进一步认为县上的全力推荐意在甩掉这个“包袱”，于是就出现戏剧性一幕：县上越是推荐，他们越是不敢收。

县上先把他推荐给北京师范大学，对方明明不愿接收，嘴里却说：“这样的好苗苗，放在师大屈才了，建议为其另谋高就。”后来又推荐给陕西师范大学，他们更有“个性”，当面说自己是“培养教师的，路遥应该上综合大学的中文系”，私下却抱怨说：“延川县奇怪了，硬把自己头上的虱子往别人头上放。”眼看着招生到了尾声，路遥仍没有着落，就是在这种情况下，县委书记申易派人找他的堂弟——时任延安大学中文系主任申沛昌。申易详细介绍了路遥的情况，希望延安大学能收下路遥。在他们的努力下，路遥最终上了延安大学。

那么申易为什么要如此卖力地帮助路遥呢？要说清这一点，就得说说这位可敬的老人了。申易，陕西省安塞县人，来延川工作前为富县县委书记，离开延川之后任中共延安地委常委、纪委书记。他是一位能办成大事的干部，他主政延川期间，办了三件在全国有影响的大事：一是大办沼气，二是扶持“赤脚医生”，三是支持文艺小报《山花》。他是一位知人善任、善于发现人才的干部，支持和培养全国赤脚医生的榜样孙立哲，再就是推荐路遥上大学。世无伯乐，难有千里马。无论当时的人怎么看待他，无论现在的人站在什么角度理解他，受过他扶持的人日后都用事实证明了他的不凡。据此可知，他竭尽全力推荐路遥上大学不是偶然的，是他一贯做派的必然之举。

在上大学的这几年中，路遥的生活是困难的，但这困难却不是必然的，很大程度上是他自寻的。那时上大学的学费不要自己出，吃饭国家有补助，如果是一个节约一点人，花不了多少钱。可路遥不是这样的人，他有一个坏毛病：抽烟无度，有一点钱大都买烟抽了。那么他的钱从哪里来呢？清涧老家指望不上，延川他大伯这里也指望不上多少，主要靠夫人（当时还是未婚妻）林达。林达为路遥能顺利读完大学付出了巨大的努力，她当时每月挣 38 元钱，除了自己的伙食和必不可少的零花钱外，其余的都让路遥花了。这还不是最主要的，林达也是个人才，她当时在延川县委通讯组工作，是曹谷溪手下的一位“笔杆子”，无论在领导还是群众中都有很好口碑。以她的才气和表现，上大学是完全有希望的，为了支持路遥，她放弃了这种选择。在路遥举世闻名的时候，不郑重地说明这一点，既不客观也不忠厚。

又上角逐新擂台

1976 年，路遥大学毕业。他是延安大学最风光的学生，在校期间就在省级刊物发表了许多作品，还被《陕西文艺》编辑部借去当了一段时间见习编辑。在毕业分配时，《陕西文艺》编辑部派人专程来到延安大学要路遥去当编辑，这也是路遥的愿望。延安大学本来是想让他留校的，但最后还是忍痛割爱了。更令人鼓舞的是，这年秋天“四人帮”被粉碎，全国人民都沉浸在一片欢乐之中，文艺创作更是迎来春天。路遥不但有了满意的工作，也赶上了一个大好的创作环境，但是，

延安大学中文系七三级毕业合影（第三排右一为路遥）

压力也随之而来。压力来自同行们的竞争，特别是同龄人之间的竞争。

那个时期文学是全社会的宠儿，发表一篇好点的短篇小说，立刻就会声名大振、全国皆知。当时，路遥在陕北是首屈一指的新秀，但放在全省就不一样了，和他处在同一水平线上的还有好几位。无论从成就还是实力方面看，他并不占优势，这令他非常着急。

1978 年元月，他和林达结婚，在延川住了一段时间。其间，他让我看他写的短篇小说《不会作诗的人》，同时还要我看看陈忠实的《高家弟兄》和贾平凹的《姚生枝老汉》，意思是比较一下。我看了后感觉陈、贾的两篇比他的强，就率直说了自己的看法。他听了，好一会儿没有说话，再开口时已把话题引到其他方面去了。尽管他仍旧谈笑风生，但我能感觉他的迷茫和焦急。

时过不久，全国首届优秀短篇小说奖揭晓了，陕西有两篇获奖，一篇是贾平凹的《满月儿》，另一篇是莫伸的《窗口》，路遥在陕西文学新人中的排名开始下降。这是好强的路遥坚决不能接受的，他表面上装作无所谓，心里头那根弦却越绷越紧。这段时间我们见面不多，但每月都有书信来往，在信中他很少谈自己的创作情况，只是莫名其妙地批评我“目光短浅，心浮气躁”，“不认真研究名著，只靠看杂志上小说‘过光景’”。在少数的几次见面中，他反复给我推荐托马斯·曼的《沉重的时刻》和雨果的《九三年》。当时我感到奇怪，直到他的中篇小说《惊心动魄的一幕》的发表并获奖后，我才理解了他当时的心情——《沉重的时刻》描写德国诗人和剧作家席勒在创作中，面对障碍时的心情；而《九三年》写的是在光明与黑暗短兵相接时英雄主义的闪光。前者对应着他当时的心情，后者对应着他正在写的小说《惊心动魄的一幕》。

《惊心动魄的一幕》写于1978年，写一位被造反派关押着的县委书记，为避免两派大规模武斗而勇敢献身的故事。这是路遥通过深思熟虑后选择的题材，目标就是想在全国获奖。由于“想法”在前，构思在后，所以难免主题先行。基于对他做事风格的了解，我想揣度一下他当时的想法：

第一，为什么写的是中篇小说不是短篇小说。他认为自己在短篇小说方面努力的意义已经不大了，因为陕西已经有三个人获得了这个荣誉，自己就是获得了也无法挽回落后的局面。这时候“在后面”赶不行了，必须“跳跃式超越”，争取在全国首届优秀中篇小说获奖名单中占有一席之地。

第二，为什么选这个题材而不是别的。这是他对文艺政策走向判断的结果，要说清这个，有必要对当时的文学情况作一点回顾。那时候的文学被评论界称为“伤痕文学”，所有的文艺作品都在控诉或者哭诉，可以说是“一把鼻涕一把泪”，以致引起了人们的不快，有人说：“爹妈死了也只不过守孝三年。”路遥认为，高层会想办法扭转这种局面，而扭转的最好办法就是鼓励创作一些正面歌颂共产党人的作品，进而起到引导作用。

《惊心动魄的一幕》写成了，路遥的心也随之悬了起来，一悬就是两年时间。在这两年时间内，这篇小说“游”遍了长城内外、大江南北，“拜访”了当时80%的能发中篇的文学刊物。他总是满怀信心地寄出去，无可奈何地接回来——不要说获奖了，连发表都做不到。路遥在焦急中就地打转，别人却在高歌猛进：1979年，陈忠实的短篇小说《信任》在全国获奖；1980年，京夫的短篇小说《手杖》也在全国获奖。至此，陕西已经有四位作者在全国获了奖，而路遥却颗粒无收。一贯自信的他似乎开始动摇了，回头又写开了短篇小说，一口气写了五六篇，发表得很顺利，获奖却“门也没有”，路遥的焦急与日俱深，有一种喘不过气来的感觉。当《惊心动魄的一幕》再次被退回时，他有点绝望了，甚至动了“把这稿子烧了”的念头。

但他没有马上把这个想法付诸行动，而是把稿子寄给了全国一流的《当代》杂志，心想：“稳妥选择一般杂志得到的是退稿，冒险选择第一流的杂志也只不过是退稿，何不冒险一回，如果再退回来一定烧掉，彻底忘掉这件事。”稿子发出后，他继续埋头写短篇小说，完全放弃了“跳跃式超越”的想法，准备“奋起直追”。

就在这时，戏剧性的一幕出现了，时任人民文学出版社副总编辑兼《当代》杂志主编、著名评论家秦兆阳读到了这篇小说，并给了很高的评价。在他的竭力推荐下，小说发表在《当代》杂志 1980 年第 3 期上。

关于《惊心动魄的一幕》的发表还有另外一种更具体的说法，这事路遥没给我说过，是我和路遥在城关小学时的老师、《山花》的创办人之一白军民，在事过四十年后即 2017 年对我说的。他说，《惊心动魄的一幕》屡投不受，就在路遥已经差不多绝望的时候，林达的母亲出面帮忙了。林达的母亲和著名作家、时任广东省出版局副局长的黄秋耘熟识，当时黄正被国家出版局借调到北京，参与主持修订《辞源》的工作，林母就提起这个事，看能不能帮忙看看。黄了解了大致内容后，很感兴趣，就把小说推荐给秦兆阳。

一跃“龙门”天地宽

中篇小说《惊心动魄的一幕》的发表，对路遥的创作甚至一生都意义重大。首先它给了他前所未有的荣誉，一下子就获了三个奖：1979—1981年度《当代》文学荣誉奖、《文艺报》中篇小说奖和首届全国优秀中篇小说二等奖。这实现了他“跳越”的目标，成了陕西第一个获此殊荣的作家，从此进入全国实力派作家的行列，进而让他恢复了自信，坚定了信心，以更加决绝的姿态投入到新的“竞赛”之中。其次也是更重要的，这使他的创作由原来的揣摩上面的要求、观察文坛的动向、预测发展趋势等，转变为某种意义上的“应约”态势；由原来自己写好了投稿，变成杂志的约稿，有的杂志编辑甚至主动提示他选取题材的范围和作品主题的指向，例如王维玲。

王维玲是中国青年出版社的资深编辑，“文革”前就联系陕西作家，是柳青享有盛名的长篇小说《创业史》的责任编辑，也是首届全国优秀中篇小说奖评委。颁奖会后，他和路遥进行过深谈，共同认识到当下写农村小说，最值得重视的是农村知识青年的出路。这些数量巨大，有着和城市同龄人同样的文化知识，向往城市生活却因户口限制被死死绑在农村的年轻人有着无穷的困惑和无奈。这样日后被命名为“城乡交叉地带”的问题，是非常值得重视的。王维玲建议路遥写这方面的东西，路遥一口答应。

《人生》电影海报（资料图片）

这是路遥感受最深、观察最细、积累最多的领域，他自己就曾经处于这种“城不城，乡不乡”的尴尬境地，他的亲戚、同学、朋友中也有太多的人处于这种窘境。以前总以为这样题材不能写，现在有如此规格的出版社专门就此约稿，他不干还等什么？这就是路遥写《人生》的动因。

《人生》初稿写于 1981 年的 8 月，原题为“生活的乐章”，后来在王维玲的建议下改成“人生”。为了扩大影响，在出单行本之前，中青社将稿子推荐给《收获》杂志，进而使小说一举成名，获 1981—1982 年全国优秀中篇小说奖；后又被西安电影制片厂改编为同名电影，获第八届大众电影百花奖最佳故事片奖，受到全国观众的追捧。

《人生》的巨大成功，激励了路遥，也进一步调动了中青社和王维玲的热情，他们马上组织策划《人生》的续集，意在全面描写农村青年的命运。当初想得很好，但在具体实施时却遇到困难。路遥几度尝试，几度不成，再次陷于着急之中。

这次着急和以前不同，用大白话说，以前的着急是因为出不了名，这次着急是怕人说“江郎才尽”。路遥是个性非常强的人，他绝不能接受这个事实，于是千方百计，拼命向前。最后的结果是，《人生》续集宣告失败，《平凡的世界》应运而生，路遥由此获得茅盾文学奖，奠定了他在读者群中无可替代的显赫地位。

标准之下说高低

综观路遥的创作实践，特别是《惊心动魄的一幕》发表和获奖之后的创作实践，有一个非常明显的特点：站在政治家的高度选择主题，首先取得高层认可，然后向民间“倒灌”。

这样做究竟对不对呢？对此，我现在的看法和以前不同，甚至可以说相反。以前我认为这是不对的，这样做在本质上是“文以载道”的翻版，现象上几乎是政治投机。同时，我认为写作是创造性劳动，而创造的前提是兴趣和快乐。写东西应该和生孩子一样，过程应该是快乐无比的，激情飞扬的，忘掉一切的，没有功利性的，作品只是这种无边无际快乐的副产品。为此，我和路遥争论过好多次，至少有两次争到互相“谩骂”的地步：我说他有投机心理，他骂我有“无赖意识”，最终仍相持不下。至今几十年过去了，路遥去世也二十多年了，我虽苟延残喘，但一事无成。再回头看这个问题，我的看法有了改变，我认为他的做法基本上是正确的，而我却失之片面。

我现在的看法是：文艺作品要有影响，就必须“载道”；只有“载道”，才能让作品站在同一起跑线上，才能形成比较，显出高下。至于能不能引起读者共鸣，主题上“载道”与否不是最重要的，人物形象的塑造是否成功才是最重要的。路遥的作品能在读者中产生经久不衰的共鸣说明了这一点，《三国演义》《西游记》等以讲史和传教为主题的小说成为经典更说明了这一点。我为此付出了巨大的代价，有志于创作的年轻人应该以我为鉴，少走或不走弯路。这是题外话，不再多说了，言归正传。

路遥有多方面的才能，他在政治方面的才能如果不能说比文学方面的才能高的话，至少不比它低。站在 1980 年这个点上回望他的人生历程，他把绝大部分时间和精力花在“政治”方面，促使他改变处境的也是“政治”举措，纯文学的思考少之又少。通过《惊心动魄的一幕》的实践，这两者得到了统一，路遥找到了自己的突破点，能最大限度利用自身优势的突破点。这一点对路遥的成功意义重大，也是认识和研究路遥的一个关键点。这之后，他的《人生》和《平凡的世界》都是走的这条路子。1981 年写的《人生》配合的是正在全面展开的农村改革，而 1984 年开始着手准备的《平凡的世界》则试图展现农村改革的全貌。总而言之一句话，从那时候开始，他的创作已经不是“喜欢什么写什么”了，而是“需要什么写什么了”。

他这样做有两个直接的结果：一，由于他在政治上的敏感和看问题的深远，选择的题材都非常“准确”，因此连连获奖，直至名扬天下；二，由于“主题先行”，所以写得特别吃力，特别累，“写一个东西脱一层皮”，严重伤害了健康，这成为他英年早逝的一个重要原因。

中部

兄弟情深：我和路遥三十年

戏剧性初识

我和路遥相识于 1963 年的春天。那年我十一岁，他十四岁；我上五年级，他上六年级，地点在延川县城关小学。路遥虽然高我一个年级，但却是我在城关小学认识最早的同学之一，比同班同学还要早一些。我是从外校转来的，当时学校好像正在翻修部分学生宿舍，住校生打乱了住，我被安排在一个临时的学生宿舍里。那是一孔不太大的窑洞，盘有两个土炕；靠窑掌的土炕横向盘着，靠窗的土炕纵向盘着；纵炕上住着五年级的同学，横炕上住着六年级同学，其中就有路遥。我住进去的第一个晚上就领教了他的调皮或者说幽默——他不停地给同宿舍的人编顺口溜，一个挨一个地编，唯独没给我编。那些顺口溜都很形象，很能逗人发笑。其他同学大概早已领教多次，加上又涉及自己，都不太笑，有的还掩嘴偷偷地骂。只有我第一次听见，又不是被"编排"的对象，所以笑得最肆无忌惮。不幸的是，我的畅笑引来了值周老师，他毫不客气地把我从被窝里拉出来，逼问我："笑什么?"我初来乍到，加上年龄小、个子更小，不敢"如实报告"，硬挺着不说话，而其他同学又都在装睡，有模有样地装着打鼾，其中路遥的鼾声最高，最像熟睡的样子。结果是，我被老师拉出宿舍，光着身子在冷风中站了半个小时，才算了事。

第二天他来找我，夸我是条汉子，不是"告状老婆"。他说他最看不起"告状老婆"和睡觉后在被窝里吃"干馒头片"

的人，看见这些人心里就来气。我问为什么，他没回答，只是拐了脖子打口哨，十分不屑的样子。后来我才知道，他吃过这两种人的亏，“告状老婆”曾把他告到教导主任那里，让他挨了一顿训；而在被窝里吃“干馒头片”的人，总发出“格绷绷”的响声，让饥肠辘辘的他好半天睡不着。

那时候的路遥是个活跃分子，走到哪里，哪里就笑声一片。他爱给同学起绰号，起得很贴切、很形象、很逗人，但不恶俗，像漫画一样谑而不虐。他起绰号的范围很广，五、六级四个班的男生起了一大半，但是没有人生气，原因很简单，他在给别人起之前，先给自己起了一个最不堪的外号，无论谁叫，他都答应。但是他没给我起过绰号，别人起的他也不叫。成年后，我就此问过他，他说：“我也不知道，打从第一次见面，我就觉得你是一个弟弟。”

宿舍修好后，我们就分开了，见面的时间多，说话的机会少了。见面最多的地方在学校的图书室和县文化馆的阅览室，两人都忙着看书看报，只是点头而已。半年之后，他考上了延川中学，连面都不多见了。

“争夺”中深交

1964年秋天，我也考入了延川中学，和他同校，住得也不远，但那时我因家中遭变故，非常自卑，基本上不和人交往，和他说话也不多，远不如小学时热络了。如果不是因为一件偶然的事情，我们的关系可能就淡了，是老天给了我机会，让我们由相认变为相知。那已是“文化大革命”中了，我复学（我因家境有变，休了一年学）来到学校，当时路遥已经是学校一派红卫兵组织的头头了，这个组织下辖许多战斗队，一个班一个战斗队。我所在的班这一派人少，名义上是一个队，其实只有五六个人。由于人少势弱，总得受气。不但要受同班另一派同学的气，同派中大一点的队里的同学也欺负我们，其中路遥那个年级的同学欺负我们最厉害。有一次我实在忍不住了，就草拟了一份大字报底稿，准备写出去。

那时写大字报的纸墨笔砚都得去总部领，我去领时正好碰上了路遥。他问我：“写什么?”我拿出底稿让他看。他一看，吃了一惊，说：“你怎么能做这事？多亏遇上我了，要是遇上别的头头，人家会把你腿打断的。”说着就撕了那底稿，要我“再不要说这个事了”，他会解决的。当天，他就召集各战斗队的小头目开会，专说内部团结问题。多年后，我们忆及这件事时，路遥说：“我当时没看清你的模样，只看见一对明镲镲的眼睛。”

从此以后，我们关系再度密切，时不时就在一块儿聊聊。

海波（左）和路遥

那时候大家都穷，吃一顿馒头都不容易，吃肉更是稀罕事。路遥有威信，能整来钱，有了钱就叫上我到街上的饭馆吃“两面”馒头和回锅肉——我们在一块儿吃饭，总是他掏钱，不要我管，用他的话说就是“抢也由我来抢，你只要听话就行了”。这种习惯一直持续到他去世。

这之后不久又发生了一件事，使我们的关系更进了一步。那时学校里已经彻底乱了，老师都不太管学生了，任凭学生胡闹。有一次，几个学生趁夜砸开学校图书室的玻璃，跳窗进去偷画报裱墙。开初只是个别同学偷偷摸摸地干，由于没人敢管，后来就发展成公开的“洗劫”，很多同学都去了。我也去了，只是没拿画报，拿了一套《鲁迅全集》和几本我喜欢的散文集。就在我拿回这些书的第二天中午，路遥领着几个人来追查这事来了，挨着宿舍查，查出的全部收走。我拿回的书卷在被子里，也被查出来了。我给路遥直使眼色，希望他“看在朋友的面上，区别对待”，他没理我，领了众人呼啸而去。过了几天，他把我训了一顿，说：“你是个‘瓷脑’，当着那么多人使什么眼色？你比别人特殊吗？”临末才告诉我说，那套《鲁迅全集》他留下了，“咱们轮着看”。

亲密之后疏远

可惜的是我们没能“轮着看”，不久我便离开了学校——这次不是休学而是退学。临行前也没给路遥打招呼——那时已经开始小规模武斗，两派学生各据一地，扔着石头对打，找他已经很不容易了。

我们再一次见面大约是1967年的农历正月，地点在延安。我回家后不久，大串联就开始了，同学们三个一群、五个一伙，在全国各大城市乱转，令我万分羡慕，后悔自己失去了这个机会。1966年农历的腊月，我的同学冯山云刚从北京串联回来，又准备去西安—韶山一线。在我的苦求下，他愿意带我去，并为我办好了手续。冯山云和我有亲戚关系，是我父亲的表弟、我岳父的堂弟（当时我已订婚），他的话我父亲相信，就让我去了。我和他走到西安时已经是1967年的春节了，上面有命令不准大串联了，各车站和接待站只接待返回的学生。我们被迫返回，大年初三一早就被塞进开往延安的军车。一路上我又冷又饿又累，到延安时，不但腿肿了，头也肿了，更糟糕的是冯山云也找不着了。由于是集中“遣返”，聚集在延安的延川学生很多，而延川只派了两辆卡车来接，我别说上车了，连车跟前也挤不到，急得直哭。就在这时，已经开动的一辆车停下来了，车上有人喊我的名字。我抬头一看，竟是路遥，他站在驾驶室上面的行李架上，一边喊我过来，一边要坐在车边上的人把我拉上来。那车已经很挤了，大伙都不愿意让我上来，坐在边上的人更是不愿意伸手拉我。路遥火了，吼道："快拉上来。谁怕挤，谁下去!"众人这才把我"提溜"上去。就在我上车的时候，又有几个同学乘机也挤了上来，路遥毫不客气地命人把他们赶下去了。两相比较，能感觉路遥对我的偏护。

路遥（郑文华 摄）

这之后，他的名声越来越大，而我已经成了一名"小社员"，和他见面很少，说话更少，至少有三次我看见了他，他却没看见我。

第一次是武斗刚开始不久，路遥所领导的这一派还在延川县城。那天我去赶集，有一个亲戚急火火地来找我，说他拿了几斤棉花准备卖，被路遥这一派的人没收了（当时棉花和粮食、食用油由国家统一经销，不准私下交易），听说我和路遥关系好，求我帮忙找回来。我怎么也不去，我父亲硬逼我去，说"要紧亲戚，不能推辞"，我只好去了。当时路遥正和几个人一块在延川县城的十字处讲演，我远远地看了一会儿，没有勇气上前去，最终还是退回来了。

第二次是在武斗结束后，进驻延川的解放军某部把"流亡西安"的路遥等人护送回延川。当时的气氛很紧张，占领县城的另一派组织在沿街贴满了谩骂路遥等人的大字报，许多群众来看热闹，把街道挤了个水泄不通。在一个转弯处，路遥乘坐的那辆吉普车被挤得停了下来，我看见了他，他也看见了我，我们不但没有说话，连眼珠子也没敢多动一下。

第三次是在成立革命委员会后的一次群众大会上，会场设在县城边一个叫“井滩”的广场上，路遥在主席台上。那天我正进城拉大粪，手里还牵着一头毛驴，远远地站着张望，直到路遥讲话时我才认出他来。当时他已经被选为县革委会副主任，在我眼中，他已经非常遥远了。我看了一眼后，牵了毛驴退了出来。

这之后的好长时间我们再也没有联系，有时在街道上迎面遇上了，我也想办法避开。在他面前，我有点自惭形秽的羞怯，心里想：我们的朋友关系可能到此为止了，“人家的桌子高，自己的板凳低——够不上了”。

危难时重托

不久后，路遥竟主动找我来了。具体是哪年，我忘记了，只记得那天天气不好，很冷。当时我正在村里修理羊圈，有过路人捎话说："你的一个同学在高家湾等你，要你马上过去一下，有急事。"高家湾是我们的邻村，两个村子挨着地界种庄稼，但不是一个公社，两个村子隔着一条县河。听到这话后，我有点紧张，因为前不久我赊了一头猪娃，作保的人是我的一位同学，我以为卖猪人逼债来了，一路走一路盘算着怎么给人家说好话。刚过县河，就遇上了路遥。他的模样令我十分意外，如果不是他首先开口，我肯定认不出来。他穿着一件旧棉袄，旧得说不出颜色；棉袄上的扣子没扣，襟子半掩着，拦腰束了一根麻绳；头上扎着一条旧羊肚子毛巾，上面的"毛儿"脱落了大半。他正蹲在一块大石头上抽烟。我问："你怎么在这里？"他答："等你。刚才不是给你捎话了吗？"我这才知道捎话的是他，松了一口气，问："出什么事了，你怎么这副样子？"他说："大事！倒霉事！"接着他才给我说了事情的原委。

前阵子，他报名参军，开初很顺利，结果在政审时被卡住了，不但参军不成，有人还想让他坐牢，硬说他和一宗大案有关。他简略地说了情况后，从怀里掏出一份材料很郑重地交给我，说："如果我被抓了，你想办法把这份材料递到延安地区革委会军事管制小组。我家是外来户，在延川没有亲戚，只有一些朋友，所以只能靠朋友了。”我一听这话一下子惊呆了，连一句话也说不出来了。他看出我的紧张，安慰我说：“你放心，我肯定没事。如果真的有事，写这些能起什么作用？”我答应了他，拿了那材料匆匆离开时，只觉得头皮发紧，浑身颤抖，走路都有点发飘了。我刚过了县河，他又赶来了，说：“还是算了吧，你们家成分不好，弄不好还会连累你呢。”我连忙说：“没事。这和成分没有关系，我一定能办好的。”他很坚决地说：“算了。我就不信他们能把假的说成真的！”说完就拿走了那份材料。那材料我没打开看，有七八页纸，用圆珠笔复写的，看来不止一份。

为这事，我提心吊胆了好长时间，只要一听说有人被抓了，就会想办法打听抓了谁，生怕他出事。但见了他又不好开口问，只在心里打鼓。又过了一段时间，他告诉我说：“没事了。世界上还是好人多，好几十个人都证明了我的清白。”我悬着的心才放了下来。

也就在这次见面时，他给我说了他那失败的初恋。说得非常简单，没有说过程，没有说悲伤，甚至连对方的名字也没有说，只是复述了他给对方最后一封信的部分内容，其中的一句话我至今还记得：“你抛弃了我，但我坚信这个世界将会热情地接受我。”

帮助和促进

路遥在我顺利走上文学创作的路上起到了很大作用。他帮我修改作品并推荐给曹谷溪，使我进入《山花》的作者队伍。当时《山花》有五个骨干，分别是曹谷溪、白军民、陶正、路遥和焦闻频，这其中最关键的人物是曹谷溪，能否得到他的重视和支持事关重大。我由于文化程度低、写作水平相对差、家庭成分有点“高”和其他“提不上串串”的原因，曹谷溪一直不愿意接受我。为此，我想了许多办法，动用了许多人脉，想接近曹谷溪，但都没有成功。我最先求的是白军民，他是我小学时的美术老师，当时是延川县文化馆的临时负责人，我给他送了许多作品，都没能在《山花》上发表，只发表于他主编的油印小刊《革命文化》上。后来我又求当时在县文教局主管文化的副局长惠明清和干事都仲勋，前者是我小学时的语文老师，后者则是我邻村人。我请他们转了几篇稿子，但都没能发表。

我就是这种情况下请路遥帮忙的。之所以这么晚才找他，是因为我不确定他能否起作用——别人都是干部，他和我一样也是个平头老百姓，找他实在是因为走投无路了。我记不清是哪一年，只记得是国庆节前，我写了一首题为《祝福祖国永远年轻》的诗歌，请路遥转给曹谷溪看能否发表。路遥将那诗歌看了好久，最终没说一句话，默默地装进了衣袋，又和我说起了别的话题。当时我以为他不会帮这个忙，直后悔没留一

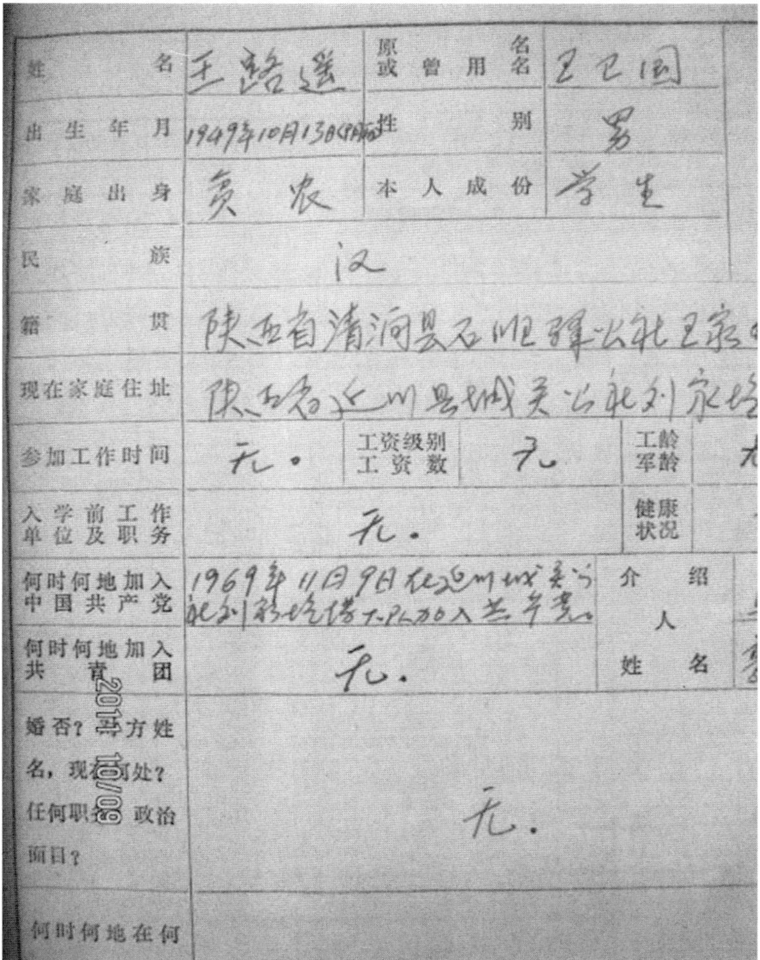

姓名：王路遥　原或曾用名名：王卫国
出生年月：1949年10月13日(阴历)　性别：男
家庭出身：贫农　本人成份：学生
民族：汉
籍贯：陕西省清涧县石咀驿公社王家
现在家庭住址：陕西省延川县城关公社刘家圪
参加工作时间：无。　工资级别工资数：无　工龄军龄：
入学前工作单位及职务：无。　健康状况：
何时何地加入中国共产党：1969年11月9日在延川城关公社刘家圪塔大队加入共产党。　介绍人姓名：
何时何地加入共青团：无。
婚否？对方姓名，现在何处？任何职务？政治面目？：无。
何时何地在何处，什么原因受

路遥自己填写的个人简历

份底稿。事过不久，我就去延安当民工去了。国庆节后的一天收工后，我和几位民工“战友”在延安街上逛，逛到地委大门前的宣传橱窗前时，突然发现我的这首诗歌在突出处登着，下面注明“选自延川县《山花》小报”。我大喜，正想给同行人夸耀，一看那诗又傻了，这首十四行小诗，除了题目和其中的两行没变，其余的都做了改动。开头部分则完全是重写的，且改得特别好。后来曹谷溪才告诉我说，这都是路遥改的——路遥把我的诗给了他，他认为“立意很好，诗意不足，建议作者修改”。路遥用一个晚上时间修改成这样子，他认为很好，就放在头条位置发表了。通过这首诗歌，我打开了《山花》的大门，进而得到曹谷溪的赏识。如果没有这首诗歌的发表，我还不知要一个人摸索多久，而最终摸索到什么地方也说不准。

通过路遥，我认识了许多文化人，这让我拓宽了视野。当时路遥特别佩服陶正等北京知青，说：“他们看问题和咱们不一样。咱们半天说不清的问题，他们一句话就能说清。就像用手指头戳窗户纸一样，一下一个窟窿。”在他的影响下，我认识和交往了许多优秀的北京知青，在他们身上学到许多东西。路遥上大学之前在延川县文艺宣传队当创作员（临时工身份），那里聚集了一大批文艺人才，延安的、省上的专门人才也不时前来，我作为路遥的朋友，时不时就能参加他们的“闲话会”，从中受益很多。那段时间，我在一个小山村当民办教师，一到星期天和节假日就和路遥在一起，吃在那里，住在那里，听他们讨论创作和聊天。每次回去时都带一大包书，这些书就是我学习文学创作的自选教材。

路遥在创作上对我的帮助不小，促进更大。由于年龄相近，又是少年时期的朋友，他的每一次成功，都会成为我追求的目标，继而使我产生无穷的动力。那种心理非常微妙，别人夸他的成绩时我为他自豪，他给我展示成绩时我又有点眼红；他夸奖或帮助我时觉得他特别亲切，他批评和奚落我时又觉得特别可憎。好在这一切都没影响我学习的热情，顺利时雄心勃勃地学，困难时卧薪尝胆地学，心里时时有一个不能为外人道的目标：绝不能被路遥甩得太远，最好能超过他！

我的这种想法，路遥当然能看清楚，他不止一次地说："你应该以更大的人物为目标，成天眼睛明镲镲地盯着我，像个眼红'先后'（妯娌）的农村女人。"我口里不说，心里想："我连你也赶不上，哪有本钱赶更大的人物？'打了卧虎再打跑虎'，先赶上你再说！"

路遥帮我找工作

1973年秋天，路遥去延安大学上学；时隔不久，我也不再当民办教师，在村里当大队革委会主任，兼联队生产指挥部主任。由于彼此不在一个地方，都在忙个人的事，因此交往比以前少多了。1976年，路遥大学毕业，被破例分派到《陕西文艺》（即《延河》）任编辑，走上专业文学道路，而我却再次跌入人生的低谷——由于我首倡并领导的“改河工程”彻底失败，我已经无心在农村干下去了，扔下工作躲到延安和延川交界处的一个修路工地上当民工。

有一天，我因事回家，路过延川县城时很偶然地遇上了路遥。说起这件事，像讲笑话一样——那是初秋的一天，我从工地出发，步行五十里路赶到延川县城时已是下午。我从早到晚没吃一口饭，饿得肚子直吼。想买饭吃，身上只带一毛钱，不够。只好尽这一毛钱买了一堆烂甜瓜，蹲在一个墙角里面壁大吃，生怕遇上熟人难为情。正吃时，背后被人踢了一脚，我一个趔趄，头差点撞到墙上。我转过身来正准备理论，才发现这人竟是路遥。他开始龇了牙望着我笑，说：“有两个破甜瓜还怕人吃，钻到这旮旯里偷着吃呢。”我哪里能笑得出来，就把实情告诉了他。他一听，不笑了，一脚踢飞了那些甜瓜，沉了脸说：“看你活成什么了，还有脸说——走，咱们到国营食堂里吃去。”吃饭时，他说了自己的情况：他已经分配到西安，秋天去上班，这次回延川是应邀编一本书，他是主编，县上抽人配合。我一听这话，急得叫了起来，说：“快把我抽上吧，我正‘受’得要命哩。”他冷笑一声，说：“就你聪明，别人都傻子。”原来，他一接手这事就向县上提出抽我来，县上给我们公社发了几次通知都没有回音，当天刚刚给我们村里人捎了话。

路遥是应县知青办之邀编一本《山花朵朵》的小册子，书成之后，县上让他再编一本，汇集在延川的知识青年的先进事迹和个人创作。当时已经抽调了十几个人，我是最后一个到的。名义上有十几个人，能出上力的没有几个，大部分是县上领导在乡下插队的子女，他们对写作既不内行也没有兴趣，只是以此为由回家休息的，只有两个北京知青和我能守得住。看见这种情况，我心里很是不平，在一次碰头会上说了自己的意见，用的还是“农业学大寨”的语言，说：“我们在一块儿干事，就应该‘心往一处想，劲往一处使’，‘九牛爬坡，个个出力’”。我正说得高兴，路遥打断了我的话，说：“说实际的，不说‘套子话’。”我连忙争辩，说：“这不是‘套子话’啊，听名儿有这么多人，都不出力，怎么行呢?”路遥一听就火了，当着几个人的面吼我说：“你能不能不说话？愿意干就好好干，不愿意干就拉倒!”接着就宣布散会。

路遥他们都走了，只有我一个人留在那里动不了，感到非常委屈和气愤，脑子里不住地想：干，还是不干？我越想脑子越乱，脑子越乱越想，连饭也没吃就回房间睡了，好像还哭了一场。天快黑的时候，路遥来了，提了两条烟、两包面包和一些水果。我没有理他，他也没和我说话，躺在另一张床上抽烟。过了好一阵工夫，他才说：“你对我有话说没有，没话说，我就走了。”我说：“没话说，但你把你的东西拿走，我不吃你的东西，也不受你的气。”他一听，又火了，从床上跳起来逼问我说：“你怎么受我的气了？你不是在村里呼风唤雨

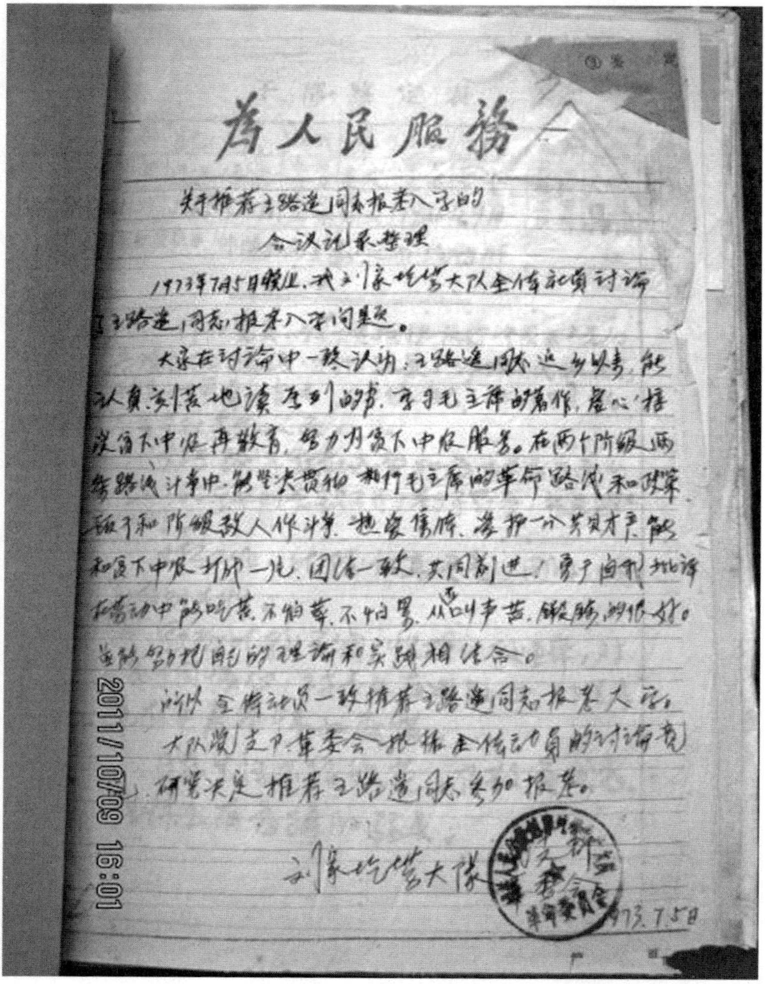

为人民服务

关于推荐王路遥同志报考入学的

会议记录整理

1973年7月5日晚上，我们刘家圪崂大队全体社员讨论了王路遥同志推荐入学问题。

大家在讨论中一致认为：王路遥同志回乡以来，能认真刻苦地读马列的书，读毛主席的著作，虚心接受贫下中农再教育，努力为贫下中农服务。在两个阶级、两条路线斗争中，能坚决贯彻执行毛主席的革命路线和政策，敢于和阶级敌人作斗争，热爱集体，爱护一分集体财产，能和贫下中农打成一片，团结一致，共同前进；勇于自我批评；在劳动中能吃苦，不怕脏，不怕累，从不叫声苦，锻炼得很好。并能努力把自己的理论和实践相结合。

所以全体社员一致推荐王路遥同志报考大学。

大队党支部、革委会根据全体社员的讨论意见，研究决定推荐王路遥同志参加报考。

刘家圪崂大队

1973.7.5日

2011/10/09 16:01

路遥的入学推荐信

吗？怎么又不愿意来这里呢？”接着他说了一段令人怎么也想不到的话来，他说：“是的，除过几个北京知青外，剩下的人都是县上干部子女，其中有一两个是知青办指定的，其余的都是我建议抽的。这些人能不能写东西，我不管；因为我压根就不指望他们写东西，我只是想和他们的家长接近。说老实话，我接近他们，不是为了我自己。我的工作已经定在西安，林达（当时是路遥的未婚妻）往西安调也不会是大问题，即便求人，也求不到他们。你知道吗？我这样做完全是为了你，想利用这个机会把你从农村‘捞出来’。”

我一听这话，顿时来了精神，翻身坐起来说：“这好啊。这是个好办法。只要县上有人说话，这事准成！”说着就给他递烟抽。

他没接我的烟，叹了口气又说：“你说话太成问题了，哪壶不开就专门提哪壶，你当着众人的面说那些人不干事，他们能高兴？这话传到他们父母的耳朵里，人家能对你有好印象？连好印象也没有，人家能给你帮忙？”

我一听傻了，呆在那里半天说不出话来，只是眼巴巴地望着路遥，立时急出一身汗来。

他也许看出我的心思了，说：“不过也没什么。我已经把他们全放回家了，说是一人写一篇，咱们也不指望他们了，咱们自己干。主要靠你，我只管审查和最后的修改，腾出来时间给你跑工作，这次一定要解决这个问题。如果再不想办法，你可能会在农村‘沤’一辈子的。”

我一听，大喜，当天就干了起来，白天黑夜不停地干。时间不长，就把所有要改的稿子都过了一遍。虽然在干这些活，但心还在我的工作上，每到吃饭时，我都转着圈儿打探进展情况，他从不接茬，我提在半空中的心怎么也放不下来。就在这时，突然发生了一件惊天动地的大事情——毛主席逝世了。县城当天就宵禁了，第二天，《陕西文艺》编辑部电话通知路遥返回西安。我一下子懵了，心想：我的事又完了。我想问他，但连个机会也没有了——他在收拾东西不说，县上的朋友一茬接着一茬来看他，为他送行。直到临上车时，他才把我叫到一边，说："你的事我跑出个眉目了，有两种可能：一是到你们马家河公社中学去教书，二是到县文艺宣传队去做编剧。两边都答应了，都有可能。原来我想彻底办好了再给你说，担心你提前透了风声有人从中捣乱。现在遇到这种情况，只能提前给你说了。我走后，哪一家先给你通知你就去哪一家，千万不要等下一家。"说完就上了车，刚上车又把我叫到车窗前，低声再次强调："记住，哪一家先给你通知就去哪一家，千万不要等下一家。"说完又恶狠狠地瞪了我一眼，加重语气说："你这次如果再不听话，以后你死在农村我都不管你了。"他的话虽然难听，但我心里热乎乎的，眼眶一阵阵发热，差点流下泪来。

就在路遥离开的第二天，马家河公社的教育专干马文瑞来找我，通知我到公社中学去教书。马文瑞和路遥是一个大队的，是路遥的入党介绍人，两人关系特别好。马文瑞告诉我说，为这事路遥找过他好多次，还和他一块找过好几位公社的领导。

没过多少日子，我就去教书了，虽然仍是农民身份，但事实上已经离开了农业生产劳动和农村的生活环境。

我和路遥的书信联系

从 1976 年我在公社中学教书开始，至 1985 年我到西安电影制片厂工作之前这八年间，我和路遥的联系主要靠书信。原因是打电话不方便——当时的长途电话费奇高，一般单位有的只有一部电话，有的干脆就没有电话，联系主要靠写信。写信联系虽然有许多不如人意的地方，但也有一样好处，那就是“有据可查”，只要一看信，当时的情景就活脱脱地出现在眼前。

那段时间我和路遥的通信很多，每月至少一封。为什么敢说至少一封呢？因为他按月给我寄杂志。那时正值文学畸形繁荣的时期，文学杂志的市场极好，赠送面特别窄。我这个无名小卒自然不会在杂志社的赠送名单上，每一期都是路遥私下寄出的，没有打印好的标签，都得自己写地址、姓名，所以，每寄一本杂志时，都会附一封信来。我那时给他写的信多，寄的稿子更多。我每寄出一篇稿子后就眼巴巴地盼望发表；发表不了，就以为“人情不到”，便拼命给他写信打听。信的内容随稿件的命运不同而不同，随稿寄出的信，总是热情洋溢，下笔千言，充满着期待；一月不见消息，就再写一封，名义是问候老哥，实际上是打探消息；一旦稿子被否，就气不打一处来，抱怨他不尽力，挖苦他“混在高处，忘记了穷时的朋友”。这样一来，他想不回信也忍不住，他要为自己辩护。一来二往，信自然就多了起来。

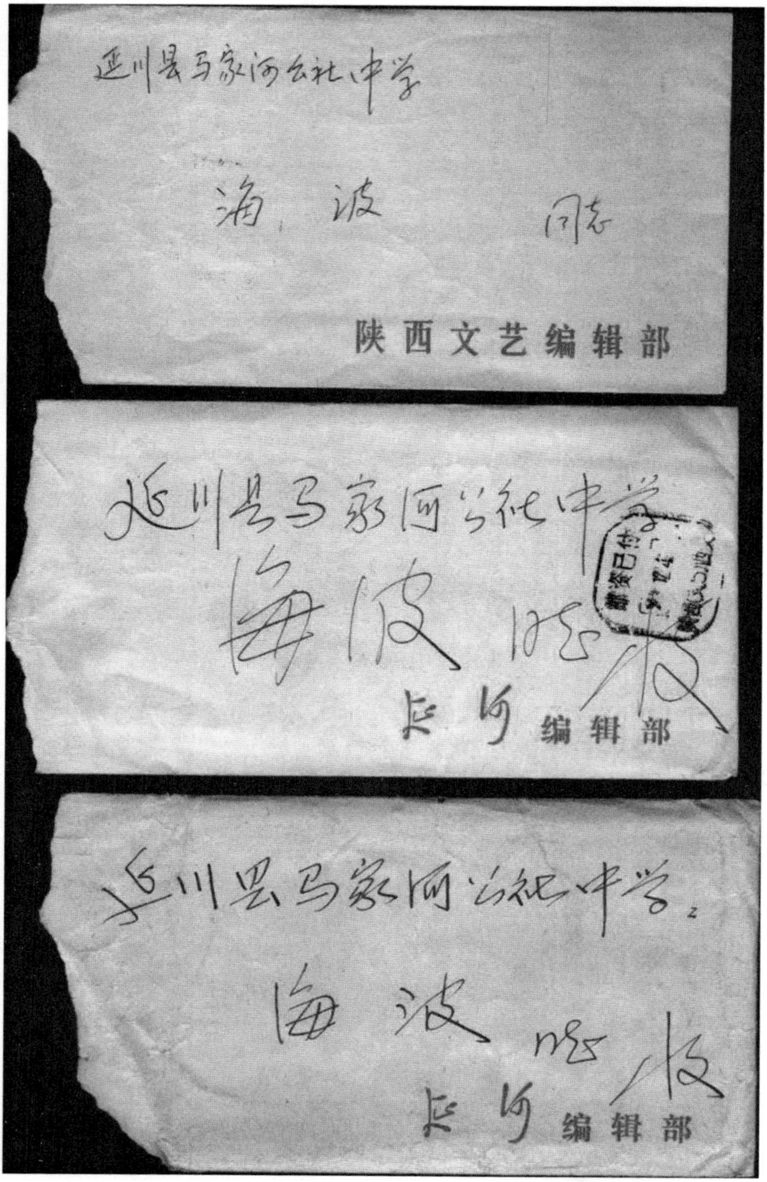

路遥致海波部分信件的信封

当然，他也有求我的时候，例如，要我帮忙给他买鸡蛋（那时，西安和延川的鸡蛋价格差别不小）和别的土特产，要我帮忙了解他弟弟在延川的情况，等等。路遥求人时，信写得特别客气，不要说对别人了，对我这样知底的朋友也客气得一塌糊涂。他总是先说一番所需之物对他的重要意义，然后再夸一番我的“优秀”和办事能力，最后还不忘记写一句“好办就办，不好办就不要勉强”之类的宽心话，弄得你不拼命去办都觉得不好意思。

路遥写给我的信我保存了许多，其中我认为能公开的都公开了。《路遥全集》中共收入他给别人的信 31 封，其中有写给我的 14 封信，差一点就占了一半。这是我感觉到特别欣慰的事，我们都出生在贫困的农家，读书都不算多，人生的道路上都充满了坎坷，能活到把通信展示给社会，流传到后世这一步也就不错了。这就是我特意写这一节的原因。

一次争吵两方冤

我和路遥因交往得很深，所以涉及的问题都特别具体，加上两人的个性都强，脾气都不好，红脖子变脸的事经常发生，有时候甚至到了见一面吵一架的地步。这不但没有影响我们的友谊和相互的信任，反而加深了这些，有时争吵甚至成了我们交流中不可或缺的内容，成了证明我们关系不一般的特殊标志。但是有一次例外，那次我们真的吵翻了脸，差点伤了感情。

那是 1982 年的秋天，我刚刚由公社中学到县剧团。这时，县上召开“纪念《山花》创刊十周年座谈会”，规模较大且很隆重，由县委、县政府主办，遍请《山花》“老人手”和陕西乃至全国名流出席，路遥当然在其中。

对这次会议，我当然抱有极大的热情，除过“繁荣社会主义文艺创作”之外，也有私心，主要有二：一是在会议上认识一些名流，学一些东西，寻找一些发表文章的机会；二是通过这次会议，给县上的领导展示一下我和这伙名流的关系，以促进我的转正（当时我是临时工，农民身份），其中寄希望最大的就是路遥。我真诚地希望他能起到关键性作用，动员这些名流一起向县上领导呼吁，帮助我彻底地跳出“农门”。

谁知事情不但不肯朝我希望的方向进展，反而朝相反方向滑去，想不到意外连连发生，问题首先就出在和路遥有关的方面。就在会议报到前一天夜里，有一位我和路遥共同的朋友突

路遥出席纪念《山花》创刊十周年座谈会（从左到右依次为：白军民、曹谷溪、陶正、路遥）（资料图片）

然来找我，很神秘地说："你最好通知路遥，让他不要回来了。"我很意外，问："为什么？"他说："现在正在清理'三种人'（指追随林彪、江青反革命集团造反起家的人，帮派思想严重的人，打砸抢分子），县上和路遥对立那派中有人已经被清理，他们认为事情做得不公道，想怂恿一些人借这次会议向路遥发难。"一听这话，我惊呆了，不知怎么办才好，问他："你说该怎么办好？"那人想了一会儿说："我们虽然都是路遥的朋友，但你们的关系较我近，我告诉你，就算尽了朋友之力了。你怎么做，那是你的事了。首先是我真的说不好，退一步说，就是有点想法，由于身份关系也不方便说。”他这么一说，我更紧张了，因为他当时任一个公社的党委书记，知道的情况肯定多，能这样说，问题一定很严重了。我不敢怠慢，连忙赶到邮局给西安打长途电话。那时家庭电话很少，路遥家当然也没有，只好打单位的电话，陕西作协能查到的电话只有三部，门房一部、编辑部一部、办公室一部，时在深夜，编辑部和办公室自然无人接，只好向门房打。好不容易打通了，门房人不肯给我叫路遥，要我留话，他们转告。这种话我怎么敢让他们转告？没办法，只好作罢。从邮局往回走的路上，我越走越觉得这事不能放下，心想，如果万一出了什么事，怎么给路遥交代，于是又折回去给路遥拍了一封加急电报，内容是：“暂不回延，详情另告。”发完电报已是鸡啼时分，我这才蹒跚回家。

第二天我又奉命去延安，接来许多名流。晚上回到县招待所吃饭时，发现路遥也在那里吃饭。我赶忙凑过去，低声问他：“你怎回来了？”他说：“拿上几个馍馍，回我房间说。”一进房间，他厉声问我：“你为什么给拍电报？你什么意思？”我连忙把情况说了一遍，心想，说清楚了他就明白。谁知他听了后更生气了，手拍着桌子低声吼道：“那是针对‘三种人’的，你认为我是‘三种人’吗？你拍这样一封没头没脑的电报，会在作协造成什么影响？你是想存心害我吗？”我一听也生气了，也拍开了桌子，也低声吼开了。两人谁也不听对方说什么，只管拍着桌子压低声音吼，震得那几个馍馍在桌子“胡跳弹”。正吵得不可开交时，县上领导看望路遥来了，其中一位笑着问：“你们这是干什么呢？在投骰子哩？”我正不知如何回答时，路遥先笑了，说：“你说对了一半，我们不是投骰子，是击鼓传花吃馍馍呢。”这话惹得众人都笑，只有我怎么也笑不出来，气得直打嗝儿。

当天晚上是欢迎晚会，第二天是座谈会，我被领导支得团团转，没有工夫和路遥吵。第三天是自由活动，我想趁这机会和他接着说，不料，领导又安排我陪来宾去看黄河，去的人有陕西人民出版社的编辑贾平凹、《长安》月刊的编辑和谷与延安报社的记者高建群。我去找路遥，问他去不去，他说不去，我只好陪那些人去了。整整忙了一天，回到县上时已经很晚了。我一下车就直奔路遥的房间。走近一看，门关着，灯也不开，服务员告诉我说，路遥病了，早睡了，不让敲门。我正准备离开时，门开了，路遥探出头来说："进来。"我说："服务员不是说你睡了吗?"路遥冲着我说："服务员说我死了，你也相信？你就不会想一想吗？为什么事事总听别人说呢?"接着我们俩就又吵开了，整整吵了一夜。和前次相同的地方是，仍旧压低声音吵；和前次不同的地方是，没拍桌子但也没开灯，摸黑吵。这天晚上我才知道这事和路遥完全无关。是的，路遥确实当过造反派头头，但他却不是所谓的"三种人"——对中学生在"文革"中的错误，上面有一具体政策："初中生既往不咎，高中生记入档案。"至于那位朋友当时为什么要说那个话，有没有那么一回事，我至今想不明白。

路遥帮我去青海

1984 年对我来说是个重要的年头，这一年我转正了，成了一个吃国库粮、拿财政拨款的真正的公家人了。对此，我当然高兴，欣喜若狂式的高兴。在当时的延安地区，和我同时转正的还有四五个人，我们都在高兴，都在高兴地忙碌着，但高兴和忙碌的内容却不同。他们都忙着在县内或者地区内找关系、寻门路，在延安地区范围内选择合适的单位；而我的心却早已飞离了延安和陕北，把目标定在西安。因为在当时的我看来，我和那些省内的名流在本质上没有多大的差别，仅有的差别只是他们是“海中龙”，我是“池中龙”，环境不同而已。

在这种不切实际的自我定位指导下，我的行动令所有的朋友都摸不着头脑——我谢绝了文化局领导给我在他领导的所有单位中自由选择的优待，刚一转正就把工作关系挂在文化局，直奔西安联系单位去了。说白了，就是找路遥帮忙去了。

从延安出发前，我给路遥打过一次电话，结果没找到他本人，接电话的是他的一个同事。那人要我等一等，她去叫路遥接电话。我说：“不用。你转告他，说我终于转正了，想在西安找个单位，让他等我。”那人听了后，半天没说话；我以为她没听清楚，又重复了一遍刚才的话，并简略介绍了我和路遥的关系。这时，那人笑了，说：“你好直爽，直爽得可爱。”我说：“谢谢，这是我们陕北人的‘脾气’！”

那时的公路不好，车更差，从延安到西安得用十多个小时。以前走这条路时，总是昏昏沉沉的，觉得特别无聊，特别漫长；这次就不同了，我一路预想着进省城以后的“风光”，激动得像飘起来了一样，觉得工夫不大就进了西安。下车后，肚子响成一片，才知道用了不少时间。但是我没有买饭吃，而是买了一瓶酒，准备和路遥边吃边喝边拉话，“谈笑间，问题迎刃而解”。

路遥（资料图片）

谁知，两人一见面就又吵起来了。路遥听完我要进省城的想法，马上跳了起来，道：“你是越来越不像话了，延安刚刚给你转正，一天没工作，就想走，人家会怎么想？再说，调动工作是那么容易的事吗？你以为西安是咱们的自留地，什么时候想进，就能进吗？你有什么本事尽管使，我是帮不了你。”我怀揣着一颗热扑扑的心来找他，一路上想了个“美丽”，没料到他会说这话，气得半天说不出一句话来，只是坐在那里发呆。他见我不说话，以为自己说到我的痛处，竟和我开起了玩笑，指着窗外的人流，很夸张地说：“啊呀呀，西安人真是没素质。海波这么重要的人物来了，怎么还都麻木不仁呢？不铺红地毯、没有仪仗队倒也罢了，怎么连个欢迎人群也不组织呢?”说完他大笑了一番，在我肩膀上拍了一掌，说：“别人不欢迎，我欢迎。走，去吃饭!”说着，他打开门先出去了。我的一团高兴早被他的话扑灭了，自然气不打一处来，他刚出去，我“啪”一下关上了门，倒在床上直喘粗气。他在外面叫我，我没答应，心想：“一定要给他个不好看，不然，他真不帮忙了。”过了三五分钟，他果然敲门了，要和我“进来细说”。我以为他认识到了自己的“错误”，一骨碌跳起来开了门。不料，他没有进来，隔门扔进来十块钱，然后甩门而去——关门的动静更大，震得屋子嗡嗡作响。我的心“咯噔”一下，心想：“路遥真的不帮忙了，这可怎么办呢?”不由得悲从中来，又急又气又委屈。我一天没吃饭，径直地吐了起来，直吐得头重脚轻，身子像被抽空了一样。

好在没有病倒。第二天起来，我就满西安城跑开了，只要见过面的人都去找，不说别的，只说找单位的事。结果非常不理想，路遥没气着，我自己倒先被气了个半死。整整跑了两天，见了许多熟人，没有一点结果。初见面时，那些人还和我客套；等我一说明来意，一个个都“哑”了。有的和我讨论天气，有的和我谈论改革，有的干脆说有急事，抽身逃了。

我来西安时带钱不多（其实就没钱可带），加上路遥扔给我的十元也就是二十来元，哪能经得住花？两天下来，钱已去了大半，事情毫无头绪，着急起来，只好又硬着头皮去找路遥。不知是他故意，还是碰巧了，找了几次都没找上。有一次，碰上给我当过责任编辑的王润华，她问我做什么，我大致说了一下情况，她说：“编辑部的来稿很多，想找个业余作者帮忙看，我试着推荐一下。你和路遥关系那么好，让他也说说，说不定还能办成。”我一听说“路遥”二字，心里先凉了，胡乱答应了一声，退了出来。

没想到这事竟然成了，第二天一早，王润华通知我到编辑部去上班，并给安排了住处。这一下我对路遥的意见更大了，心想："多少年的朋友，竟然连个别人也不如。我一定要在西安站住脚，不为别的，先气一气你路遥。"打这之后，我一边看稿子，一边找门路；看稿子为次，找门路为主。就在这时，我想起了贾平凹。前面说过，我和贾平凹于1982年在延川认识，很能说到一块儿，时不时就去他家转转。以前我没想到让他帮忙，觉得关系没有到这一步，如果开了口"落到地下"，脸面都没了。现在顾不上这些了，"不管有枣没枣，先打上一竿"。贾平凹听了我的想法和处境，唏嘘了半晌，问我，想不想去银川试试。他有一个朋友叫张武，在宁夏作协工作，如果愿意，他写一推荐信，但能不能成功，却说不好。我大喜，连说："好，好，太好了！"

回到住处，我见门开着，心里就有点奇怪；推门一看，更是吃惊，只见路遥仰脸躺在我的床上，地动山摇般打着鼾酣睡。我没叫他，他自己倒先醒了，眯着眼睛看我，说："你打扮得像个女人一样，哪里去了？"我没有理他，仰脸看着房顶。他递给我一个小纸片，道："你看看这个怎样？"我没好气地说："看不懂你的东西。"路遥一下子火了，猫着腰，乍着胳膊，拐着脖子，在屋子里疾走起来，一边走，一边骂："尘世也少见你这样的'孙子'。你拉着个死人眉眼让谁看？无缘无故欺负我做什么？我在你的事上，一点错也没有，硬要说有错，那就是当年认识了你这个'瞎熊'！"骂完之后，才心平气和地给我说："你与其去宁夏，还不如去青海。"

我一下子愣了，问："你怎么知道我要去宁夏？"他没回答我的问题，接着说："最近，《当代》杂志的副主编孟伟哉去青海当省委宣传部副部长兼文化厅厅长，他新办一个刊物，叫《现代人》，正在全国范围内招揽人才，这可能是个机会。"

我一听这话，一肚子气早散了个干净，忙问他："你和孟伟哉熟悉？"

他说："这正是我们要商量的问题。我和孟伟哉熟悉，但关系有点特殊。我的第一个中篇小说《惊心动魄的一幕》在《当代》发表时，孟伟哉持谨慎态度。后来这小说在全国首届中篇小说评选时获奖，证明他的谨慎有点过分。你好好想想，这种情况下，我向孟伟哉推荐你，成功的可能性有多大？我们之间发生的这点事，是积极因素还是消极因素？"

我一下子顾不上想他说的话了，只觉得路遥比平时更可亲，想起自己这些天对他的揣度，觉得特别惶愧，眼睛一热，说："老哥，我好像错怪你了。"

他挥了挥手，说："别说这种淡话了。这是准备给孟伟哉打电话说的大致内容，你认真看合适不合适——我们在走钢丝，应该排除任何技术上的错误。"

我是认真看了，但确实没看清上面写些什么，因为我的脑子太乱了。我胡乱点了点头，表示没有什么意见。接着，我们就去给孟伟哉打电话。

电话是在省文化厅办公室打的，在这里，我第一次见到了路遥的谦恭和低声下气。他的手紧握着话筒的底端，腰深深地猫着，满脸都是灿烂的笑容，说的每一句话都似乎在为对方着想，生怕对方为难，但同时又有着很难抵挡的说服力，仿佛谁不帮他这个忙就对不起老天似的。我无法听到电话那头孟伟哉的话，但从路遥的态度上感觉到事情成功了。他一放下电话，立刻就开始骂我，骂得"屠心割肠"。这时我才知道，编辑部留我看稿子的事他也知道，王润华推荐我的当天晚上领导就向他问我的情况。他不住地数落，我不住地点头，好容易才熬过了这一关。

最后，他给孟伟哉写了一封信，要我到西宁和孟见面。

去青海的事很顺利，我很快就被借调到青海省文化厅，具体工作是担任《现代人》编辑部的编辑。从此，我离开了乡下，进入了大城市。

“不要离开青海”

我在青海待了不到一年时间就离开了，主要原因是孟伟哉返京。大致情况是这样的，孟伟哉是受当时青海省省长黄静波之邀去的，到任时间不长，黄静波被调回中央，孟伟哉也就走了。孟伟哉为《现代人》招聘了两名编辑，都由当时全国有影响的青年作家推荐，路遥推荐了我，因小说《远村》《老井》而驰名的山西知青作家郑义推荐了郝东黎。孟伟哉一走，郝东黎也走了，只剩下我一个外来人了，所以我也想离开。我的下一个目标当然是西安，想象中帮助我的人自然又是路遥。

这次路遥没有生气，而是和我很深入地谈了他的想法。他主要说了两点：一是给我帮不上忙，二是不同意我离开青海。他说：“我这两年又是获奖，又是拍电影，整得名声很大，其实办事能力相当有限。再说，我正在准备长篇小说的写作，全力以赴尚且没有把握，还敢分心做这个事吗?”接着又很诚恳地说：“我以前帮过你，那是应该的。我们是朋友是事实，但我绝不仅仅因为你是朋友而帮你的忙，更重要的是你是个有潜力的人，不应该被埋没的人。现在我不求别的，只希望你能理解我，不要再像以前那变着花样‘逼’我帮你，支持我完成这个长篇的创作（指《平凡的世界》)。”接着他又详尽地说了他不同意我离开青海回到西安的理由，他说：“陕西曾经是文学大省，现在这种局面再次形成。陕西的青年作家队伍的实力在全国也是一流的，光获全国奖的就有五六个人，这些人都和你年龄不差上下。你要在陕西文学界出彩不易，出头更难。不要说你在实力上不及别人了，就是能比过别人甚至强过别人，要出头也不容易。改革开放和四九年建国一样，是个划时代的

路遥的干部档案袋

大界限，由此产生的各方面人才，都将影响很长一段时间，而这段时间正好是你人生最关键的时期。这是客观的东西，不以人的意志为转移，你必须正视、必须适应或者选择他途。上次我为什么在贾平凹推荐你去宁夏的情况下，推荐你去青海，是有考虑的。咱们都是穷苦人出身，可利用的资源极其有限，调动一回工作很不容易，加上已经三十多岁的人了，时间上也经不过折腾了，所以得通盘考虑，有长远的打算。你去宁夏也不行，因为宁夏的张贤亮成就已经很大了，你去了也只能混口饭吃，出头的希望很小。而青海就不一样了，在全国挂名的作家较少，有一个写诗的，年龄也较大，可以说那是一个可能出头的地方。所以我当时推荐你去青海，现在不同意你离开那里。”

当时我接受了路遥的劝告，准备在青海继续待下去。可不久，我又改变了主意。郑义等人把我推荐给时任西安电影制片厂厂长吴天明（当时，吴天明正在拍摄根据郑义同名小说改编的电影《老井》）。就这样，我回到陕西，调到西安电影制片厂。对此，路遥非常遗憾，吴天明告诉我，他在决定调我前，向路遥打听过我的情况，路遥在说了许多肯定的话后，很感叹地说：“海波看上去谦卑，其实主意铁硬，谁的话也不肯听。”我知道他指的就是这件事。

但是，这一切丝毫没有影响我们的友谊。我到西安后，经常去他那里，以至于我一进作协的大门，无论碰到谁都会主动告诉我路遥在不在，在什么地方；他也时不时约我出去拉话，总是先和几个朋友一块儿拉，拉到一定时间后，我们再单独拉，通宵达旦地拉。在他的提议下，陕西省作协于 1987 年推荐我赴北京鲁迅文学院学习（当年陕西省只有一个名额）。路遥当时已经是陕西作协的副主席，虽然不主持工作，但说话已经有了相当的分量。

路遥的“穷”和“大方”

路遥很穷，可又很大方，但又不是“穷大方”。是什么我也概括不出来，只能感觉到。

我说他穷，不是指他参加工作之前，而是指他参加工作之后，在全国声名大振之后；不是和我比，不是和我认识的其他名家比，而是和一般的双职工比。他穷的原因并不复杂，一是挣得不多，二是花得不少。

路遥的工资不高，具体多少我记不清，只记得比我在青海时的工资还低。1991 年底，他被评为“国家有突出贡献专家”和“陕西省有突出贡献专家”，有一点津贴，但也有限。国家的津贴好像是每月一百元，省里的他没说过，估计不会多。那么路遥的稿费多吗？据我所知，不多，甚至可以说少得可笑。别的不说，光说他在全国获奖作品的稿费，《惊心动魄的一幕》五百元，《人生》一千三百元，而长达百万字的巨著《平凡的世界》最多，也不过是三万元（每千字三十元）。这些都是路遥告诉我的，时间长了也许记得不太准确，但有一宗稿费我是清楚的，那就是电视剧《平凡的世界》的著作权报酬。1989 年的一天，我去找他，他说：“今天不能坐在家里拉话，我得去一回第四军医大学招待所，你若不忙，和我一块去，咱们边走边拉。”我也没问他去那里做什么，就跟他去了。去了之后，才知道是和中央电视台《平凡的世界》剧组见面。见面后，对方没说多少话，只是给路遥一个信封，说：“这是你的著作权报酬。”路遥自己没接，示意我收起来。离开那里后，我们到一个饭店里吃饭，拿出来一数，总共六百八十元。我说：“就这一点?”他只是苦笑。

路遥虽穷，但却出奇的大方，大方得让人意外。他的烟瘾很大，一天抽两包以上，且不肯“量入为出”，抽的都是好烟；他喜欢喝咖啡，至少从 1982 年开始就喝那种“三合一”的袋装咖啡。为什么说“至少从 1982 年开始”呢？因为我是从这一年发现他喝咖啡的，以前好像没见过。

1982 年开春，我参加省里召开的一个会议。具体是什么会议我记不清了，只记得在止园饭店召开，路遥也在会议上。会议上的伙食很不错，但路遥却不满意；放着现成早餐不吃，硬拉了我到一家咖啡店吃西式早点。那时候这种咖啡店很少，属于高消费，两个人吃一顿早点得花近十元钱。我那时每月工资只有四十多元，虽然不用我出钱，但看着也着急，吃一顿啰唆一场，劝他：“不要耍这个‘洋把戏’了。”他不但不听，还笑我“球貌鬼态”，说：“像我们这样出身的人，最大的敌人是自己看不起自己。需要一种格外的张扬来抵消格外的自卑。”见他把这个问题提到了“理论的高度”，我自然不便再说什么，恭敬不如从命。几天吃下来，我竟然完全适应了这“洋把戏”，早上一起来就直奔那个小店。一天早上，我等了好长时间不见路遥来，便赶回去想吃会议上的早点。回去一看，早误了，结果饿了整整一个上午。中午我遇见了路遥，问他：“为何半途而废?”他说：“没钱了，不废也得废。”原来他这种“奢侈”也不经常，那段时间他正好收到一笔稿费，换成一小沓十元面额的压在枕头下，一天摸一张。那天早上去摸，不见了，原来是爱人收起来了。

路遥虽然缺钱，但骨子里却看不起钱，羞于说钱。我和他几十年朋友，他只有两次提到钱。一次在 1988 年前后，他打

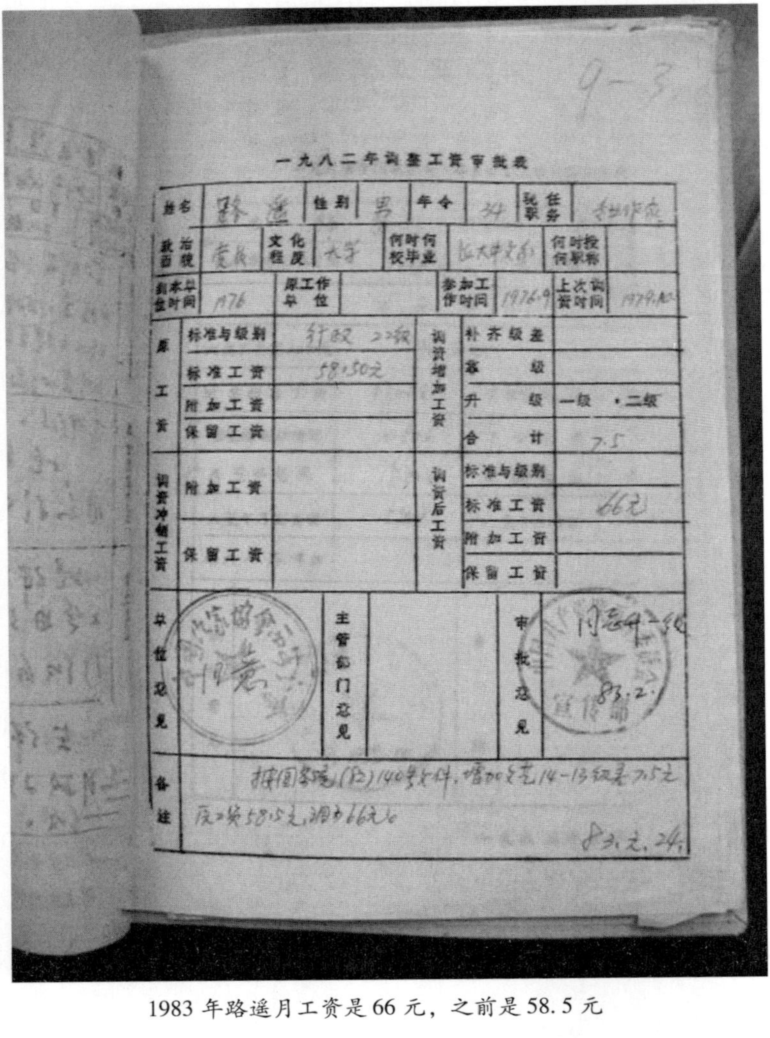

一九八二年调整工资审批表

姓名	路遥	性别	男	年令	34	现任职务	[illegible]
政治面貌	[illegible]	文化程度	[illegible]	何时何校毕业	[illegible]	何时授何职称	
到本单位时间	1976	原工作单位		参加工作时间	1976.9	上次调资时间	1979.[illegible]

原工资	标准与级别	[illegible]	调资增加工资	补齐级差	
	标准工资	58.50元		套级	
	附加工资			升级	一级 ·二级
	保留工资			合计	7.5
调资冲销工资	附加工资		调资后工资	标准与级别	
				标准工资	66元
	保留工资			附加工资	
				保留工资	
单位意见		主管部门意见		审批意见	83.2.
备注	[illegible]				

1983 年路遥月工资是 66 元，之前是 58.5 元

电话叫我过去，说有要紧事要商量。我当时正在西北大学作家班学习，以为他又发现什么我能用得上的好书了，便放下课本飞奔过去。去了后才知道他不是给我介绍好书，而是想和我一

块儿做生意。他说，他有一朋友是飞行员，能从广东、福建那边往西安捎牛仔裤，要我出面在西安登记一店铺，和他合伙做这生意。并说：“进货的本钱和运输全不要你管，你只管去卖；有风险我们承担，有利润咱们均分。”现在想起来这应该是好生意，对我来说是最保险的生意。但当时的我却断然不能接受，不但不能接受，反而认为他小看我，反问他说：“你把我看成做生意的人了吗?”他无奈地看着我，好半天不说话，只是深深地叹气。

另外一次好像在1990年，他对我说：“实在穷得没办法了，能不能找个挣钱的事做，写报告文学也行。”当时我正给西影短片部筹划一部电视剧，出资方是汉中市西乡县政府，这个县的副县长吕阳平和我关系很好，我就把这事告诉了吕。吕阳平一听很爽快地答应了，说他们县有一名高中生在全国奥林匹克物理竞赛中获得第一名，如果路遥能写写这个人，对他们县的教育事业肯定有促进作用，同时我们还谈好了报酬。我把这个情况给路遥一说，他答应了，但有一个条件：要我和他一块儿去。当时我正忙得要死，很难抽出时间来；但他这样说了，我只好同意，于是就准备出发。谁料我和西乡方面联系好，把车票买好，准备出发时，他又后悔了，说“觉得别扭”，不愿意去了。我一下子着急了，连劝带逼才把他领到西乡。西乡县的领导对此事十分重视，县长刘维隆天天陪我们吃饭，副县长吕阳平几乎全程和我们一块采访。采访很顺利地完成，只差稿子了。谁知路遥又后悔了，他坚决表示不写了，要我写。当时我正在陕北拍一个电视专题片，哪里有工夫?再说，人家是冲着路遥的名气来的，我写了未必能交差，只得向吕阳平说了实情，这事才算不了了之。

从这件事上可以看出，路遥当时非常需要钱，但他更爱面子，真正是“死要面子活受罪”。

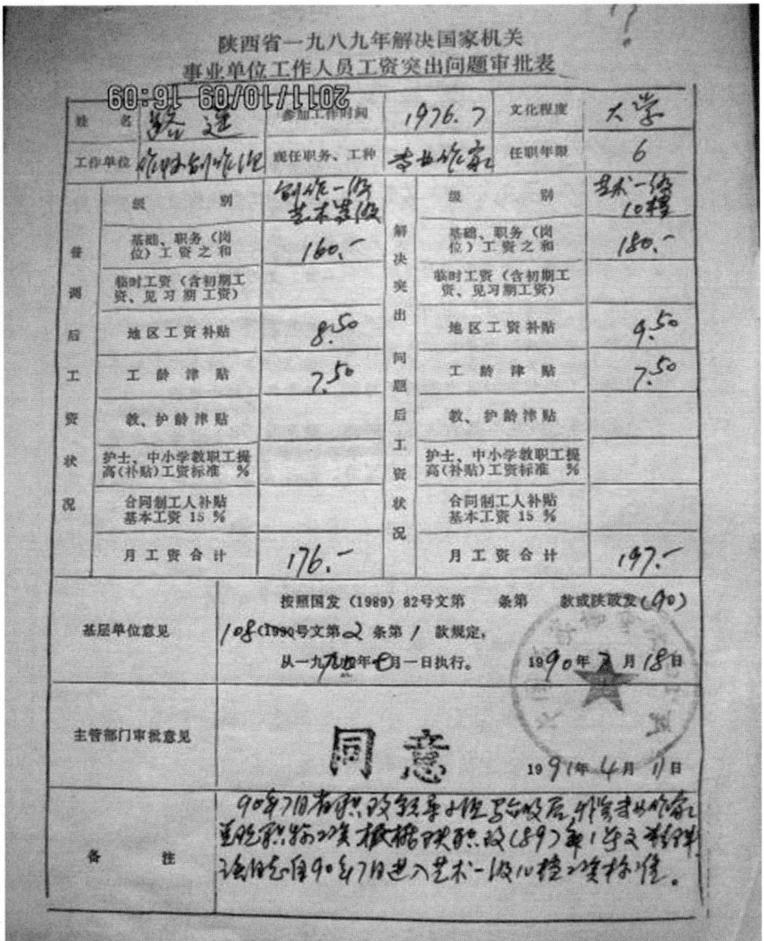

陕西省一九八九年解决国家机关
事业单位工作人员工资突出问题审批表

姓名	路遥	参加工作时间	1976.7	文化程度	大学
工作单位	作协创作组	现任职务、工种	专业作家	任职年限	6

普调后工资状况	级别	创作一级 [illegible]	解决突出问题后工资状况	级别	艺术一级 10档
	基础、职务（岗位）工资之和	160.—		基础、职务（岗位）工资之和	180.—
	临时工资（含初期工资、见习期工资）			临时工资（含初期工资、见习期工资）	
	地区工资补贴	8.50		地区工资补贴	9.50
	工龄津贴	7.50		工龄津贴	7.50
	教、护龄津贴			教、护龄津贴	
	护士、中小学教职工提高（补贴）工资标准 %			护士、中小学教职工提高（补贴）工资标准 %	
	合同制工人补贴基本工资 15 %			合同制工人补贴基本工资 15 %	
	月工资合计	176.—		月工资合计	197.—

基层单位意见	按照国发（1989）82号文第 条第 款或陕政发（90）108（1990号文第2条第1款规定，从一九九〇年七月一日执行。 1990年7月18日
主管部门审批意见	同意 1991年4月1日
备注	[illegible]

1990 年路遥的工资调整审批表

路遥的家庭

我和路遥虽然几十年朋友了，但我对他的小家庭情况了解得并不多，更谈不上深入。直到路遥去世后，我才听说他们夫妻之间有了裂缝，闹到要离婚的地步。

他和林达于 1977 年冬天结婚，婚礼在延川县招待所举行。我也参加了这个婚礼，并作为来宾代表向他们表示祝贺。他们的洞房就在林达的办公室里，除了新购置的被褥外，和平常办公室没有半点区别。我当时傻得厉害，他们结婚的第二天，我建议他和我一块儿去“黄河畔上看看”。路遥先是不接这个话茬，后来被我问烦了，说：“我们昨天刚结婚，正在蜜月之中，看什么黄河?”逗得林达差点笑出声来。之后不久，林达也调往西安。

我去路遥家的次数很多，但很少和林达说话。总是我一进门，林达就把我让到路遥的书房。书房里有一张小床，路遥就睡在那里。如果是上午去，路遥总在被窝里——他总是凌晨三四点才睡觉，中午十一二点才起床，所谓的“早晨从中午开始”。在我们说话的时候，林达就招呼孩子上学，然后去上班。两人的作息时间完全不同，真可谓“一个家庭，两种制度”。这种情况如果出现在别人的家里，我肯定坐不住了；但路遥家里却不一样，他们常是这个样子，我早习以为常了。

现在回想起来，他们之间的裂缝也显现过，只是我当时没有在意罢了。有三件事。有一次我去路遥家，两人商量着出去玩。当时我骑着自行车，建议他也骑上自行车，边骑边聊。路遥说他没有自行车，得问林达借。结果竟然没借到，我们只好改为搭车去了。

林达（右）和路遥（资料图片）

还有一次是路遥去世的前一两年，林达找我，要我给他介绍一位懂编辑纪录片的人，她想学学。我问她："学这个做什么?"她没有回答，只说："玩玩。"我就再没有问下去。我把人联系好后去找林达，林达不在家，我就把这事告诉了路遥，要他转达。没想到路遥竟不给转达，说："林达托你，你自己去说。"我只好又去找林达。

这两件事虽然让我意外，但并没有想到他们之间有裂缝，真正引起我注意的事发生在路遥去世不久后的一天。那天我进城去，在大街上遇上了林达，她开口的第一句话就是："听说你也在背后说我的不是，别人不知道路遥，你也不知道吗?"问得我摸不着头脑。我问她听说了什么，她仍没回答，只说："我也想你不会说不负责任的话。"说完就走了。这之后，我才听到有关他们之间不睦的传言，这令我非常难受。

路遥去世二十多年了，这些事又是他的家事，作为一个外人，本来不应该多嘴；但是，考虑到路遥是个名人，并很可能成为一个历史人物，为了向历史负责，我又觉得应该说一说自己的看法。

我认为路遥和林达的不愉快，主要责任在路遥，而不在林达。当年作为未婚妻时，林达为路遥付出了能够付出的一切：在路遥最困难的时候和他订婚，为了供路遥上大学，使出了所有的力气；婚后甘当陪衬，除了勤勉地维持着这个小家庭外，还尽可能地给路遥的事业以帮助；路遥去世后，面对许许多多的不理解，始终保持着高贵的沉默。毫不夸张地说，如果没有林达的支持，路遥不会有如此成就；如果有，也会付出更多艰辛。

我同时认为，从总体上讲，路遥也没有辜负林达对他的爱。他用惊人的毅力、忘我的劳动和世人瞩目的成就实现了对林达的承诺（如果有承诺的话），用事实证明了林达是一个有眼光的女人。他是一个和平年代的传奇英雄，一个值得男人学习、女人爱的英雄。和他的巨大人格魅力和非凡的创造能力相比，他的缺点是那样次要和微不足道。他像一座雄伟的大山一样，在阳光下显得雄奇壮丽，高大巍峨，但也难免有阴影。令人感叹的是，他把最好、最大、最本质的一面献给了社会、献给了读者，而把阴影留给了他的亲人，特别是他的爱人林达。

路遥和老家里的人

但凡从底层奋斗出来的草根英雄，大都是墙里开花墙外红。一般的，外面传为佳话，家人小有不平；不一般的，外面视作天人，家里只当陌路，更不堪的甚至连亲人和仇人都分不清。路遥是个例外，和家人的关系处得还算不错，至少也在水平线之上，有事实可以证明。

先说延川这边。路遥的大伯大妈是好人、本分人、老实人，但也是“没本事”人。从 1966 年“文化大革命”开始，他们除了为路遥提心吊胆之外，无法给路遥以实质性的帮助，日后也好像坐上一条不明航向的船，掌舵人是路遥，他们只能随船而行。所以，在精神上他们的共同点不是太多，见面不是很多，交流则更少：路遥每次回家都是匆匆忙忙，总有一块儿来的人；偶尔住一个晚上，更多的时候则只坐几个小时。他大伯和大妈的话很少，加上又忙着做饭招待同来的客人，和路遥说不上几句话，只能在临分别的时候简单说几句，无非是“好好工作，诚实为人；天不亏人，力不枉出”等大实话，其余的都在无言的注视之中。路遥对两位老人的生活很是关心，参加工作之后按月给他们寄生活费，到了 80 年代初，还特意让弟弟王天云从清涧迁居到延川，以便照顾老人。我见过有些人写路遥大妈晚年的情况（大伯已去世），说她住土窑洞，穿大襟衣服，吃家常便饭，有意无意地渗透出老人活得不容易的意思。其实这是一种错觉，当地人都那样，特别是老年人都恋

路遥（中）及其亲友（资料图片）

旧，都不讲究穿戴，都喜欢吃点家常便饭。不是他大妈一个是这样，当地人都这样。要我说，他大伯大妈过继这个侄子很值——上学时没让他们花多少钱，找工作时没让他们操过一点心，娶媳妇时没让他们张罗，付出的不能说太多；但因为有这个养子，他们老有所依，生计无忧，同龄人有的他们都有，同龄人没有的他们也有，例如光荣和自豪、社会的关注和意外的知名度。这是他们不曾想到的，因此应该很知足。

再说清涧那边。路遥有四个弟弟，除过迁到延川的王天云外，另外三个都有工作，且工作的获得都与路遥的帮助有关：他让二弟从老家迁到延安地区的一个县，后来招工到西安，最后又调回延安；他帮四弟在铜川当了工人，最后又指导他写作，最后将其培养成一名干练的省报记者；他的五弟比他小整整二十岁，在生命的最后时刻，路遥还因他的工作四处求人。

他的几个弟弟都很聪明，都很能干，对路遥都充满了尊敬和爱，他们也给了路遥不少，特别是难得的亲情。

当然也有不高兴的时候，根子出在老家人对路遥实力的高估上。路遥是著名作家，1982 年之后，全国驰名，陕北更是无人不知，无人不晓；不但老百姓佩服，地方官员也赞不绝口，这就给老家人一种错觉，以为只要路遥说一句话，便没有办不成的事情。这样一来，求路遥父亲的人就多了，先是亲戚，后是朋友和邻居；先是“千方百计说好话”，后是“引经据典讲道理”，非要路遥父亲帮忙不可。路遥的父亲也很老实、很有骨气，自己的事一般不去求这个过继给人的儿子，但朋友和邻居的事就不好推了。由于孩子多、拖累大，困难时不知求过多少人，求的大都是这些朋友和邻居，现在人们反过来求他，他怎么能不当回事呢，于是就硬着头皮去找路遥。有一次，他听说路遥到了延安，就领了好几个人一块去找路遥。

这些人提出的问题一个比一个怪，有人要路遥帮他儿媳妇争取一个计划外生育的指标，理由是他现在还没有男性孙子；有人要路遥帮他拆了邻居的窑洞，理由是那窑洞建得不好，正好压住了他家的“旺脉”，害得他家连着死了几头大牲口；还有人想让路遥帮他搞个老红军指标，理由是他不想看儿媳妇的脸色吃饭。在这些人提要求的时候，路遥的父亲在一边作介绍，一会儿说这个人在家里最困难的时候曾借给他一斗糜子，一会儿说那个在家里修窑洞时帮忙背过几天石头……路遥当然给他们办不了这些小事，于是来人大大地失望，他父亲也觉得没拾起面子，而路遥则又急又气，浑身是嘴也说不清楚。要说有不高兴的地方，大概就是指这些，但这种“不高兴”谁有办法改变呢？只能叹息而已。

路遥有病人未识

现在回过头来想，路遥的病并非突然而起，可以说由来已久了。很早的时候，我就感觉到了异样，只是没有朝那方面想，更不会想到有如此不堪的后果。

路遥小时候喜欢吃大肉，尤其爱吃回锅肉。那时我们总想办法整点钱，在延川县的国营食堂里买一盘来，就着俩面馍馍吃。他那吃之前期待、吃之中贪婪、吃之后满足和痛快的神情给我留下了深刻印象。但在进西安后，他就不一样了，先是不吃肥肉了，后来瘦肉也不吃了，再后来连沾有猪腥的东西也不吃了。最后，不要说吃，连看也不能看了。

我最早发现他不吃猪腥在 1986 年左右。那时我的家刚搬到西安，在西影厂旁边的后村租房子住。有一天，路遥来西影看内参片，看过后到我家来了。我们俩拉话，我妻子做饭，按照路遥的意思做揪面片。饭做好后，路遥刚吃了一口就放下了，问我妻子："这里有猪油吗？"我妻子说："是。"他说："我不能吃猪腥，你得给我重做。"当时我很奇怪，问他："你原来吃猪肉那么厉害，怎么现在连猪腥也不沾了？"他说："我也不知道，一吃就恶心，也许是小时候吃伤了。"

我最早发现他连猪肉"看也不能看"，在 1989 年的深秋。那时我在延安有点事，住在延安宾馆。准备返回的那天，无意中遇上了路遥，他好像在参加省里的一个会议，会上组织他们到延安参观。他听说我也回西安，就要我和他一块儿回，以便拉话。车到黄陵后停下来了，当地政府设宴招待。我们进去后，许多人向路遥打招呼，请他同桌吃饭，路遥都拒绝了。他找了服务员说："我们俩是回民，要吃清真食品。"不料那服务员说："正好，那边已有清真席，你们过去一块儿吃。"他不肯去，那服务员很不高兴，把我们安排在一个小角落里，很潦草地放了两盘菜和几个馒头，很明显是整我们。路遥没有说什么，对服务员说："现在好了，你别管我们了。"服务员一离开，他就要我和他一起把那桌子抬到墙角处，两个人向着墙角吃。我以为他是和那服务员赌气，就劝他说："和一个小孩子赌什么气，闹不好让人笑话。"他说："不是赌气。我现在一看见猪肉就想吐，我害怕自己忍不住会失态，所以才这样折腾。"

看见油腻的东西恶心，是肝病的症状。这本来是个常识，可惜我却一点也不懂，当时还奇怪他"怎么会有这么多'洋毛病'"。

至于路遥是不是知道自己得了肝病，我估计他应该知道，有一件事可间接证明这一点。

那是1990年左右，我们一块出行，坐的是火车软卧。小间有四个铺，但只有我们两个人，正是放开拉话的好场所。拉了一会儿，他打开旅行包，从里边取出一个水杯、一筒奶粉状的东西和一个小勺子，用开水和了那粉，再用小勺子轻轻地搅着，问我："你喝一点不?"我说："不。我喝不了那些洋玩意儿。"他说："你这个人，最大的毛病是排斥自己不熟悉的东西，看上去是自信，骨子里是自卑。"我一听，来气了，说："好心给你节省东西，落不下好，还嘲笑我。好，我也来点——"说着，抓过他的杯子就要喝。他一把夺回杯子，厉声说："别用我杯子！你怎么这样不文明?"我一下子愣住了，好半天反应不过来，心想："路遥怎么变成这样了?"于是，我用我的刷牙杯子（我出门从不带水杯），倒了点那粉，又加了些开水，摇了半天，怎么也摇不匀，就伸手拿他的勺子，想搅一搅。不料，他又夺回了勺子，涨红着脸说：“刚才不是和你说了吗，你怎么又这样？”这回我可真有点生气了，想不喝，又怕弄僵了不好收场，只好用牙刷把胡乱搅了几下，很勉强地喝了一口。一喝，大惊——没想到这东西这么好喝，于是也不生气，一仰脖子将杯子里的喝了个精光。路遥见我这样，龇了牙笑，说：“怎么样？这‘洋玩意’不难喝？”我说：“好东西，好东西。再来一杯。”说着，又和了一杯，一口气喝了，还觉得不过瘾，就问他：“有富余吗？我还想喝。”路遥没说话，用手把那粉瓶推了过来，眼睛定定地看着我，显出很惊讶的神情来。我正在喝着，他突然把自己手里的那个小勺子伸进我的杯子里，使劲地搅了一下，然后又像蜂螫了一般迅速地抽了回去。我说：“你捣乱什么？你不是不让我用你的勺子吗，怎么又伸进来搅呢？”他没有说话，向后靠在被子上，好半天才说了一句莫名其妙的话：“从认识那天起，你就瘦弱弱的，可就是没病。”接着又叹息了好一阵子。

这件事我当时没有在意，在知道他患了肝病后就有了想法了。我估计，他当时已经知道自己的病了，所以才出现如此复杂和矛盾的心情。当然，这只是我的臆测。

我清楚地发现他病得不轻，是在他去延安住院之前。记得那天很热，我在作协附近办事，办完事后去找他，想和他说会儿话。敲了半天门，就是敲不开；正准备离开时，听见一个微弱的声音说：“你是谁啊？”细细一听，那声音不是来自他家，而是来自对门；仿佛是他的声音，但又不像。我说：“你是谁啊？我找路遥！”这回我听清楚了，他确实是路遥，但也确定不在家里，而真的在对门。他告诉我说：“门没关，你自己进来。”

一进门，我大吃一惊。那是一间很小的房子，不过五六平方；屋里堆满了杂物，靠墙放一张小床；路遥躺在小床上，脸色铁青，身子比原来小了许多。我急忙问："你怎么成了这种样子，为什么不去医院，为什么住在这里？"他说："家里正搞装修，临时借了这个房子；病了好几天了，治了感冒拉肚子，治了拉肚子又感冒，现在软得动也动不了了。"我说："赶快去医院，可不是有什么大病啊。我来照看你。"他说："医院去了，大夫说不要紧。作协有人照顾，你住得远，来回跑不合算。"之后，他给我说了他出文集的事，说着就睡着了，我只好退出来。

现在想，他当时的病已经很重了，不知道是没去医院，还是医院误诊了，抑或他早就知道自已得了不治之症，故意压在心里不说，抢着装修房子和出文集。现在想起来，令人心酸难忍。

这之后不久，他就病倒在延安了。

病危中的路遥

路遥病倒在延安并被确诊为肝硬化腹水后，曹谷溪马上给我打电话，说："路遥得的不是好病，还不知是什么结果！"我一听，大惊，当天就赶往延安。一路上我的心情十分紧张，不知到延安后会看到什么样的场景，脑海里总闪现体验过的生死离别。到病房一看，反倒松了一口气：他比健康时瘦了几十斤，看上去倒恢复到了年轻时的模样了。他一见我，立即坐起来拉住我的手，眼泪就要往外溢，我坚定地摇了摇头，对他说："不要紧。我们弟兄天生就是来克服困难的，没有困难，

路遥（郑文华 摄）

我们会感到空虚。”他静静地看着我，努力地笑着，没有让眼泪流出来。看着他竭力忍耐悲伤，我反而忍不住了，鼻子发酸，喉头发僵，口干得要命，只想干呕。他也看出我的忍耐，又恢复了大哥式的平静，说：“咱们到院子里走走，这里不时就会来人，说不成话。”

我们来到院子里一个小草坪上，那里有一套石桌凳，但我们没有用，盘腿坐在草坪上开始拉话。他简要地给我介绍了自己的病情后，笑着问我：“现在是生死关头，你凭感觉说，我能过了这一关吗？”我说：“能。”他说：“为什么？”我说：“咱们弟兄都是在干石板上扎根，钢丝绳上走过来的，什么困难没经过？我想要死，也在猝然之间，老天不会给你提前打招呼。”他说：“你这道理太勉强了，哄三岁娃娃也不行，还拿来哄我。”我说：“真的不是哄你，我觉得你现在模样和年轻时一样，充满了朝气和自信，完全不像个病人。”他笑了笑，再没问我，两人又说起了小时候的事，说到高兴处，竟大笑起来。就在这时，护士要他回房间输液，他这才收了笑容，对我说：“我现在是又病又累啊。看望的人太多，简直应付不过来了。”我说：“你应付什么呢？你是病人，他们是健康人，你怎么舒服怎么来啊。”他说：“不行啊。上次有个同学来，我当时实在无力坐起来，躺着打了个招呼。那人就不高兴了，找到咱们的老师，说我架子大，不理人。为此，老师还跑来说了我几句。”显出十分委屈的样子。

回到房间后，果然有好几个人等在那里，有的提着点心，有的拎着水果，有一位还拿出笔记本要路遥给他写几句话，说：“这是个难得的机会。”我连劝带哄把他们请了出去。之后，我对曹谷溪说：“能不能限制一下看望路遥的人啊？”并转述了路遥的难处。曹谷溪说：“路遥现在病得‘反反沓沓’了。看望的人多了，嫌烦；来的人少了，又觉得空得慌。”一听这话，我的心一沉，突然觉得路遥可能真的不行了，忍不住流下泪来。

路遥转院到西安后，我去了好几次，只见他的病情一次比一次严重。有一次，我一进去，他就拉着我的手，很紧张地说："海波，我肯定是不行了，肯定要死了。"我说："你胡说些什么，不是好好的吗？"他说："我不胡说。省长也来看过我了，你想，如果不是不行了，省长能来看我吗？"一句话就把我噎住了，好半天想不出个说词。

又有一次，我去看他。他的神色特别好，很兴奋地对我说："我现在想出一个治病的办法来了——让老家人把当年产的各种粮食捎来和起来熬着吃，说不定会起作用。"我嘴里虽然附和着，心里却无限悲凉，感觉到他在做无谓的挣扎。

还有一次我去看他时，他的五弟正在旁边，像是在洗碗什么的。趁五弟走开时，他突然问我说："我好像记得我五弟和你大儿子同岁，是不是？"我说："好像差不了多少。你怎么问这个？"他好一阵没说话，显出深思的神情，最后才叹息着说："现在想起来，老家人做的事也不一定全无道理。我如果像你一样也早早结婚，说不定儿子也这么大了。"过了一会儿又说："我现在最想念的是老人，父亲、母亲、奶奶和大爹、大妈。这些人虽然没文化，但在人生的总体把握上比我们强啊。"这时候我明白他"不济事了"，多少年筑起来的精神堤坝完全崩溃了。我仍试图劝慰他，他制止了我，说："说什么也不顶用了，能做的事只是人生的总结。海波啊，你知道我现在最难受的是什么吗？是很想见女儿一面，又不能见。我知道这种打击迟早会落在女儿头上，我能做到的只是尽量地推迟到来的时间。"说到这里，他哭了，我也哭了；他用纸巾揩去了眼泪，我没有，只是用力晃动着脑袋，把眼泪甩向两边。

这是我最后一次和他说话，我再一次来时他已经昏迷，不省人事了。那次和我一块儿去的还有两个人，他们是城市里长大的，还特意买了一大束鲜花。我们在远离病房的走廊入口就被挡住了，护士不让我们进。后来，路遥的四弟王天乐从里边出来，把我领进去，而那两人却没能进去。不过，我也没能进入房间，只在走廊隔着窗子朝里边望了一眼，这是我最后一次见到有生命的路遥。

难描难画的怀念（一）

有许多事都会出人意料，实事比谎言还离奇。我是路遥的好友，我们住在同一座城市，但路遥去世的消息我却是从一个陌生人口里得知的，那个陌生人还远在海南，是《海南日报》的记者。出于对路遥的崇敬和对新闻时效的追求，他打电话询问路遥的生平，意在发一条比别的媒体更详细的消息。我一听这话，扔了电话拔腿就跑，为自己没能第一时间知道这个噩耗而羞愧。当我跌跌撞撞跑下楼，跑出西影厂大门时，我无可奈何地收住了脚步，面对纵横交错的街道，面对熙熙攘攘的人流，我不知道该往哪儿跑——这里不是我们熟悉的延川县，不是李家河，也不是郭家沟，这是一个令我们生也陌生、死也陌生的地方。

路遥的追悼会开得相当隆重，隆重的程度为陕西已故文人葬礼之最。上到省府要人，下到平民百姓，好多人都来为他送行。当众人依地位高下为序一排一排地在这位文坛巨匠的遗体前鞠躬致意的时候，他的亲生父亲和同胞兄弟姐妹却在人群里张皇无措。他们悲痛欲绝，却找不到一个表达悲痛的合适地方，只能围成一圈，相对饮泣。我始终和他们在一起，甚至向路遥的遗体作最后的告别也是草草而过。其时，我正扶着他那悲痛得站也站不稳当的三弟。

路遥去世后，许多报刊都向我约过稿，希望我写一点回忆文字。我当然乐意接受，但是却怎么也写不出来。路遥的音容笑貌乱纷纷地晃在眼前，我们一块儿经历过的一切齐刷刷地涌上心头，没有规律，没有次序，不招自来，翻腾如开水锅里的米粒，看着满目即是，却一点也捞不上来。几经失败，只好作罢。

现代媒体的力量巨大，没过多少日子，在人们的印象中，路遥的朋友遍地，唯独没有我。这事引起了曹谷溪的震怒，打电话把我痛骂了一顿，说："你不怕知情人骂你也就罢了，难道你连'天地良心'四个字也不怕了？路遥去世，多少人写文章纪念，你怎能一言不发？"曹谷溪是我文学上的启蒙老师之一，他的话我不能不听，于是就硬着头皮写了起来。搜肠刮肚、绞尽脑汁，整整用了半个月，写了两篇，结果怎么看也不像纪念文章，最后只拼凑了三百字的小文，给曹谷溪交差。那三百字小文虽被曹谷溪斥为"应官活"文章，但最终还是发表了（同时发表的还有我写的纪念《山花》的文章，其中提到路遥）。但我用力写的那两篇，最终没以怀念路遥的名义发表，而是改了别的题目收在我的《烧叶望天笔记》之中了。现转录如下：

遗　嘱

我友，穷困潦倒，放浪形骸，世上事无所为亦无所不为。近闻其失足落水死，留有遗嘱一篇，曰：

生命是一首歌，有起便有落。叫诸位你莫哭，听我细细说。

生命是一条河，尽头谁见过？既然谁都没见过，我去你何哭？

漫漫人生路，苦比幸福多。儿时盼长大，长大念儿时。多少白发疏落人，盼死总不得。

地狱筵宴好，没去就知道。历朝历代赴宴人，谁转回来了？

一去不复返，定有好流连。君不见那无边落木萧萧下，累累白骨缠草根，多少红尘失意人，抛皮囊，追灵魂。

魂比躯干重，皮囊累人生。天天谋吃穿，夜夜求欢情。唯有那雪中乞丐仰天笑，羞灭天下万盏灯。

尘世是一个空，处处人哄人。哄人的早就被人哄了——瞎子撵着鸡巴奔，一路乱哄哄。

众人且莫笑，我言皆大道。前三十年子靠父，后三十年父靠子。人生处处皆靠人，岂能善终了。

妻子你细听，人生无爱情。莫信那一日夫妻百日恩，哪一个活物不怀春。换了我，今朝你离去，明朝我找人，睡一夜，又是百日恩。

儿子你细听，莫信父子情。爱人本是爱自己，人去了，想他有何用？想为脸皮作孝事，树一块石碑刻大名。石碑有多大，你的名声便有多重。

父母你细听，万莫放悲声。儿女自有儿女事，放出的黄蜂不由人。儿女们，一日光阴切十分，三年想你才半分。若不信，扪心问，你想爷爷有几分？

情人你细听，万勿信鬼神。活着时，你哄我来我哄你，花前月下想诡计。到如今，我定不缠你。王嫱、西子早去了，哪一位不如你？

一篇遗嘱好，实话都说了。看了此文都别气，把人生想仔细。若有谁请一个神医救起我，我就杀了你！细想想，我在人间如何处？你的活人间，我的大地狱。活人全靠一张皮，撕了皮，吓死你！

一篇奇文读毕，顿觉怅然无绪。正欲邀发吊唁，忽闻笑声暴起。回头望，只见我友手提一串青蛙破门而入。自言能隔水识得青蛙雄雌，喜不自胜。于是笔者更觉怅然，留笔为记。时在 1993 年 11 月 17 日上午。

（作者注：此文中还有一节：“朋友算个屁，逢场就作戏。花圈大了是你私心大，眼泪多了是你处境差……”发表时，被曹谷溪强行删去。他说：“你说的这才是个屁！”现补录在此，以保持原貌。）

好狗（有韵）

好狗把三村。把，是把守的“把”。土兮兮一个字，活脱脱写风流！

有了这一条狗，狼来了羊不怕，鬼来了人不惊。不管你花言巧语说得何等美，一爪子搭在你肩膀上，将你细细校。坏的逃不掉，好的它不咬；亦好亦坏的无主货，形如火上烤。烤飞了鬼气、狼气、骚情气，狗爪子下面出英豪！

这样一条狗，生时大浩荡，死亦大光荣。一狗离去三村空，处处龟缩着可怜人。狼吃了东家的羊，西家称万幸；狼咬了西家的牛，东家谢神灵。各人只扫门前雪，瓷熊才管别人瓦上霜。世事遂太平。

忽一夜，起怪风，群魔进了村。一匹瘦鬼发号令，三村壮汉竖耳听。张推荐李膘肥，李夸奖张肉嫩，争先恐后输真诚，直引得鬼恶心。瘦鬼昂首率队去，一路卷阴风。风中刮来一句话，迸然溅火星：“宁当狗奴才，羞为人祖宗！”

1993 年 11 月 17 日

难描难画的怀念（二）

虽然我在嘴上说得很硬，但心中的思念却长久不息。其表现的方式很怪，令我自己也不敢相信。

路遥刚去世那段时间，我很少想起他，好像完全忘记了这个人似的。但在行动上却完全相反，动不动就会把正在做的事和他联系起来。有一次，老家人给我捎来一些羊肉，妻子要剁成馅包饺子吃。我说："不，炖了烩面吃。你做，我出去给路遥打电话，请他来一块儿吃。"惊得我妻子手提着菜刀把我看了好半天，说："你怎么能开这样的玩笑？"这时我才发现错了，马上疲倦得眼皮也抬不起来了。

有好几次我骑着自行车从西影厂出发，一路猫腰猛蹬，直奔作协家属院，一边蹬车，一边思谋着和路遥拉话的内容。到作协大门口，见了那里的熟人，才想起路遥已经离世，结果又是一场深入骨缝的疲倦，眼皮又抬不起来了。

到后来，我也就不多想这事了，路遥好像在我记忆中消失了一样。和他同时消失的还有和他有联系的地方，例如延川县文艺宣传队驻过的小院、陕西作协大院；前者，在路遥离开后再没有去过，后者也去得极少。有时路过这些地方，我总是低头匆匆而过，且有一种十分奇特的感觉：不是悲伤，更不是难过，而是一种介于害羞和后悔之间的胆怯，好像自己在这里做过什么不好的事情那样。

这时路遥已经离我很远了，看到或听到他的名字时，再也

路遥（郑文华 摄）

不像以前那样马上和自己联系起来，而是像见到一个历史人物那样，多了庄严，少了亲切。然而，路遥却时不时来见我，不在生活中，而在梦中。

第一次清晰地梦见路遥是1993年的深秋，一连三天，夜夜都梦见。梦中的路遥身穿一件旧得发白的军用棉袄，没系纽扣，只掩着衣襟，腰里扎一根草绳。我们在一条山间小路上劈面相逢。那小路十分狭窄，上面是绝壁，下面是深沟，绝壁靠路处有几个坍塌了的山窑，窑面和塌土上长满了葛针和青蒿。路遥说，他就在这破窑里住，又冷又饿，“实在撑不住了”，边说边袖了双手，弓了腰跳着脚取暖——

醒来后，我感到疑惑，心想：怎么做了这样的怪梦，且一而再，再而三？正想不出个理由，忽然记起路遥的忌日已近，于是便大大地吃了一惊，心想：怎么如此巧遇呢？我把这些告诉妻子，她连忙买了些纸钱和冥币，趁夜到没人处烧了一通，一边烧一边说：“我说有神鬼，你偏偏不信，看灵验了没有？”

说来也怪，自那年后，我年年到这个时候就会梦到路遥，梦中的情境总是大同小异；因此，我们年年给路遥烧纸。先是单独烧，后来改在“送冬衣”那天晚上，和家里的已故者一块儿“送衣”。每到此时，妻子就会买一大堆各式冥币和纸衣，分成三份，一份是她那边的，一份是我这边的，另一份是路遥的。给路遥烧的时候，妻子总会说：“我说农村好，你们硬说城里好，你看好不好？烧个纸都没个固定的地方。”

真的没有固定的地方，随着我频繁搬家，这纸从西安烧到北京，又从北京烧到西安；从北京的海淀烧到通州，从西安的大雁塔烧到长安，以后还不知道在哪里烧呢？

下部

说说也无妨：令人扼腕的『花絮』

令人难堪的传言

《人生》是路遥获得声誉最多的一部作品，在《惊心动魄的一幕》获得首届全国中篇小奖后，《人生》又获第二届全国中篇小说奖；根据《人生》改编的同名电影更是出尽了风头，它所形成的轰动效应令现在的人无法想象。有关《人生》的写作背景和相关情况，我在前边已经说过，这里就不再重复。我现在要说的是一件与《人生》和我都有关系，对我和路遥都产生了伤害的事情。这件事让我忍了多年，也尴尬了多年，现在到了非说不可的时候了，因为我已年过六十，老天留给我说话的时间越来越少。

在八九年前，有朋友说，网上有一篇关于路遥的文章，文中提到我，建议我去看看。不看不知道，一看吓一跳。文章中是这样写的：

> 据当地人说，《人生》原作者是延川作家，1952年6月出生于延川马家河乡李家河村的一个农民家庭。七岁入学，二十岁辍学，任过赤脚医生，生产队长，民办教师，县剧团编剧。1985年，经路遥举荐，在青海文学刊物《当代人》编辑部工作，同年底调西安电影制片厂，陕西作协会员。1971年初始发表作品。在《山花》《延安文学》《延河》《青海日报》等报刊发表小说、散文、诗歌、戏剧作品百余篇

（摘自《延川人物名录》，政协资料）。经翻阅其作者的简历，与那人的话是完全吻合。那人说：这位作者写好《人生》初稿后，知道中篇不同于短篇那么容易登上文艺刊物。时值路遥正在《陕西文艺》编辑部任小说编辑，就把小说稿交于路遥……路遥自《人生》成名后，还算有良心，知道有恩必报，举荐他到青海文学刊物《现代人》编辑部工作。因此说，《人生》小说是两人合著才对。

文中所写的那个作者很显然指的是我，因为我是延川县马家河乡李家河村人。我们村子小，外边工作的人不多，在西安电影制片厂工作的只有我一人，何况摘自“政协资料”的简历又和我的简历完全吻合。

海波（左）与路遥（中）

这种传言我也听说过。那时我父亲还健在，他很郑重地转述了相同的传言，并很神秘地问我：“是不是事实？”我当然予以否认，没太当回事，因为我听过太多关于我的传言，比这更离谱的、更荒诞的、更令人难堪的都有，有些传言甚至对我的生活和前途造成了直接的伤害。但我也无能为力，只好听其自然。

也许有人要问：既然不是事实，为什么不趁早澄清？

对此，我也难处。难处有二：一是传言的来源复杂，二是消除传言的办法很少。

先说传言的复杂性。陕北人，特别是陕北农村人（我估计许多地方的农民也是这样）长期处于困顿之中，吃穿无法满足，精神更是迷茫。在这种情况下，主流的价值话语，他们一般都不听，觉得离自己太远，总抱着“管它狼吃狐狸还是狐狸吃狼”的超然态度。他们有自己的一套“舆论工具”，用理想主义的办法安慰自己，嘲笑别人。嘲笑的对象因时代而变化，随自己的处境而转移：干活累了，嘲笑有闲人“坐得屁股上生疮”；自己穷了，嘲笑有钱者为富不仁；等等。而安慰自己的办法就是夸大自己的同类，小事说大，大事说玄；有的说上，没的加上；只顾说得开心，不管事实真伪。这种做法从古就有，源远流长，积下来不少“保留节目”，如“一颗麻籽换江山”“白狗耕地”等等。形式虽然千差万别，但主题却大致相同：都在说穷人如何翻身，癞蛤蟆怎样吃天鹅肉之类。名义上是张扬传说中的主人公，实际上是作自我安慰。而这些传说的主人公都在身边，都是大家熟悉的人；起点处是三分真实加七分想象，传开来后，你加一句，我减一句，真实日减，想象日增，最后弄得除了姓名是真的，其余全是假的。关于我和《人生》关系的传说就是这样形成的，而博文的作者又是根据这种传说不加选择地写成的。所谓的“复杂”就指这个。如此复杂的传言，你要纠正也不容易，闹得不好会越描越黑，越说越乱。更重要的是，路遥名气大，我的影响小；关于他的谎言有人听，关于我的事实未必有人看。我在这里认真澄清事实，有那“聪明过分”的人说不定还以为我借此由头炒作自己呢，而这又是我最不愿意看到的结局。

家乡人之所以这样说，可能主要基于如下事实：一，我不到十七周岁由父母主持“结婚”，二十一岁时离婚（其实算不上离婚，因为就没有办过结婚证），二十二岁时在家人和社会的压力下又复婚，这期间在周围有许许多多所谓“故事”。二，我在农村时曾经在县城淘过茅粪——把县上各机关、单位和居民家的茅粪集中到一个固定的地方，掺上收集的牲口粪和柴灰，由生产队派人担回（我们村离县城很近，翻山不到十里，靠近县城这边的山地就离得更近了，这是我们村里的传统做法），其间不知受过多少奚落和难堪。由于我和路遥的特殊关系，我的事他大多熟知，在写作时可能通过改造吸收一些细节，但怎么能以这些东西推断我参与过写作呢？

在此，我再重复一遍：我和《人生》的写作毫无关系。这个小说在写成之前路遥没有给我说过，直到他在甘泉县完成初稿来到延安后才告诉我的，这事前面已经说了，这里没必要再说。总之，这种说法完全是不实之词，需要郑重澄清。

路遥的作品中和我有关系的，主要有两篇，一是短篇小说《一生中最高兴的一天》的素材，二是《平凡的世界》的标题。

关于《一生中最高兴的一天》的素材

路遥的《一生中最高兴的一天》发表于1985年3月31日的《西安晚报》，文中那位老农民的原型就是我父亲。

说文艺作品的原型是谁，是一件很敏感的事，一不小心就会给人以自作多情的印象，但这事却是毫无疑问的。就这件事，我也写过文章，也寄出去过，只是没有发表。2009年，我父亲去世，我写了一组纪念文章，其中有一篇写了这事，题目是《父亲的自豪》，收录在我的散文集《谈天说地》之中，现在把这篇文章全文引出，一来为说清这事，同时借此怀念我那受苦难到有“史诗”规模的父亲。

父亲的自豪

大约是1980年前后，录放机刚刚进入我们那个山区小县。我有一朋友在县广播站当记者兼播音员，站里给他配了一个日产“三洋牌”录放机，长条状，像砖头那么大，他常把自己采访到的原始资料放给我听。听了几次，我就产生了一个想法：录父亲的一段话，作为永久的纪念。我向朋友提出这个请求，她说只能春节放假期间。我很高兴，早早就告诉父亲，要他想一件一生最得意的事情，然后反复练习，免得到时候忙乱。过春节时，我就借来了机子，兴冲冲地赶回家去，做的第一件事就是给父亲录音。父亲平时说话不利索，但那天却说得十分流畅，连一个“磕绊”也没打。

他说——

有一年，我在县上一个水库工地当民工，直到除夕那天才放工。回家一看，家里要什么没什么：白面没有，肉没有，粉条没有，豆腐没有，只有一升荞面。

我想，这不行，再难也不能让孩子们这样过年，二话没说就出了门。找你三叔借了三斤肉票（那时买肉凭票，农民只有把肥猪卖给国家才能获得一些肉票）、三块钱，马上就去了县城。

赶到县城时，太阳都落山了，副食公司已经放假，人都回去了。我很着急，在副食公司的大门趸了好久，不知该怎么办才好，最后心一横，就去找那个管肉的干部。我打问清地方，进了那人住的院子。一进大门就看见一个干部模样的人正在贴对联，长得肥腾腾的，脖子比一般农民的大腿还粗。我想，就是这个人。那时不但农民瘦，干部也瘦，肥一点的只有国营食堂的炊事员和卖肉的。我上前说明了来意，没想到那人火了，说：“你们农民是人，我们干部也是人；你们要过年，我就不过年了？要买肉，行，等收假以后再来。”我一听这话，连忙就给他说好话，说民工连放得晚，说家里的苦情，说孩子们的可怜——除过跪下磕头，能说的都说了。

没想到那人是个“孙子”，脸定得像石条一样，看也不看我一眼，贴完对联又扫起院子来。我站到哪里，他就往哪里扫，意思是赶我走。我一看不行了，只好往回走。一边走一边想：回去怎么给孩子们交代？越走越觉得累，越走越觉得活着没多大意思，还不如死了好。不料，一想到死，胆子就大了，心想：我都快死的人了，还怕谁呢？卖肉的有权，他也有人管着，我去找一回县长（那时叫县革委会主任），和他说说这个道理。决心一下，浑身就有了精神，照直朝县政府走去。

快到县政府时，突然想起，县长也放假了，怎么找？于是又灰了，又感觉到累了，但这回没想到死，而是想：干脆给卖肉的那小子说一个谎话，就说我找过县长了，县长让他给我解决。那小子信了，我就能买到肉了；不信了，那就没办法了。主意一定，返身就往那人家里赶。

老远就看见那人正在窑硷上压灯笼竿子，我连忙跑过去给他帮忙。他还不理我，只是随手给我扔过来一支香烟；我没接着，香烟扔到了地下。我捡起香烟，吹了吹上面的土，笑着对他说："后生，你这支烟算给了仇人了，我把你告下了。"那人开始还没当回事，挺着个脖子前后左右地转。我把想好的那套谎话一说完，吓得狗日的脸都灰了，回家取了钥匙，直奔副食公司。

啊呀呀，我算是开了眼了，那么多的肉，满满的一窑。都是好肉，一乍厚的膘。那后生对我说："你自己进去挑，收你三斤肉票，要多少拿上多少。"我苦笑了一声，说："你有好心，我没福气，只有三块钱啊。"那后生帮我算了一下，尽那三块钱，给了四斤多肉——那时一斤平价猪肉六毛八分钱。

人说"钱是精神势是胆"，其实肉也是胆。我提了那四斤多猪肉走到街道上，不晓得有多少人看呢。好几个人问我："哪里买来这么好的肉?"我没回答，心想：不要怨没好肉，只怨你们没本事；只要有本事，好肉太多了。正走着，后面有人叫我的名字，回头一看，是前村里的"怪物"。"怪物"和我一块当民工，一块回来的，也正想法买肉呢。他说："老哥，你把这肉给我分上一斤，要不半斤也行，让我那些孩子腥汤也喝上一口。"啊呀呀，人到可怜处，模样也变了。"怪物"好人样么，平时水淋淋的，像一根大葱；那时候蔫不溜溜的，像一颗阴干了的老枣。我说："一斤少了，我给你分上两斤，只是要按黑市价，一斤一块五。""怪物"一听，在自己的大腿上拍了一下，说："这话还用你说吗？现在黑市上也没肉了，我才来求老哥的。"说完我们俩就找了个地方把肉分开，他拿了两斤二两肉，给了我三块三毛钱。这样，我还你三叔的钱也有了，等于凭空来了两斤肉，还长出来三毛钱。我用那三毛钱，买了一张毛主席像，买了一张灶君画，还剩一点，想买一盒九分钱的"经济"烟。突然想起卖肉的给的那支烟了，就改变了主意，尽那钱都买了"麻乍乍"炮。

啊呀呀，那年可过美了：全村的猪肉片子咱们家的最厚，毛主席像咱们家的最大，灶君画咱们家的最亮眼，晚上放的炮咱们家的声音最大，一放，惊得全村的狗直叫唤。还有一点，我比村里人谁都强，我有一支好香烟。什么烟？大前门！和县长抽的是一个牌子。我拿那支烟不知敬了多少人，谁也不敢接，最后不知藏到哪里了，我也找不到了。

讲这事时，父亲很高兴，时不时就停下来笑半天，直笑得眼泪都流出来了。但我却高兴不起来，反而觉得难受。那段录音我也没留下来，当时就销了。至于为什么难受，我也说不清；当时说不清，现在也说不清。

我在多种场合多次把这事讲给朋友们听，意在说明农民的不幸和狭隘，听过的人很多，当然包括路遥。他的《一生中最高兴的一天》，用的就是这个素材。下面将路遥写的原文附上，有兴趣的朋友看看：

一生中最高兴的一天

事情从一台收录机说起。

我在地区中师毕业后，回到我们县城的一所小学教书，除过教书，还捎带着保管学校唯一的一台收录机。

放寒假时，学校为了安全的原因，让我把宝贝带回家去保管。我非常乐意接受这个任务。我是个单身汉，家又在农村，有这台收录机作伴，一个假期就不会再感到寂寞了。

不用说，山区农村现在也是相当富裕了，但收录机这样较为高档的商品还不多见，不是说没人能买得起。对于大多数农民来说，这东西价钱昂贵，却没有什么实用价值。花那么多钱买这么个“戏匣子”还不如买几头肥猪。

可是我把这台收录机带回家后，村里人又感到特别新奇：

因为据说这家伙不光能唱歌，还能把声音也

“收”进去呢。于是，一到晚上，少不了有许多人涌到我们家来围着它热闹一番。他们百听不厌的节目是韩起祥说书。其中最热心的听众就是我父亲。父亲虽然年近六十，一个字也不识，但对什么稀罕事总是极其关心。有时甚至关心到了国外，比如经常向我打听阿尔巴尼亚的情况。对于这台收录机，他当然惊叹不已。尽管有线广播听了好多年，只是有一点他直到现在还是理解不了：为什么这个小匣匣，里面就能“藏”下那么多人。

转眼到了大年三十。这是农村一年一度最盛大的节日。除夕之夜，欢乐的气氛笼罩着我们的村庄。家家窗前点上了灯笼，院子里地上铺上炸得粉碎的红红绿绿的炮皮。在那些贴着窗花和对联的土窑洞里，一家人围坐在一起吃“八碗”。说是八碗，实际上主要是把各种形状和式样的肥肉块子装在八个碗中。农村人虽然富了，但吃肉还没有到城里人剔肥拣瘦的程度。他们的肠胃仍需要油水。好，那就尽情地吃吧。拣肥的吃，放开肚量吃吧，而今这样好的年头，又是自己喂的猪，不吃做什么！

父亲吃了一老碗肥肉（足有一斤半），用袄袖子抹了抹嘴，然后就心满意足地拿起旱烟锅，盘腿坐在黑羊毛毡上，自个儿笑眯眯地抽起了烟。此刻，外面已经是一片爆竹连天了。全家人先后放下了碗筷。弟妹们迫不及待地跑到邻家找小伙伴们放炮去了，母亲颠着小脚到隔壁窑洞准备明早上的饺子馅。一刹时，屋子里剩下了我和父亲。一片欢乐而愉快的宁静。

父亲舒服地吐纳着烟雾，对我说：“把你那个唱歌匣匣拿出来，咱今晚上好好听一听。”他安逸地仰靠在铺盖卷上，一副养尊处优的架势。他的享乐的神态使我高兴。是的，这几年家里的光景一年比一年好，他此刻应该这样度过这个令人的高兴的夜晚。

我赶忙取出收录机，放他老人家爱听的韩起祥说书。父亲半闭着眼睛，一边听，一边用手悠闲地捋着下巴上的一撮黄山羊胡子。韩起祥的一口陕北土话，在他听来大概就是百灵鸟在叫唤。每当听到绝妙之处，就忍不住张开没门牙的嘴嘻嘻地笑个不停，活像一个老太太。我于是下意识地瞟了一眼墙壁上奶奶的照片。此刻他真像我已经去世的奶奶。奶奶的相片下，是父母的合影。从相片上看，那时父母并不怎么显老，可现在也已经像奶奶那般老了。我想，也许过不了几年，那张合影也会成为遗照。这个联想太不吉利。在我心里祝愿二老身体健康，万寿无疆。我记得，奶奶的相片是父亲在她老人家生前张罗着照的，父母亲的相片是我在前几年张罗着为他们照的。自从照相流行以来，乡下人最看重的一件事，就是给年迈的双亲照张相片，然后放大，挂在墙上，以做永久的纪念。在乡下，不论走到哪家，都能在墙壁上看见几位老人的相片。他们穿戴整齐。两只粗糙的劳动者的手，规规矩矩放在自己的膝盖上，温厚地注视着他们生活了一辈子的家和仍在这个家生活着的他们的儿女子孙……

这时候，韩起祥的书正说到了热闹处，急争的嗓音和繁密的三弦呱嗒板声响成一片，好像一把铲子正在烧红的铁锅里飞快地搅动着爆炒的豆子。我父亲的情绪也高涨到了极点，他竟然也用露气的陕北土话，跟着老韩嚷嚷起来，手舞足蹈，又说又唱。他已经把这段书听了许多遍，几乎可以倒背如流。

我被父亲逗得哈哈大笑，并且觉得眼眶里热辣辣的。父亲，你尽情地高兴吧。你应该高兴。你和像你一样年老的庄稼人，能逢迎上而今这样的好世事，真是太幸运了。

看着父亲得意忘形地又说又唱，我突然冒出了一个新鲜的念头：我为什么不用这台收录机录下父亲的一段声音呢？这样在他故世以后，我们这些后辈人就不仅能从相片上看见他的容貌，而且也能在收录机里听见他的声音哩。是的，这现代化的设备能够留下伟人的声音，庄稼人的声音也是可以留下的。

等韩起祥的一说完，我就对父亲说："爸，干脆让我把你的声音也录下来。"

"我的声音？"

"嗯。"

"能录下来呢？"

"能。"

我换了一盒空磁带，按了一下键钮，对他说："不信你试试。你现在先随便说一句什么话。"

他突然惊慌起来，连连摆着手，说："我不会说！我不会说！"

我很快卡住机关，然后放给人听。录音机里传出了他的声音："我不会说！我不会说！"

父亲吃惊地叫起来："这不是我的声音吗？"

"就是你的声音。就这样，你随便说什么都行。让我把您的声音录下来，以后就是您不在人世了，我们这些后人还常能听见您总说话哩！"

"搁的年代长了，声音怕要跑光了……"

“跑不了！这盒磁带不好了，还能录在另外的磁带上。”

父亲显然对这事发生了极大的兴趣。他跃跃欲试，但又有点不好意思，格外紧张地把腰板往直挺了挺，像要进行什么隆重仪式似的，两只手把头上的毡帽扶端正，庄严地咳嗽了一声。他突然像小孩子一样红着脸问我：“我说什么哩？”

我忍不住笑了，对他说：“你随便说什么都行。比如说你这一生中最高兴的一天……”

“一生中最高兴的一天？哈呀，这怎说哩……好，叫我想一想，噢，对了，要说最高兴的一天，那当然是我和你妈成亲的那……你看我！说些甚！噢。对了，我记起了咱往下说……

“那天，也正像今天一样，过年哩……我这样说你看行不行？”

“行！”

“好，那我就再给咱往下说……

“提起那年头，真叫人没法说。冬天的时候，公社把各大队抽来的民工都集中到寺佛村，像兵一样分成班、排、连，白天大干，晚上夜战，连轴转到了年底，还不放假，到过年一前一天，公社书记来宣布说，要过革命化春节，过年不放假了。大家一听都炸了。大年三十早晨，所有的民工都跑了个精光。嘿嘿，我起先还不敢跑，后来见众人都跑开了，我也就跑回来了。

“不知你还记得不？那天早上我跑回家时，你们母子几个围一块烂破子，坐在炕上哭鼻子哩。看了这情景，你不知道我心里有多难受。哭什么哩？哭恓惶哩。那年头，全村人在一个锅里搅稠稀，大家都穷得叮当响，过年要甚没甚。咱家里就更不能提了。旁人家歪好都还割了几斤肉，咱们家我没回来，连一点肉皮皮都没有，你大概记得私人不准养猪，集体养的猪又不能杀，要交给公家。那时候嘛，队里能有多少粮喂猪？养几头猪，卖给公家，公家再给发点肉票，到一家头上，也就那么几斤。咱家的几斤肉票早上让你舅舅拿去给儿子办喜事去了。唉，再说，就是有肉票，你们母子手里也没一分钱呀！

“当时，我折转身就往县城跑。我没敢在你们面前哭，可在路上我哭了好几回，为什么哭哩？还是心疼你妈和你们几个娃娃嘛！这就要过年呀，连点肉都吃不上。我恨我。一个男人，就这么无能啊！我当时想，我今天出去就是抢也要抢回几斤肉来。

“进了县城，已经到了中午。我赶忙跑到了肉食门市部。一看，门关得死死的。唉，今天过年，人家早下班了。

“这下可没指望了。我长叹了一口气，抱住头蹲在了门市部面前的石台子上，真想放开声哭一声。

“蹲了半天，心想，哭顶个屁。干脆，让我们后门上看有没有人。

“我来到后门上，门也关着，不过听见里面有人咳嗽。我站着，不敢捣门，为甚？怕！怕什么？当时也说不清。过了一会儿，我突然冒出了个好主意，哼，别看你老子是个笨老百姓，到紧火时，脑瓜子还聪敏着哩。我想，如果我说我是县委书记的亲戚，他们市的人还敢不卖给我肉吗？那时候咱县上的书记叫什么名字来？冯国斌？对，就叫个冯国斌。可当时我不知道他的大号，只知道他姓冯。好，我而今就是冯书记的亲戚了。

“就这样，我硬着头皮敲开了肉食门市部的后门。门先是开了一条缝，露出一颗胖头。还没等胖头开口，我就忙开口说，说是县上冯书记的亲戚。胖头问什么事？我对他说，冯书记让你们割几斤肉。

“哈，不用说，胖头起先根本不相信我是冯书记的亲戚。他打量了我半天。后来大概又有点相信了。共产党里的大干部大都不是穷人出身吗？他们也许少不了会有几个穷亲戚的。胖干部也就不说什么，把门打开，让我进去了。

“他把我直接领到肉库里。哈呀，我一下子呆了，我看见肉库里码着一人多高的猪肉，都是最肥的。这胖干部问我要几斤？我慌忙从怀里掏出了全部钱——共四块。我问他一斤多少价钱？他说一斤八毛钱。我说，那就割五斤吧。不过，我当时心里暗暗叫苦：我原来只想割上二斤肉，够你们母子几个吃一顿就行了。我不准备吃，因为我今年在民工的大灶上吃过两顿肉，可你们母子一年几乎没喝一口肉腥汤哩。我想余下两块多钱，给你妈买一块羊肚子毛巾——她头上那块毛巾已经包了两年，又脏又烂；再给你们几个娃娃买些鞭炮。

“吃肉放炮，这才算过年呀。可眼下我想，一个县委书记的亲戚走一回后门，怎能只割二斤肉呢？我就只好咬咬牙把四块钱都破费了。我虽然这样大手地把四块钱都花了，但那个胖干部却明显地嘲笑冯书记的这个穷酸亲戚的。他当然没说，我是从他脸上看出来的。

“但不管怎样，我总算割到了肉，而且是多一块多么肥的刀口肉啊！

“我走到街上，高兴得真不知道如何是好。我想我把这块肥肉提回家，你妈，你们几个娃娃，看见会有多高兴啊！咱们要过一个富年咯！

“我正在街上往过走，一个叫花子拦住了我的路。我一看，这不是叫花子，原来是高家村的高五，和我一块当民工的。他老婆有病，光景比咱家还烂包。他本人已经熬累得只剩下一把干骨头。

“高五穿一身开花棉袄，腰里束一根烂麻绳，当街挡住我，问我在什么地方割了这么一块好肉？我没敢给他实说。我怕他知道了窍道，也去冒充县委书记的亲戚。这还了得？叫公安局查出来，恐怕要坐班房哩！我就给他撒谎说，我的肉是从一个外地人手里买的。高五忙问我，那个外地人现在在什么地方？我说人家早走了。高五一脸哭相对我说，前几天公家卖肉的时候，他手里一分钱也没。直到今早上才向别人央告着借了几个钱，可现在又连一点肉也买不到了。他说大人怎样也可以，不吃肉也搁不到年这边，可娃娃们不行呀，大哭小叫的……他瞅了一眼我手里提的这块肉，可怜巴巴地说，能不能给他分一点呢？说实话，我可怜他，但又舍不得这么肥的肉给他分。我对他说这肉是高价买的。他忙问多少钱一斤？我随口说一块六毛钱一斤。不料高五说一块六就一块六，你给我分上二斤！

“我的心眼开始活动了，心想，当初我也就只想买二斤肉，现在还不如给他分上二斤呢。实际上，你娃娃知道不，我当时想，要是一斤一块六卖给高五，我就一斤肉白挣八毛钱哩！拿这钱，我就可以给你妈和你们几个娃娃买点过年的礼物了。这买卖当然是合算的。我迟疑了一下，对他说，那好，咱两个一劈两半。可怜的高五一脸愁相马上换了笑脸。

“就这样，高五拿了二斤半肉，把四块钱塞到我手里，笑呵呵地走了，倒好像是他占了我的便宜。好，我来时拿四块钱，现在还是四块钱，可手里却提了二斤半的一条子肥肉。这肉等于是我在路上白捡的。好运气！

“我马上到铺子里给你妈买了一条新毛巾，给你们几个娃娃买几串鞭炮。还剩了七毛钱，又给你们几个馋嘴买了几寸颗洋糖……

“我一路小跑往家里赶。一路跑，一路咧开嘴笑。嘿嘿，我自个儿都听见我笑出了声。如果不是一天没吃饭，肚子饿得直叫唤，说不定还会高兴地唱它一段小曲哩……你不是叫我说一生中最高兴的一天？真的，这辈子没有哪一天比这一天再高兴过了。高兴什么哩？高兴你妈和你们几个娃娃过这个年总算能吃一顿肉了。而且你妈也有了新头巾，你们几个娃娃也能放鞭炮，吃洋糖了……”

我“啪”一下关住了收录机，什么话也没说，丢下父亲，心情沉重地一个人来到了院子里。此刻，晴朗的夜空是星光灿烂，和村中各家窗前摇曳的灯笼相辉映，一片富丽景象。远处传来密集的锣鼓点和丝弦声，夹杂着孩子们欢乐的笑闹声。

村庄正沉浸在节日的气氛中。远远近近的爆竹声此起彼伏，空气里弥漫着和平的硝烟。此刻这一切给我的心灵带来无限温馨和慰藉……

关于《平凡的世界》的标题

关于《平凡的世界》的标题，是这样的。

1983年底，我有个写作构思，想以自己的经历和想象为基础，写一部长篇小说，主要想写一个农家孩子责任感的形成——由像小动物一样的极端自私，一步步改变成为家庭、为阶层、为祖国而奋斗的心灵经历。当时定为四部分：狂妄少年、家族领袖、农民儿子和祖国公民。受当时流行的一部题为《走向世界》的丛书的影响，我把总题目定为《走向大世界》。这部小说我当时就写了一部分，有十万字左右。之后不久，我去了青海，当时主持山西大型文学刊物《黄河》的著名作家郑义，通过我在青海的同事见到草稿，经他指导修改补充后，以《农民儿子》为题发表，产生了很大的影响。后来我准备把这书展开来，以原来的构思写成长篇小说，并就此征求路遥的意见，希望听听他的看法和建议。

当时路遥正在准备他的长篇小说，定的题目是《黄土·黑金·大城市》。他听完我的话，深思了一会儿，说："海波，你不要用这个题目了。"我问："为什么？"他说："你的小说构思不成熟，成功的可能性不大，你把这个题目让我给用吧，因为这题目正切合我这部长篇小说的主旨。"我说："那有什么？你用去。"事情就这样定了。关于具体内容，路遥说："你还是应该写一写现实生活中的变化，改革开放具有划时代意义的大事件。农村正处在大变化之中，农民的思想正经历前所未有的大洗礼，你对农村生活熟悉，正是施展的好时机。”我听了他的话，放下原来的构思，开始构思另一个长篇。那个东西写得相当艰难，几上几下差点要了我性命。最终因主题先行，目的性太强，写不下去了，匆匆收场，压缩成个不到五万字的中篇，题为《陕北，1982》。小说投了几家杂志，都被退回，最后收入我的中篇小说集了事。

有意思的是，我放弃了原来的构思和标题，路遥的长篇后来也不叫《走向大世界》了，改作《平凡的世界》。他给说这事时的态度特别可气，说：“‘走向大世界’是个什么名字，太张扬，不如‘平凡的世界’平稳、大气。”当时我嘴里没说什么，心里还怪生气的，想：“什么熊人！打一个滚儿就变驴了，当初说好得不行，现在又成太张扬了，害得我也不能用了。”大概就是这个情况。

至于我的那个构思，也没废掉，十年之后，我把它写成了，就是我的长篇小说《高原落日》。之所以没有用《走向大世界》有两个原因：一是里面没有写“祖国公民”那部分，因为没体验，写不成；二是我也觉得题目太张扬，像政论文章的标题，不像小说的标题。

路遥给我推荐过的书

“文革”前，我和路遥看的书差不多，除过连环画大多是长篇小说，如《红日》《红岩》《红旗谱》《林海雪原》《烈火金刚》《欧阳海之歌》《三家巷》《平原枪声》《野火春风斗古城》《敌后武工队》之类，大多看情节，什么热闹看什么。返乡之后至他和知青交往之前，他给我推荐的大多是诗歌、散文和短篇小说，都是国内作者的作品，如贺敬之的《桂林山水歌》《西去列车的窗口》、郭小川的《祝酒歌》《向困难进军》、闻捷的《吐鲁番情歌》《果子沟山谣》、峻青的《黎明的河边》《老水牛爷爷》和《秋色赋》等。这其中他特别欣赏峻青的作品，说他的风格是“残酷的现实主义”。

他和知青交往之后，介绍的书开始偏重于国外作品，作者大都出自底层，作品风格刚猛、率真和悲凉，如普希金诗集、叶赛宁诗集，杰克·伦敦的《热爱生命》《野性的呼唤》等。其中他尤其喜欢杰克·伦敦的作品，建议我最好先看其传记，再看全部作品。可惜的是，我当时找不全，作品差不多都看过，但传记至今没见过，那传记名叫《马背上的水手》。我虽没看过那书，但似乎能感觉到那种昂扬果敢的大气。路遥曾不止一次给我朗诵过据说是北京知青写的一首诗，其中的几句我现在还记得：“马背上生，马背上长，马背上母亲用红旗的一角为我把风沙来遮挡。”这首诗和杰克·伦敦没有关系，但我会把他和这诗联系在一起。

1968 年 10 月，路遥（后排右二）和部分初中同班同学的合影

这前后路遥还激赏我们上小学时学过的一篇课文《手拍胸膛想一想》，其中有这样几句："树老根多，人老话多，莫嫌我老汉说话啰唆。你钱大气粗腰杆壮，又有骡马又有羊，入社好像吃了亏，穷人沾了你的光。你手拍胸膛想一想，难道人心喂了狼？"这诗是他发表在《山花》创刊号上题为《老汉一辈子爱唱歌》的文章的范本，两者风格十分接近，在文章开头他这样写："县上召开文创会，指名道姓我去；心像小鼓一个劲擂，一晚上闹腾的不瞌睡！"

他还特别欣赏志愿军战士未央的诗《祖国，我回来了》，其中"车过鸭绿江，好像飞一样。祖国，我回来了。祖国，我的亲娘"一段，直接催生了他的诗歌《车过南京桥》。

这之后，路遥说得最多的是柳青的《创业史》和《狠透铁》，尤其是《创业史》，这是他一生最爱。他对书中的人物如数家珍，其中最欣赏的不是梁生宝、徐改霞，而是郭世富、郭振山和梁三老汉。我们好几次把《创业史》中的人物和

《艳阳天》中的人物进行比较。围绕《创业史》，他还介绍我看过许多评论文章，其中影响最深的是严家炎关于梁三老汉的评论。

路遥上大学时，也给我介绍了许多书，大部分是外国名著，如巴尔扎克、托尔斯泰、雨果、高尔斯华绥、司汤达。当时我在农村当队干部，没有时间细看，仅对《九三年》《红与黑》《安娜·卡列尼娜》有兴趣，别的兴趣不大，尤其对巴尔扎克的东西很反感，感觉到沉闷和拖沓，并据此认为翻译作品不可靠，不如读中国古籍有用。为此我们进行过多次激烈的争论，最终相持不下，一气之下，他中断了给我推荐他看过的书。

路遥再次给我推荐书不是为我，而是为他。先是他要我把陈忠实的《高家兄弟》、贾平凹的《姚生枝老汉》和他的《不会作诗的人》对比起来看，并说出长短得失。我看了，也就此和他面谈过感想，他没表态。后来，他写信要我看雨果的《九三年》并要我写信说出看法，我照着做了，但不知是什么意思，后来才明白那是他在构思《惊心动魄的一幕》时的即兴想法。我写了信，但他在回信中只字没提。

我写出《农民儿子》后，他又开始给我推荐书，不是一般的推荐，而是竭力推荐，重点推荐《苏联文学》《苏俄文学》上的作品和艾特玛托夫的作品。这些东西我都看了，能感觉到其与众不同的味道，尤其喜欢艾特玛托夫的《白轮船》和《查密莉雅》，但总觉得和自己的艺术气质搭不上界，达不到像他那样喜欢的程度。对此，他表示非常失望，觉得我已“不可救药”。不久后，又给我推荐了涅克拉索夫的长诗《谁在俄罗斯能过好日子》，他说这本书的结论是谁也不幸福，我一听说都不幸福，就却步了，最终没看。

苏联文学对路遥的影响很大，他的《人生》《姐姐》《青松与小红花》《黄叶在秋风中飘落》《你怎么也想不到》都深受其影响。其中《你怎么也想不到》在结构形式上和《苏联文学》上的一篇小说（题目忘记了）类似，都是不同人的“背靠背”叙述。

路遥好像对中国古典文学兴趣不大，在我的记忆中我们很少有过这方面的讨论，倒是对陕北说书兴趣很大。他最欣赏其中的调侃段落，总是一边学一边笑得直流眼泪，好些时候我都听不清他说了些什么。

路遥对后来流行的魔幻现实主义作品不是很认同，我曾经和他讨论过某些作品，他说那些东西形式大于内容，并说：“我并不为自己仍然拿筷子吃饭而害臊……”这之后，他好像再没给我推荐过书了。

我被路遥“小看”了半辈子

许多人都知道路遥和我关系好，却很少人知道他“小看”我，一“小看”就是半辈子。此事由来已久，我得从头说起。

在城关小学上学时，住校生吃完饭没事干，分成两拨“顶拐拐”（一种儿童游戏，又名“斗鸡”，圈起一条腿用单腿支撑相互顶撞）。路遥常是组织者，但自己很少参加，只负责分组和当裁判。在他主持的时候，我从来参加不上，只能在一边观看，顶多帮他做“边裁”。我问：“为什么？”他说：“你瘦得一把能捏死，跌坏了谁负责？”

成年后，特别在“四人帮”横行的时期，我们和几个关系不错的人总聚在一起讨论政治，时不时还轮流“组阁”。轮到我“组阁”时，总会“提名”他为“总理”或“首相”；轮到他“组阁”时，只“提名”我当“爱委会主任”或“扶贫领导小组组长”。我问：“为什么？”他答：“有机智而无恒性，小聪明且大糊涂。”

他在县文艺宣传队当临时工时，我去看他。他要我和他一块到一个叫石狗湾的地方去玩。到了那里后，他又提议两人“变工”洗衣服，他洗我的裤子，我洗他的无领汗衫。我不知是计，就答应了。谁知他的衣服脏得出奇，还有许多“活物”撅了屁股插在衣缝里。我要反悔，他提了我的裤子坐在河床上面的石盖要挟我说：“不但要洗，还要洗到一干二净的程度；不然，我就走了。”我只好光着下身，强忍恶心，含恨而洗。

路遥的大学志愿表

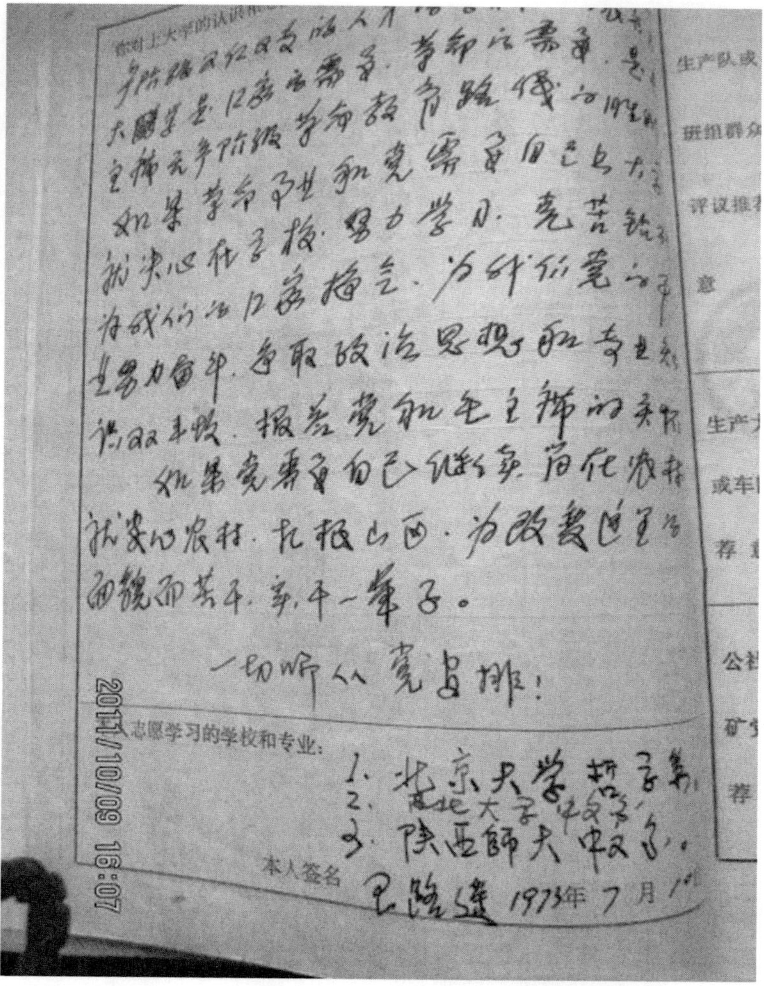

一切听从党安排！

志愿学习的学校和专业：

1. 北京大学哲学系
2. 南开大学中文系
3. 陕西师大中文系。

本人签名 王路遥 1973年7月

2011/10/09 16:07

路遥的大学志愿表

再有一次，我们一块去临潼参观游览。这是我第一次去临潼，远远地望见秦始皇陵便感慨万端，低声（因为车还有别人）对他说："秦始皇陵修得真好，别的不说，光看它和骊山间的距离就大有讲究：离得远了，显得孤单；离得近了，衬得渺小；现在是不远不近，刚好显出大家气象。"他听了后，先没说话，歪了脖子看了我一会儿，突然贴在我耳朵上很神秘地说："这话可不敢再说了，天知地知，你知我知！"我问他："为什么？"他更神秘地说："这样的玄机，除过你，还有谁能看出？这是个重大科学发现啊！"说完，龇了牙、缩了脖子笑，直笑得气也换不过来。气得我半天说不出话来。

搞创作上更是如此，我写出不错的作品时，他帮助发表，但指出无数的不足；我写得一塌糊涂时，他谨慎退还，但又有指出许多优点。我问："为何如此'日怪'？"他说："你这人目标不定，有时候目标奇大，'以天下为己任'；有时候目标巨小，黑板报上登一篇文章也能激动到失眠。"

有一次，他到我家吃饭，那时我在一个城中村租住一间小房子，连桌子也摆不下。我安排妻子做饭，自己则打扫房顶，准备在那里设桌安顿他这位"贵客"。他站在院子里朝我吼："饭还没做出来，就先想到吃饭，真是个'二流子'。"逗得我儿子绷了嘴扭头讪笑，我妻子红了脸尽情地"痛说家史"。我反问他："不准备地方，在哪里吃饭？"他说："有了白馍小米汤，站着吃也舒服；没有吃的，坐得再好也能饿死。"

有一次，我构思了一篇小说，人物命运离奇，起承转合规范，悬念关节齐全，主题思想积极，就讲给他听。他听了后问我："写了多少了？"我说："还没开始。"他笑了，笑得眼泪汪汪。我说："给你说正经事，笑什么呢？"他说："不是笑你，我突然想起咱老家的那些'二流子'了。"我说："'二流子'怎么了？"他说："咱们老家的'二流子'都有诗人气质，都思想活跃、想象丰富。上山开荒地，一上地畔先要打量一番，先看地块有多大，将来产量有多高，种了糜子能收几石，种了黑豆能盛几囤；后来又想，这么多的糜子怎处理，这么多的黑豆给谁卖，糜子能处理多少钱，黑豆能换回多少布；最后又想，有了钱不想给谁借，有了布穿着让谁眼红。想着想着睡着了，直睡到太阳落山时才饿醒来。”我一听，恼了，说：“你是在‘日踏’我吗？”他停了笑，很严肃地说：“不是。你和他们不一样，你比他们强得多。他们在乡下，你在大城市；他们睡的是‘土圪达林’，你睡的是‘盖板楼’；他们想的是糜子、黑豆，你想的是散文、小说。”说罢，定定地看着我，好像问我服不服。

有一次，我写一篇小说，写到一半写不下去了，去请教他。他很不耐烦，说：“你不要说了，我不想听。”我问：“为什么？”他说：“不为什么。你就不是个写小说的料，没怀孕的婆姨养娃娃——出张致哩！”我大怒，转身回家，负气而写，两天就写成了；不但写成了，而且写好了。我拿去给他看，名义上是请教，心里想的是“气气你”。他看了大笑，说：“小说写好了，但这只能证明你是个半憨憨。”我问：“为什么？”他说：“小娃娃做事要哄着劝，你已经是两个孩子的父亲了，做点小事也要人哄着，你说不是个半憨憨是什么？难道是个全憨憨？”

我跟路遥受过“大罪”

路遥有两大毛病，一是爱通宵拉话，二是打呼噜厉害。我一生闯荡，换了许多单位，见了无数人，像他这样“出类拔萃”的没见过第二个。他在世时，我们隔一段时间就会在宾馆租房子拉话，每次都要拉到凌晨三四点钟才睡。这让我吃尽了苦头，至今提起心有余悸。

他打呼噜，可真叫一个厉害。有三个特点：一是来得快，二是持续时间长，三是内容丰富、形态多样。

所谓来得快，不是指一睡着就打，而是一说睡就打；不像是生理构造使然，倒像是心理机制的“惯性”。我一生“志壮坚信马列”，不屑唯心主义，但在路遥的呼噜面前，我动摇了。因为他的呼噜是意识决定存在——睡觉的念头一起，呼噜马上跟进。

他打呼噜持续时间长。有多长？睡多长就打多长，加上前面说过的没睡着前的“唯心主义”部分，打呼噜的时间比睡眠的时间还要长出一些。那呼噜声也有高低起伏、长短对比、轻重缓急甚至起承转合，但绝对没有停顿。现在不说那高的，单说那低的。“低”是前一段“高”的余韵，后一段“高”的铺垫，像连环爆竹这一响和下一响之间的“吱吱”声，像骂街泼妇换气或咽唾液时的“更更”声，像哭急了的孩子突然哭不出来时的“咯咯”声，甚至像两雷之间空气流动的“嗡嗡”声，像炸山炮点燃导火索后火药燃烧的“沙沙”声，归纳起来就一句话：此处无声胜有声！

1981 年延安地区短篇小说讨论会合影（前排右三为路遥，后排左二为海波）

再看他打呼噜时的形态，简直就是“惊心动魄的一幕”。大体有两种：“客观呼噜”和“主观呼噜”。

“客观呼噜”的动力来自身体：气出丹田，声出咽喉；长如山叹息，短如水叮咚；呼气时能牵引身体上飘，吸气时能压得床垫下陷；舒展时八小节一拍，急促时一小节八拍。最令人惊讶的是，他躺着打、仰着打，且各有各的“打法”。躺着打时，声长和体长同进退，音高和胸高共起伏，打得理直气壮、天高地远、气吞山河；仰着打时，颈提脊、脊提臀、臀提全身，一动俱动，一静俱静，此起彼伏，首尾相接打得声情并茂、张弛合拍、高低入律。

“主观呼噜”的动力来自情绪，睡前心情愉快了，虽然照打，但还不离大谱；睡前情绪不佳，那呼噜就会打出花样来了。花样的多、寡、平、奇，取决于情绪的忧、怨、愤、屈。何以为证？事实证明。

他的《平凡的世界》第一部发表后，社会反应平平，评论界认为这部小说有点老套（那时候文艺界正争相效仿魔幻现实主义），他感觉到压力很大。第二部写出来后，他抽出时间一章一章地念给我听，每念完一章，总要我“据实评价”。几个晚上下来，我就感觉到一个规律：凡是念了顺一点的章节，两人都认为写得好时，他的呼噜就相对平缓一些；凡是觉得有问题时，那呼噜就打得离奇了许多。我把自己的想法说出来，他不但不以为然，反以为我“关键时候掉链子”，“平时说得雄兵百万，用时逃得踪影不见”。我只好存疑不论。

到最后一个晚上，全文念完，他要我对这部小说给予一个综合评价。我不说，他硬催。我说：“不知从何说起。”他说：“你用你看过的中国小说比较着说。”我一想，这还算个“抓手”，就说开了。我说：“你这小说，和古代的经典不敢比，因为差距大；和‘文革’以后的长篇无法比，因为我几乎没看过这时期的长篇；我只能将此和‘五四’之后到‘文革’之前这一段的长篇比。”他同意。我继续说：“这小说比不上巴金的《家》，不如人家厚重，更不如人家生动；比不上赵树理的《李有才板话》，没有人家真实，不如人家通俗可亲；比不上老舍的《四世同堂》，没有人家的人物鲜活，不如人家的语言生动；比不上柳青的《创业史》，整体上不如人家‘洋气’，细节上不如人家‘土气’。”

路遥听完我的话，显出很沉重的样子，说了几句闲话后就睡觉了。这是几天来我们睡得最早的一个晚上，我以为能睡好个觉，结果不但没睡成，还差点要了我性命。那天晚上他的呼噜真算打出了水平，长一声、短一声，高一阵、低一阵，直打得隔壁房间的人也睡不住了，过一会儿就在墙壁上“咚咚咚”

地敲。我更是了不得，先是用被子蒙了头，不顶用；后又把棉花塞进耳朵里，仍不顶用；最后，我把他从床上拉起来，央告他说："你先醒一会儿，让我吃片安眠药，等我睡着后，你再睡。"他说："这也是个办法。你吃吧。咱们再拉一会儿话，你睡着了，我再睡。"正说着，他竟然坐着打开呼噜了。我能明显地感觉到他也在努力控制，先是硬憋着，整得口唇直抖，嘴里"扑扑"有声；后来憋不住了，那声音比平时的更响亮、更有底气、更具穿透力。最让人哭笑不得的是，他一边打呼噜一边还给我道歉，说："实在对不起，这是一种病，你担待些。"

我实在想不出好办法了，逃进了卫生间。我拧开了热水龙头，放了一浴缸水，躺在里边想眯一会儿。刚眯了一会儿，就觉得头晕，想吐，浑身除了下巴能动，其他地方都动不了。我意识到是"晕堂"了，惊了个半死，硬用下巴颏勾住浴盆边把自己"翻"出来，膝盖和鼻子都磕出了血。我从卫生间爬出来时，路遥睡得正香，呼噜打成了"如歌的行板"。对此，我只能苦笑，穿上衣服离开。

“练子嘴” 说出“是非”来

前面说过，路遥小时候爱编顺口溜，这习惯保持了一辈子，只是成年后将形式稍作改变，将编顺口溜改为说“练子嘴”了。这里我得简略介绍一下“练子嘴”的含义，不然，有人会听不懂。其实“练子嘴”也是顺口溜，是毛主席在延安时，由曲艺工作者改造出的顺口溜的新品种（为了让大家更明白，文后附了一段20世纪40年代流行于陕北和晋西北的“练子嘴”，有兴趣的人看看）。

言归正传。“练子嘴”最好的欣赏不是听，也不是说，而是几个人边编边说：在快乐中创造，因创造而快乐，创造和快乐相互推动。说句大实话，我和路遥最初的相识就是以此为媒介的——他能编一点，我也能编一点，两人坐在一起编，就像火燃着汽油一般，“呼”一下就开始了。因此，在没有第三者在场的时候，我们常玩这个游戏，一玩就玩到大半夜。直能玩到两人口干得转不动舌，嗓子哑得发不出声，累得浑身发软，笑得肚子生疼时才会罢休。

由于是两人编，素材必须是两人都听过的，事情必须是两人都知道的，人物必须是两人都熟悉的，主题必须是两人都认可的。这样一来，涉及的范围就小，地域肯定在陕北，环境肯定在乡下，人物不是同学、朋友就是村里的农民，目的当然是为了好玩和有趣。时间一长，我们把能编的都编了，能说的都说了，诸如：放羊老汉隔沟拉话，婆婆和儿媳笑着吵架；“轻皮鬼”男人当街数钱，“能不够”婆娘夸自己贤惠；生产队队长歪批“孔孟之道”，民办教师讨好公社领导；大干部坐小车探亲时哭错了祖坟，村干部展望大好前程时被他父亲打了一个耳光；老贫农把“忆苦思甜”弄成了“忆甜思苦”，小娃娃把毛主席著作叠成“元宝”；梁凤卉的快板惹恼了食品公司的经理，庞东全的讨饭促进了农村妇女出勤（梁凤卉是延川的“李有才”，他调侃食品公司加工水平时说，“酱油不咸醋不酸，饼干硬过耐火砖”；庞冬全是延川最著名的乞丐，他到哪个村子讨饭，就会吓得哪村里平时不上山的妇女都上山了）；等等。有一次还编出了麻烦，被曹谷溪把我俩“亲娘祖宗”地骂了一顿。

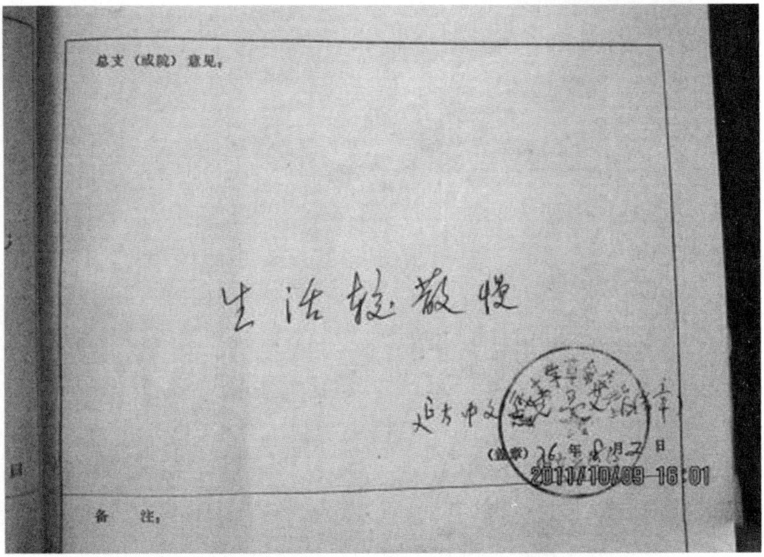

延安大学为路遥做的鉴定

说起来我们也太不应该，真的对不起曹谷溪老师。那是一个盛夏的中午，当时路遥的《人生》已经获奖并拍成了电影，全国一片叫好声。当时延安地区召开文艺创作会，路遥作为名人应邀来讲课。会议结束后，我和路遥一块去探望曹谷溪老师。曹老师好客，加上我们都是他的“弟子”，见了更是高兴得不得了，马上布置家人买酒做菜，自己顶着大太阳上街买西瓜去了。他一走，我们没有拉话的对象，就躺在他家的地板上编开了“练子嘴”。内容是讽刺“四人帮”搞“面子工程”，说一个检查团到农村检查时被基层干部糊弄和敷衍的场面。模拟的人物都是我俩的熟人和朋友：当公社书记的怎么给部下授意，当大队领导的怎样睁着眼睛说谎；糜子地里塞黑豆，谎称套种成功；半个村子的猪娃集中在一起，大吹猪场兴隆。问题就出在这猪场上了，我正编检查团怎么看糖化饲料时，路遥突然把曹谷溪老师给编进来了：曹谷溪作为当地小报的记者也出现在闹剧的现场，他拿了部海鸥牌相机正在拍照，为了把检查团的领导和县上领导拍成“亲切交谈”，不惜爬上猪圈的短墙；为了对准焦距和完成构图，竟然在窄墙上后退，结果一脚踩空，一屁股捣进猪圈里，激起的脏水溅了领导一身……

我俩正编得高兴，猛听见身后“咚”的响了一声，回头一看，只见曹谷溪老师黑了脸站在桌子旁边，桌子上放着一个裂了缝的特大个西瓜。我一看事情不妙，不住地点头哈腰，连说：“对不起，我错了！”路遥还“脖子生硬”，不但没有道歉，还自我解嘲说：“其实没事。源于生活，高于生活。”曹谷溪老师一听，炸了，两刀破开西瓜，推到我们面前说：“吃西瓜！吃完了，继续‘日踏’我。狗日的，狗儿子喂成狼儿子了。”路遥还在解释，我趁机大吃起来。事过二十余年，此情此景仍在眼前，不尽的触动仍在心田。

说句不谦虚的话，我和路遥即兴编的那些东西很有意思，当时曾想过把那些东西整理改造一番，编成说书小段提供给说书人。可惜的是，说得多，行动少，也许因为都在忙。现在我倒是闲了，可路遥大哥已经远去，再也不可能实现了。

附：20 世纪 40 年代流行于陕北和晋西北的一段“练子嘴”

共产主义像天堂，更比天堂强十分。种田人儿最牛气，泥点点不沾脚板底。家家养一群“咕咕蛋”(指下蛋的鸡)，躺在炕上听大戏。机器耕，机器种，机器马儿来送粪。机器收割机器打，机器磨面炸麻花。机器捏的肉扁食，甚时想吃锅里下。机器备得葱蒜姜，机器炒菜就是香。机器温下好烧酒，机器端盘请你尝。家家屋里安电灯，天天都能看电影。电手给你搔痒痒，电椅子专治骨头疼。电话安在枕头边，造个机器擦屁眼。女人翻身最彻底，吃饱喝足谝闲嘴。东街来，西街去，早晚来个三换衣。每人养他五个汉，胜似则天武皇帝。家务之事再不做，生娃从此不用屄。读书人儿爱脸面，送你一把尚方剑。国家大事你说话，专给政府提意见。党政领导由民选，干得不好就罢免。百姓似爹官似儿，人人个个都清廉。你提意见越尖锐，政府越要发奖励。著书立说讲自由，集会游行不干预。封建专制是恶魔，从此休想兴风雨。这就是：民主自由新社会，共产主义一盘棋。乡亲们，这样的远景你不爱？眼下的苦焦算个屁！各位乡亲都别笑，老哥从不放空炮。今日之言兑不了现，我的孙子叫你爷。

路遥崇拜“受苦人”

身为作家，路遥最崇拜的人却是“受苦人”——那些踏踏实实、任劳任怨，甚至“只问耕耘，不问收获”的庄稼汉。这不仅仅和他出身农家有关，更重要的是和他的劳动精神有关。虽然有过许多波折，换过几份职业，但路遥在本质上是一个勤恳踏实的“受苦人”。他的名言“像牛一样劳动，像土地一样奉献”，就是对这种精神的最好概括。

和人们想象的不同，他不是一个只能看书写文章的文人，而是一个目标坚定、作风务实、方法科学的优秀劳动者。以劳动为荣是他的价值观的核心，以享受劳动成果为乐是他人生观的核心，尊重劳动、蔑视懒惰是他判断人的标准。他评价人有两句话：对认真劳动的人赞以“好‘受苦人’”，对“只说不干”或“说得多，干得少”的人冠以“二流子”；对这两者之间的人，他很少评价，只是默默地看。

踏实劳动不仅是他做事的习惯，也是他精神上的基础；不但以此为必要，同时还以此为快乐。为了强调这一点，他不惜将此推向了极端，用一种近乎自虐的强硬态度对待自己。这一点最集中地表现在《平凡的世界》的准备和写作中。

为了准备和完成这部小说，他过了七年苦行僧般的生活，经历的磨难胜过当时最贫困的农民。那时，他每天睡四五个小时觉，一睁眼就沉浸在这件事中，没有一个农民会如此辛苦；他把自己关在一个远离尘嚣、远离繁华、远离现代物质生活的地方，在茫茫的思绪中独自摸索，没有一个农民能耐受如此寂

路遥（左一）在铜川鸭口煤矿体验生活（资料图片）

寞；为了使自己的作品能经得住历史的考验，能有一个坚实的基础，他翻阅了小说涉及的十几年间中央和有关地方的主要报纸，访问和考察了几乎所有人物原型。农民可能为一季庄稼认真，为一孔窑洞认真；但春忙之后有冬闲，把“东山的日头背到西山”后有“老婆娃娃热炕头”，有“紧一年，松一年，歇歇缓缓再一年”的张弛。然而，路遥没有，只有一鼓作气，奋勇向前。

在写作《平凡的世界》期间，只要他在西安，我每次见他都在同一个地方：空荡荡一个小屋，孤零零一套桌椅，满屋子烟雾弥漫，脚底下烟头成堆，像一个关押犯人的单间。每次见到他都是同一副神态：乱蓬蓬的短发，红巴巴的眼睛，先是迷惘后是惊喜的神情，半是抒发半是呻吟的叹息。每次说的都是同一个话题：孙少安的无奈，孙少平的沉重，孙玉厚的迷茫，孙玉亭的“成精”和石圪节的集市、双水村的强人。劳动，劳动，总是劳动。

他对优秀的劳动者充满了尊敬和理解。有一次，我们在延川的一山头散步，他突然对坡洼上的一块洋芋地产生了兴趣。远远地看了一会儿，又走近了看；全局地看了一会儿，又认真地量开了这洋芋的行距和株距。当我对此表示惊异时，他说：“你细看人家这片洋芋，中间不知有多少学问。不但肥料上得足，锄得及时、干净，光这布局就像一件艺术品：横看成行，竖看成纵，斜看还是一条线。说明地的主人在耕种时，不仅仅想的是收获，而把这种劳动作为一种享受。以劳动为享受的人最快乐，也最可爱。”接着他给我讲了自己认识的几个好“受苦人”，说他们做什么像什么，盖个鸡窝也比别人的精致，说完了无限感叹。

对真正的好“受苦人”，他还会撵上门去看。我的二叔爱劳动，会过光景，是一个典型的勤快农民。我和路遥闲聊时，常常说起他的事。路遥对此很感兴趣，几次要我领他去看看这个人，我都没有答应。有一次，我们一块聊了一会儿，他突然提议说：“咱们出去骑会儿自行车。”我答应了，两人就出发。他在前面骑，我在后边跟，一路朝我们村的方向骑去。我问他要去哪里。他不回答，只是猫了腰猛蹬。直到抵达我们村所在的那条沟和公路交接的地方，才停下来对我说：“我想去看看你二叔是一个什么样的人。”我只好领他去了。可惜的是，他们没拉几句话——我二叔一听来人是路遥，马上紧张起来，先是去菜园里摘最好的菜，后是满院子抓鸡去杀，最后又跑到邻村借了半瓶白酒，拼尽全力招待。好不容易到了吃饭时，路遥问他一句，他就回答十句，且都和问话无关，一个劲儿地说我对路遥的敬重，说社会上人对路遥的好评。事后我给路遥道歉，说：“对不起，这事没办好。”路遥听了大笑，说：“这事办得最好。你二叔比你说的还优秀。不但是个好‘受苦人’，还是个优秀的乡村外交家，说的每一句话都直奔主题。”我问：“什么主题?”他说：“主题就是想让我帮助你啊!”说完笑得腰也直不起来。

生生死死陕北情

路遥对家乡的感情很深，深到无法形容的程度，表现在生活中的各个方面。调到西安后，他年年都要抽一定的时间回陕北，一是延安，二是榆林。成名之后，他推辞过无数笔会、座谈会和讲课的邀请，放弃过好几次出国访问的机会，但只要有去陕北的机会，他一般都不会放过。他的中篇小说《人生》写于陕北的甘泉，长篇小说《平凡的世界》开始于陕北的吴起，又完成于陕北的甘泉，其间还在榆林写过一段时间。

路遥最有说普通话的条件：共事的人中大部分都说普通话，一家三口就有两口说普通话，天天泡在普通话的环境里，但他的一口陕北话从未改变。有人说他语言适应能力差，其实这完全是臆测。恰恰相反，他的语言适应能力特别强，他刚从清涧过继到延川时，说的一口清涧话，没过多长时间就完全改了过来，说的和小伙伴们"一个样样的"。就此话题，我问过他，他说："我是搞创作的，不是搞行政和教育的，坚持思想成熟期使用的方言，有利于调动当时的感受，还原当时的体验。我主要写农村的人和事，素材中的人和环境都得用那时的积累，口音一变，就会对这些感觉造成损害、伤害甚至破坏。"他给我举了一个例子，说："我和林达即使有点小分歧，也很少争论。为什么呢？因为她说的是普通话，我说的是陕北话。争不过两句，我就会产生一种错觉，觉得自己不是和爱人说话，而是和一位播音员或者讲解员说话，说着说着就糊涂

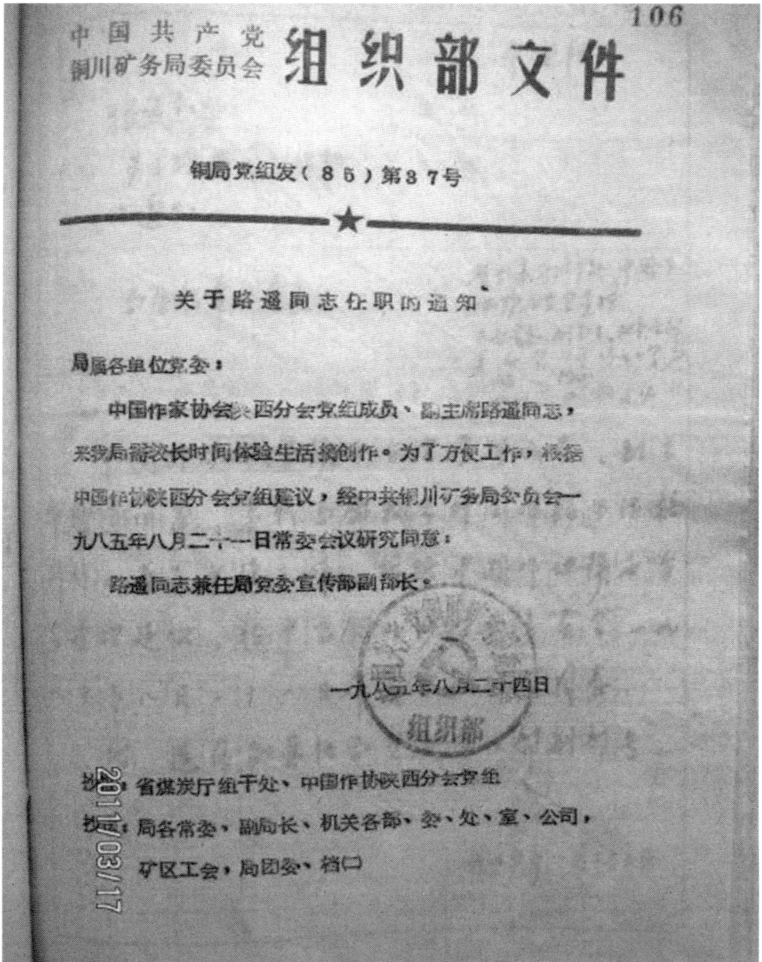

106

中国共产党
铜川矿务局委员会 组织部文件

铜局党组发（85）第37号

关于路遥同志任职的通知

局属各单位党委：

中国作家协会陕西分会党组成员、副主席路遥同志，来我局需较长时间体验生活搞创作。为了方便工作，根据中国作协陕西分会党组建议，经中共铜川矿务局委员会一九八五年八月二十一日常委会议研究同意：

路遥同志兼任局党委宣传部副部长。

组织部

一九八五年八月二十四日

报：省煤炭厅组干处、中国作协陕西分会党组

抄送：局各常委、副局长、机关各部、委、处、室、公司，矿区工会，局团委、档(二)

铜川矿务局关于路遥任职的通知

了，忘记自己为什么争论了。”

路遥一生爱吃陕北农村的饭食，尤其喜欢吃揪面片、熬洋芋、炖羊肉、缠骨来、老南瓜和钱钱饭。别说吃了，只要一说起这些饭食来，立刻眉飞色舞，喜形于色。有谁提起一样来，他立刻就能说出做这种饭食时的要点和必备的调料。别人还不能有不同意见，一说不同意见，他立刻就和你争；争的时候还爱抢着说话，不等对方说完，他就会像孩子一样冲上来，拨开那人，说“你知道个什么”，然后自己说，与平时沉默寡言的他判若两人。

一次，我们住在延安宾馆，路遥突然想吃个钱钱饭，念叨得“一根头儿不断”。还到餐厅问了一回，看能不能做一点，结果没能如愿。最后我们决定不在宾馆吃了，去曹谷溪家去想办法。不料曹谷溪不在，家里人也不在，只好怏怏而归。往回走的路上，他突发奇想，说：“陕北农民好客，随便走进一个农家，还吃不上一碗钱钱饭？”于是，我们就进了一个农民家里。谁知一进门，那家人就认出路遥来了，惊呼：“和电视上看见的一个样样的。”男的硬把我们往炕上推，女人满窑洞找钥匙，想从箱子里找出招待贵客的好烟和高级茶叶，吓得我们连忙退出来。

这时，我松了劲，说：“算了吧。看来这顿钱钱饭咱们是吃不成了。”他说：“不行，今天非吃上不行。”他逼我想办法。我想起我的一个学生住在附近，虽然不知道具体地址，但知道单位，就打问着去了。地方是找到了，但人不在，正在着急时，遇上了一个熟人，他说：“黑豆钱钱没有，但高粱米和玉米仁子倒是有的。”这才了了他的心愿。在回来的路上，我问他说：“怎么突然记起个钱钱饭来？”他叹了口气，说：“我想我母亲了，特别想她老人家熬的钱钱饭。我再也吃不上那么香的饭了。”说得我也“灰灰”的，好半天提不起神来。

路遥对陕北的爱，最强烈地体现在他去世前那段日子。他在延安病倒并查出是肝硬化腹水后，省里的领导马上就为他在西安联系了最好的医院，延安的朋友也劝他转院，但他怎么也不肯。我去看他前，曹谷溪就嘱咐我劝劝他，要他尽早转院。我刚提起这个话头，他就说："这事你不要劝，这是我精神上的需要。这种病到哪里都是一样的治法，也是那几样药。现在还不到绝望的时候，即使完全没希望了，我也不想去西安。死也要死在陕北，埋葬在陕北。就是没人在我坟前烧纸，至少听到的都是熟悉的乡音。"说这话时，他没有一点悲伤之情，反而一字一顿，像作诗一样思绪绵长。

路遥虽然最终还是在西安去世，但朋友们还是想办法把他迎回了陕北，安葬在延安大学后边的山上，并把这山命名为文汇山。为此出过力的人很多，其中有时任中共陕西省委常委、省委宣传部部长王巨才、延安大学校长申沛昌、省政法委主任霍世仁、铜川市政协主席张史杰、延安地委副书记冯文德、榆林地区人大工委副主任赵国新和曹谷溪。我虽然不知道具体细节，但我估计，首倡此事的人十有八九是曹谷溪，因为他最懂路遥对陕北的那份"快刀刀也割不断"的深情和挚爱。

朋友如鸟贵同飞

我和路遥做朋友，可以说从小到大，与生以共；亲密无间，与时俱进。这一点不但在以“相轻”为特点的文人圈子里少有，就是在以“义气”为特点的江湖圈子里也不多见。对此，许多人都感到奇怪，有人甚至挑明了质疑我：“说你们是同学，拢共才同校两年，还不是一个年级；说你们是同乡，原籍不同就不说了，在延川也不是一个公社；说你们在生活上互相帮助吧，路遥穷，你更穷；说你们在文学上切磋吧，路遥名满全国时，你还是个民办教师；说你们脾气相投吧，路遥的个性不是一般的强，你的脾气算得上格外的坏。总而言之，你们做一般朋友的理由还算勉强，做如此亲密且长久的朋友的基础根本就没有。”

意思是要我说：原因何在，秘诀几多？

对此，我也说不上来，只能顺着对方的思路答：觉得对方怀疑我“拉虎皮作大旗”时，就说“我觉得是朋友，路遥怎么想，我还不知道”；觉得对方有点妒忌时，就说“其实我就是路遥的马仔，人家一瞪眼，我就团团转”；觉得人家不屑一顾时，就说“两个‘光嘴溜’，一对可怜人，‘好吃屎的闻见屁也香’”……这样说的目的只有一个：尽快脱身。宁愿受侮辱，不想害麻烦。

有一次，我把这些事讲给路遥听，顺便把这个问题抛给他，想听听他的意思，没想到竟引出他一大篇真心实话来。

路遥（资料图片）

他说：

你这个人毛病多，有些地方还很可恨。最突出的是太“自私”，不理解人。有些事情，明明我无力帮，你总以为我不愿意帮；有些事情，我明明为你的长远作打算，你总以为我借口搞推托；有些事情，我明明做到尽心尽力，你总以为我在三心二意。每到这种时候，我就觉得你这个朋友不能交，交往越多，意见越多，断然撒手，说不定还能“和平共处”。

但你这人优点也多，有些地方还可爱。最突出的是顽强和自信。我有时候看你像一条乱棍之下的蛇，眼看着被人打成稀烂，但过一会儿你就会浑身是血地站起来，站起来就朝前扑；我有时候看你像一只爬高竿的猴，哗哗哗爬上去，又掉下来，不管摔成什么样，打一个滚儿继续往上爬。更多的时候，我看你像旧戏中的武生，刀山火海也敢上。别的同学当兵、招工、考大学，踩着台阶往上走；你是深谷里起跳，悬崖上着脚，领着婆姨娃娃硬往“理想”里挤。如果你光有前者，我想我别说和你做朋友了，看也不愿意多看你一眼；如果你光有后者，你也许会少受点罪，少走点弯路，但也就不是你了。这就是我对你的评价。

再说我们为什么能成朋友。这必须和我的朋友观说起。人以群分，物以类聚，怎么分、怎么聚有其中的道理。赌徒有赌友，恶霸有打手，吹鼓手交往的是敲锣、拍镲的人。我以写作为终生职业，以奋斗为精神支柱，在这方面我们相同，所以成了朋友；我从小时就爱这个，你也这样，且都在坚持中进步，在进步中坚持，所以友情与时俱进，与日俱新。

你可能觉得我对你的帮助多点，你对我的帮助小点，其实不是这样，我在你身上汲取的东西比你想象的要多得多。别的不说，光说精神方面，你就给了我不少启发。按照一般人的看法，到了你种地步，在文学方面的努力已近于徒劳：社会的压力、家庭的压力、所处环境的限制、受教育不足的限制，都足以逼你转变方向，另择他途。但你没有改变，硬是把生活中的所有困难转化成创作的营养，不但跳出了困境，反而利用了困境，对此，我非常佩服。说实在的，每当我遇到困难的时候，想起你，就会增加自信。我会想：难道我的困难比海波的还大吗，处境比海波的还差吗，条件还不如他吗？他能坚持，我为什么不能；他能挺住，我为什么不能；他敢迎难而上，我为什么不敢？一句话，我们不是酒肉朋友，而是事业上的朋友；我们不是结伙蹁跹于花丛的彩蝶，而是相伴飞翔在陌生高空的候鸟；我们没有共同的享受，只有共同的奋斗。

其实我听到这方面的话也很多了，许多人都对我们的关系不理解，认为我对你太好，好过许多真正的同学和亲戚甚至兄弟姐妹。对此，我给他们比过一个例子：对于一只以飞翔为生活方式的鸟儿来说，它的朋友必须具备飞翔的能力。只有这样，双方才能在共同飞翔中拉拉话、说说笑话，以冲淡长期飞翔形成的寂寥，增加飞翔的兴趣。而且这两只鸟飞的高度、速度和节奏都必须接近；否则，不但不会促进飞翔，还会干扰甚至破坏飞翔。两只瘦弱的鸟，只要具备以上条件，是能飞到一起的，虽然慢点，但迟早会到达目的地；而一只矫健的鸟，和一只不会飞或者飞的高度、速度和节奏和自己不同的鸟去飞翔，结果只能失败，无论后者是前者的同学、朋友或者亲人。

这是我们就相互关系进行的唯一一次正儿八经的交谈，事过多年我仍然记忆犹新。我为他对我的整体评价而欣慰，也为自己能有这样的朋友而自豪。可叹的是，路遥这只矫健的鸟儿已经飞入天堂，只有我一个人在“昏鸦三匝迷枯树，回雁兼程溯旧踪”，细想起不免慨然失色。

恩多只能“打包”报

受生活环境所限，路遥的前半生一直处在这样那样的困难之中。在战胜这些困难的时候，少不了别人的帮助。帮助他的人，都是被路遥的人格魅力和非凡才华所吸引，以此为人之常情，绝非图什么回报。但是，随着路遥在全国知名，他们想见一见这位昔日的朋友，坐在一块拉话的简单要求，路遥也不能一一满足。于是，这些人不高兴了，通过各种渠道给路遥捎话，表达自己的“委屈”。因为这些人大部分在陕北，有许多人和我也认识，所以我就成了捎话的人选。虽然捎话人有异，捎的话却略同，无非是说路遥在艰难的时候曾“沾过他的光”，现在希望能“拉他一把”，具体的诉求琐碎而又庞杂。在农村的多说庄基地的问题、计划生育的问题、和邻居打官司的问题、找活路的问题、帮助推销土特产的问题；在城镇的多说转正问题、调动问题、评职称问题、升迁入党问题、孩子上学问题、家属“农转非”问题，当然少不了亲戚或朋友写了作品请求指点、帮助发表、评价提携等问题。他们说这些时都特别投入，特别声情并茂，特别有感染力。捎话之前，先有“导语”。说到他们当年对路遥的帮助，总是先说大背景，后说小环境；先说不帮的后果，再说帮了的作用，落底一句话：“他后生可真是沾了我的光了。”说到他自己的问题，总是先说半天“小样”，再举几个例子；先说帮他的必要，再说不帮的危害，落底总是说：“这种事，放在路遥上简单和‘一’一样，只要给某某某打个招呼就行。”

莫言（右）和路遥（郑文华 摄）

我当然有自己的主见，不可能全部转达。一来觉得过于复杂，二来也怕耽误了我自己的诉求——我也总想求他啊。择主要的给路遥说了，他给的回答令我大吃一惊，说：“这号话你以后不要给我说。”我问：“为什么？”他说：“办不了，也不想办！”我说：“你怎么能这样啊？你应该报恩啊。”他说：“正因为应该报恩，才不能管这些事情。”一句话说得我哑口无言，只能从头到脚、从脚到头一遍又一遍地看他，越看越觉得陌生。

每到这种时候，他总要唱一番陕北民歌，东一句、西一句，高一声、低一声，唱得荒腔走板、了无章法；一边唱，一边拔一根胡须在自己的下巴颏上扫；扫一会儿，扭头瞟我一眼，似乎在等我说个什么。我这时能说什么呢，只觉得心里头拔凉拔凉的。不光是为那些捎话人拔凉，更多的是为自己拔凉，准备了好久想求他帮忙的话，全卡在喉咙以下了，只想着如何体面地离开。在这个时候，路遥开口了，给我讲不报恩的理由。讲了不止一次两次，提起这个话题的由头也多种多样，我只能把他说的要点写在下面。

他说：

像咱们这样出身的人，要想成点事，就不能报这些恩；这样报恩，肯定一事无成。为什么呢？因为咱们来自社会的最底层，每前进一步，都得到过许多人的帮助；那些帮助在当时的情况下，都很重要，都值得报恩。比如在农村时，因为家穷，要担水，没桶；要砍柴，没有好镢头；秋天要背庄稼，连绳子也不够用，只能向人借。绝大多数人不会借给咱，原因很简单，他们也没富余，借给咱，他就用不成了——那时是大集体，说歇全村歇，说干全村干，一个干什么，大家也在干什么——在这种情况，有人咬了牙借给你水桶、镢头或者绳子，不但满足了你的急需，还维护了你的尊严。你说这算不算恩，该不该报？比如当民办教师，村里只需要一个教师，可有五六个中学生，大家都想做这个事。你说咱们的水平高？高在什么地方了，高在编两句顺口溜上了，做这个可能比人强，比起教学生娃娃，说不定还不如别人。在这种情况下，当领导的决定让咱们教，咱们满意了，别的人肯定不高兴。这个领导为了咱们当个民办教师，自己惹下一群人。你说这算不算恩，该不该报？再说进了县城当临时工时，咱们人虽然在县城里，实际上还是农村人，工资表上没咱们的名字，粮食本上没咱们的配额，单位上发一张电影票咱们也不在范围内。这时候，有人给咱们借钱花，有人给咱们匀饭吃，还有人事事处处抬举咱，你说这恩情大不大，该不该报？最要紧的是咱们彻底离开农村时，那才是千百人挤这个独木桥啊。过去了，虽然不能说上了天堂，但至少能体面地活几年人；过不去，虽然不敢说下了地狱，但一辈子面朝黄土背朝天。在这种时候人大都自私，亲帮亲，友帮友，或者亲友交叉着帮。咱们都是“干骨头”的穷人，不要说家人了，就是家族和亲戚里搜尽五族也找不出一个吃公家饭的人来。靠什么？还不得靠别人帮。这些帮你的人，恩情有多大，该不该报？

该报的恩这么多，我们又有怎样的能耐呢？干咱们这一行的人都是些水泡枣儿，听起来名声大，事实上没实力。打官司不如法院的人，处纠纷不如派出所的人；搞“农转非”，帮忙入学和提拔更是门也没有。这情况那些求咱的人都知道，他们只是想让咱们给相关人员说一句，以为咱们“面子大”“分量重”，一句顶他们好几句。其实完全不是这样，所谓的人情社会，骨子里是个“交换人情”的社会，你想“用”别人，必须是自己对别人有用。咱们对别人有什么用，要钱没钱，要权没权，别人凭什么听咱们的。说了也没用，所以趁早别开口，免得把一人失落变成大家失落。

另外，咱们就没有那么多闲工夫。如果咱们把工夫都花在这些事上，哪来工夫看书和搞创作；如果创作也搞不上去，像一只只会叫唤不下蛋的鸡，谁还能看得起咱？说不定现在求咱的人，都变成笑话咱的人了。工人不做工，不是好工人；农民不种地，算不上好农民；咱们搞创作的，如果不好好写作，整天喝酒聊天、吃喝玩乐甚而钻营觅疑、包揽词讼，岂不成了“黑痞”“二流子”了？

我这样说，绝不是不讲人情、不报恩，而是说要实事求是地报恩，脚踏实地地报恩，把报答别人和促进自己结合起来。这一点农村人做得最好，谁对他有过好处，他会在收获后拿一些土特产来报答，东西虽不多，但人情却很重，送的人不伤力，收的人不担心。一方面表示他们记得这个恩人，另一方面表示，在你的帮助下，他们已经在根本上有了转机。如果这些农民，拿的不是自己生产的东西，而是借来的、赊来的甚至哄来的、骗来的、偷来的、抢来的好东西，这对谁有好处？

把这个道理落实在咱们遇到的具体事情里，得出的合理结论应该是这样：咱们要报恩，不但要报重要的、直接的、帮助大的人的恩情，而且要报所有和咱们一样生活过、现在处境还变化不大的人的恩情；不但要报延川的、清涧的、陕北父老乡亲们的恩情，还要报全中国所有农村人、底层人、以踏实劳动为生的人的恩情。报恩的最好方法是，努力地写东西、出作品、出名声。如果我们像鲁迅先生那样有名，那样“天下无人不识君”，那些曾经帮过咱们的人，即便仍在抱怨咱们，那感觉也完全不一样；表现上是抱怨，实质上是炫耀，口里说咱们的“不好”，事实是在夸奖咱们是“干石板上扎根，自我奋斗的英雄”。如果我们写的作品能说出他们真处境、真感情、真担心、真期望，那么这恩就报“深”了，不但他们能感觉到，他们的儿孙也能感觉到，历史也能感觉到。俗话说“大恩不言报”，不言报不是不报，而光报不说，大恩大报，小恩也大报，把所有的恩情“扎成捆”“打成包”集中起来一起报。

“只有保持庄严的心情，才能进行庄严的工作”

路遥在生活上非常简朴，可以说不讲究吃，不讲究穿。但也不是什么也不讲究，比如说抽烟，他就很讲究。打从进西安之后，路遥抽烟的档次就提高了，甚至提高到和他收入不相称的地步。上世纪 80 年代初，他就开始抽两三块钱一包的香烟，每天最少两包，一月光烟钱就得花掉一百多，而他每月的工资仅为一百多块，还不够他抽烟。就此，我多次建议他把烟的档次降下来，至少做到量入为出。他不同意，说，这不是生理上的需要，而是心理上的需要；不是打肿脸充胖子，而是为营造一种相对庄严的心情；而保持庄严的心情，为的是进行庄严的工作。

他对我说，对于一个严肃的文学创作者而言，写东西不但是反映人生和社会，同时还是评判人生和社会；而要评判人生和社会，必须持一种超然的态度，即“不以物喜，不以己悲”。但是，像咱们这样出身的人，“不以物喜”容易做到，“不以己悲”则很难做到。因为我们太了解下层人了，因此会忽视他们的局限性，甚至会把他们的缺陷认作美好；因为我们太不了解上层人了，对他们有很深的误解，甚至会把他们美好的东西当成垃圾。如果这两个问题不解决，我们只能写些《半夜鸡叫》《铡美案》式的伪民间故事——完全站在下层人的角度把自己的困难悲情化，把自己的结局理想化，把别人的性格妖魔化，把别人的行为漫画化，根本谈不上评判社会和人生。解决这个问题只有一种途径，那就是体验，把自己放在“高处”，反过来看“低处”的人们。可惜的是，我们没有条件全面做到这一点，只好在局部想办法。这个“局部”选在哪里好呢？选住好房子、坐好车？咱们没有这个条件。选吃好饭、喝好酒？咱们没有这个时间。选穿好衣服？更不可能，咱们没有这个习惯不说，还在心底里鄙视那些东西。而抽好烟就不同了，因为本来就喜欢抽烟，只要醒着，几乎烟不离手，加上接触的都是些抽不起或者舍不得抽好烟的人，容易建立起一种超然于外的感觉。

路遥在陕西作协大院（郑文华 摄）

他进一步给我说：“不说别人，就说咱们俩现在。咱们很熟悉，谁也知道谁小时候的样子，谁也在对方眼里没有神秘感，这是常态。可是一开始抽烟，这种态势就改变了。我抽的烟三块钱一包，你抽的烟五毛钱一包；我敬你的烟，你抽着舒服；你递给我的烟，我根本就不接。在这种情况下，你的自卑和我的自信哪一种是可以避免的呢？不论你这时的心情是惭愧也好，无奈也好，不平也好，甚至眼红也好，但在总体上，你已经被这件‘烟事’给压住了，已经没有观察我们这交谈的兴趣了，更谈不上评判。而我却不一样，我会有滋有味地边抽烟边看你的表情，揣摩你的心情，更重要的是会把这种情境平移到别的地方，如一个超级大国的代表和一个弹丸小国的代表谈判，一位走州过县、腰缠万贯的富商和一名足不出户、不名一文的农民侃价，这些将成为我展开想象的基础。”

尽管我不太相信他的“抽好烟论”，但却坚信他确实用“庄严的心情对待庄严的工作”，这种“坚信”有更多的事实来支撑。

路遥写东西准备时间很长，准备得很细，几乎每一个事件都要在生活中找到根据，每一个人物都有“小传”，其中包括他的家族成员、身体状况、交往半径、性格特征等等。这种准备是常态的：有了目标时围绕目标准备，没有目标时围绕有意思的人物准备，准备的形式就是和朋友聊人物和做即兴小品。

他特别欣赏陕北说书艺人张俊功对人物的刻画，有一个细节他给我说过好多次，那个细节是这样：有一个小伙子爱上了一个女的，想得神魂颠倒、昼夜不安。有一天，他正躺在炕上想那女的，母亲来了。他母亲是个“能不够”婆娘，虽然知道儿子得了相思病，但就是不想承认，千方百计往符合乡村道德的假设中引导。见儿子躺在炕上，就问：“儿啊，你想谁呢？可不是想妈妈我了，我就在你面前哩。”儿子一听，烦了，本来面朝前躺着，转身向后躺去。他母亲还不罢休，又转到后炕前，对儿子说：“不是想我，是想谁呢？是想你爸了吗？不要想，你爸上山去了，马上就回来了。”儿子一听，更烦了，把头塞进被子缝里，双手蒙了耳朵，想落个“耳不听，心不恼”。不料他母亲更来劲了，作出恍然大悟状，拍手笑道：“啊，我可明白你想谁了——我娃想他外婆了！”儿子一听，勃然大怒，跃身起来朝地上吐了一口，从牙缝里挤出几个字：“脏他屁死了！”母亲这才不说话了。

路遥每次说完这一段，都笑得前仰后合、眼泪四溅，感叹民间艺人刻画人物的功夫。由此带出我们都熟悉的人物来，尽情地夸张和集中，看起来是在玩，其实是在积累人物，探讨人物性格。

为了准确地理解人物，路遥还喜欢和朋友们一起做点小品。小品的内容都来自名著中的情节和名画中的瞬间。我记得最清楚的是，他和朋友演示《钢铁是怎样炼成的》中保尔和冬妮娅在修路工地上偶然见面的场面和列宾的油画《意外归来》中的场景。演示一遍，分析半天，虽然是游戏，但态度庄严万分。

就个人生活习惯而言，路遥应该是个不太讲究的人，他所在的屋子总是乱得一塌糊涂。但这乱屋子里有一块地方却非常干净，那就是他写东西的桌子。真正是一尘不染、锃光瓦亮，和周围的一切形成巨大的反差。不但桌子干净，他写的稿子也干净，一字一句，一笔一画，一标一点，一丝不苟。写字不像写字，有点像刻字，每一笔都力透纸背，有一种苦心经营后的快感。

路遥爱调侃，谁都敢调侃，但唯独不调侃自己作品中的人物。当别人提起这些人物，他总会作注释性的说明，生怕别人理解得不够准确。有一次，我和他谈起《平凡的世界》中的田福堂，我说，这是一个“阴险的”农村政治家。他生气了，好半天不理我，最后才谈了他对这个人物的理解。当他说到这个人物失势后在山梁上像嚎叫一般咳嗽时，竟流下了同情的眼泪。能看出，他完全忘记了那是自己虚构出来的人物，而把其当作一位熟人甚至亲人来理解、爱护。

路遥在小说中的行文都有点“笨”，像一个不善言谈的人在讲故事。很多人认为这是路遥能力有限，写不活泛。其实完全不是这样，是他故意这样做的，用他的话说，“把笔磨秃了写”。为什么要这样呢？他担心诙谐的、轻快的语言对整个小说的浑厚大气造成伤害，整成“顺口溜版的《战争与和平》”。为了保持作品的庄严大气，他不惜缩着身子用“矮步”行走。这种庄严的态度，想起来就让我感动。

路遥对自己“残酷”的程度

路遥律己很严，严到不可思议的地步。用他的话来说，就是“对自己要残酷一点”。所谓“残酷”就是有方向地牺牲，为了主要目标，牺牲次要需求；为了整体意图，牺牲局部快乐；为了在一点上突破，不惜将其余处统统收缩；为了一朝成功天下惊，不惜青灯黄卷过一生。概而言之，成功的背后有着巨大的牺牲，荣誉的根基下压着说不出的惆怅。别的不说，我只说一宗。

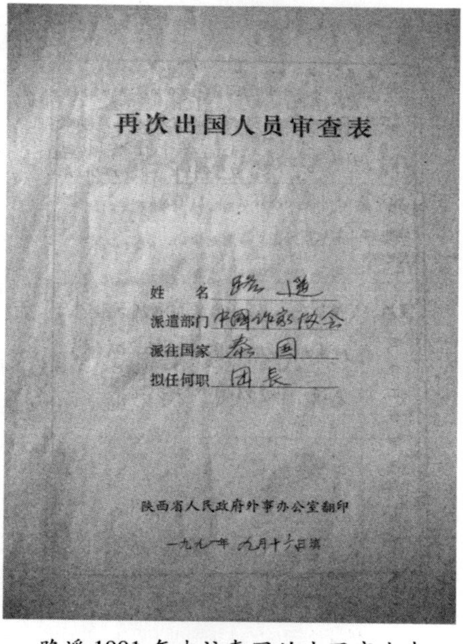
再次出国人员审查表

姓名 路遥
派遣部门 中国作家协会
派往国家 泰国
拟任何职 团长

陕西省人民政府外事办公室翻印

一九九一年 九月十六日填

路遥 1991 年出访泰国的出国审查表，他为代表团团长

1987 年春天，我在北京鲁迅文学院学习，路遥准备出访联邦德国，来北京办理相关手续。为了方便和我拉话，他住在鲁迅文学院的招待所里。我们白天各忙各的，晚上拉话，并约定：没有特殊情况，晚饭在学院的食堂里一起吃；有特殊情况，事先打招呼。路遥有个习惯，定下来的事绝不改变。所

以，每到下午吃饭时，我总等他回来。他也非常守时，总是按时返回；偶然迟到一会儿，要解释半天。有一天下午，我整整等了他一个小时，没见他回来，眼看着食堂就要关门，我便先吃了。刚刚吃完，他回来了。看见他的模样，我吃了一惊。当时虽在初春，但北京还相当寒冷，人们都穿着棉衣，但路遥却热得满头大汗，脸色通红。我问他："怎么啦？"他没回答，只说："快吃饭，饿坏了。"买饭时，我据以前的量买了两个馒头、一碟炒素菜。他说不够，要我再去买。我又买了同样的一份回来时，他已经将前一份吃了大半。我问："现在够不？"他说："不知道。"那时食堂已经关了门，工作人员正在整理餐具，做下班的准备。我怕"吃着看"的结果是不够，那时连买也买不上了，于是就又买了一份，图个"有吃的，有看的"，绰绰有余。谁料，路遥竟将那六个馒头、三份炒素菜吃了个一干二净。他不但吃得快，吃相也狠：一手下去就是两个馒头，一口下去小半个就没了；吃菜不是一下一下地夹，而是口就着碟沿用筷子往里搂；吃到嘴里的饭不再嚼，而是挺颈收腹往下吞。真可谓势如破竹，风卷残云。我情知有异，但不好立刻就问，等他吃完了，才问："今天怎么能饿成这样，中午没吃饭吗？"他没回答我的问题，而是手一挥，说："走！"一个"走"字出口，人已出了食堂门。出门之后，走得更快，不是回住处，而是向学院的大门口冲。他在前边走，我在后边追。等我追上时，他已叫了一辆出租车等在那里，催我上车。我一上车，他就对司机说："王府井。快点！"

到了王府井，他仍然疾步如飞，一边快走，一边回头看我一眼，示意我跟紧。直到进了东风市场（现在叫东安市场），他的脚步才慢了下来，站在一个体重秤上，伸长脖子朝人群里张望。我以为他在找人，就问："你在找谁？这么多人怎么找？"他说："找'七女门市部'。""七女门市部"是"文革"

前延川县百货公司的俗称，以有七位女售货员而得名。我提醒他说：“我们在北京，不是在延川，哪有什么‘七女门市部’?”不料他却生气了，瞪了眼睛问我：“我说在延川吗?”说完他也不理我了，一个人在人群里穿插起来。说是穿插，还不如说冲撞：笔直向前，快步如飞，见物触物，见人撞人；所过之处，人人侧目，回头率至少也有百分之二百。更让我意外的是，他见柜台就上，见东西就问；一会儿要售货员拿这个，一会儿又要那个。说的都是地道的延川土话，不要说北京的售货员了，就连我猛一下也听不出他在说什么。每一件东西总要磨好长时间才能找来，找来了他又不要，看一眼后又冲向另一个柜台，索看另一种物品。就这样从市场的一楼折腾到三楼，直到很晚返回住处。

路遥在国外（资料图片）

回到住处后他完全蔫了，像一摊泥一样漫在沙发上，望着房顶发呆，嘴里一声接一声地长叹。看他这个样子，我也不便再问，准备离开。就在这时，他开口说话了："我见到她了。"我问："见到谁了?"他仍没回答我的问题，只顾自己继续说："我搭了车准备回来，刚上车就看见那红色的衣服。我感觉像她，就下了车，走了过去。一看，果然是她。大模样和当年差别不大，一样的小巧，一样的单纯，一样的礼貌和热情。我们说了一会儿话，非常平静地说话，感觉就像曾经在一块当过民工的熟人一样。"

这时，我才明白他见到了初恋女友，问他："你为什么不请她吃顿饭，也好多聊一些。"路遥坚决地摇了摇头，说："没有这个必要。"我问："既然如此，你今天为什么如此激动?"他突然从沙发上坐了起来，冲着我说："难道不应该激动吗?你知道她是在什么情况下抛弃我的吗?你知道这种抛弃意味着什么吗?你知道雪上加霜吗?你知道一个人在最困难的时候身边的'反手一刀'吗?你知道我为了证明自己吃了多少苦、受了多少罪，咬了多少回牙吗?"我突然又记起他曾经给我复述过他给那女人最后一封信中的那句话，于是脱口而出："虽然你无情地抛弃了我，但我坚信，社会会热情地接受我。"他听了后，很深地叹了口气，说："那是年轻时的激愤之言，还是咱们那里的老年人说的更好些：力不白出，汗不白流；人可能会亏人，但土地不会亏人。"

那天晚上，我们还聊了很多很多。他在说，我在听；他是在一吐为快，我是在听英雄壮歌。

我和路遥的区别和分歧

我和路遥虽然是朋友，但各方面区别很大，有些方面甚至截然相反。他好静，我好动；他沉稳，我风趣。他爱“稳、准、狠”，为了一个目标肯将一辈子押了进去；我喜“短、平、快”，与其将来喝酒，还不如马上喝水。他无论做什么都要事先计划周全，安排到位，然后循序渐进，步步推进；我在大部分事情上都是“兴起而往，兴尽而归”，趁兴起跳，跳起来再找落点。他爱面子，有所为，有所不为，认为丢份的事坚决不干，比如说在城市里他不愿意挤公共汽车，在农村不愿意和人坐在路边拉话；我无所谓，钱多了大吃，钱少了小吃，没钱了讨着、抢着也非吃不行。他热心政治，从国际大事到国内政情，从地方大员的进退到单位领导的起落，事事留心，将之视为生活中的必需；我不管这些，无论多大的官、多出名的人、多有钱的主，只要不对“言法”，我看都懒得看他们一眼。他比较难交往，见了生人很少说话，即便是没有深入了解的熟人，话也不多，只是谈论点天气和政治；我是个“见面熟”，只要我愿意，不管生人熟人，不管当官的还是讨饭的，三句不过就敢称兄道弟。

我眼中的他，是个大英雄，当作家算是屈了才，如果放在大革命年代至少也是一路诸侯；他眼中的我，是个小“海怪”，“能踢、能咬、能扑腾，眼睛瞎了也是个一流的说书人”。我认为他有统揽全局的能力，能做到“在稳定中发展，在发展中稳定”；他认为我心中只有穷人，能把“穷人扶成懒人，懒人扶成恶人”。

在文学创作上，我们的分歧更大。他认为文学是历史的镜子，应该放在历史的大背景下构思，不但要反映现实，更要写出趋势；我认为文学就是一种个人的体验，守住自家坟头哭，就可能得到所有人的共鸣。他认为作家首先应该是政治家，政治上不敏锐、不正确、不坚定，写得再好也是鸡零狗碎、小儿科；我则认为作家应该是自己所在阶层的代言人，争辩地、强辩地发出自己的声音。

在写作态度上，路遥主张庄严，认为“只有庄严的态度，才能进行庄严的工作”；我则主张随意，“血管里流出来的都是血，水管里流出来的都是水”，血管再庄严也流不出水来，反之亦然。在写作方法上，路遥主张“把笔磨秃了写”，“不要嘻嘻哈哈”；我则主张，能开心时就开心，“受苦人不唱怕干牛”。路遥认为，好作品是痛苦思索的产物、汗水凝成的结晶，像庄稼人的粮食一样，粒粒皆辛苦，不好好劳动就想收获的人既可笑又愚蠢；我则认为，创作好作品的过程一定是快乐的，唱出好歌的歌手唱的时候肯定是快乐的。

附录

路遥致海波的信

第一封

海波，你好。

你的来信收到了，诗稿我交给了诗歌组，据我看稿子用不成，是赶形势的，属“马后炮”一类。

我曾去延安组稿一次，挺忙，没来得及回延川，力争春节回家一次。

你能去马小教书，这很好，请记取你前几年的生活教训，从某种意义上说，是要重新开始做人。

揪出“四人帮”，人心大快，首先认识到这是在思想上解放了人民。你在农村时间长，请朴朴实实地写一点反映农村生活的文章，这对你是有好处的。不要赶时势，胡凑一篇，以“繁荣文艺创作”。要研究生活，反映生活的本质，以前关于创作上的一些框框完全可以打破，从研究生活起，然后得出结论。

请代问马文瑞好。

匆忙中写以上几个字。

路遥

（1976 年）10 月 30 日

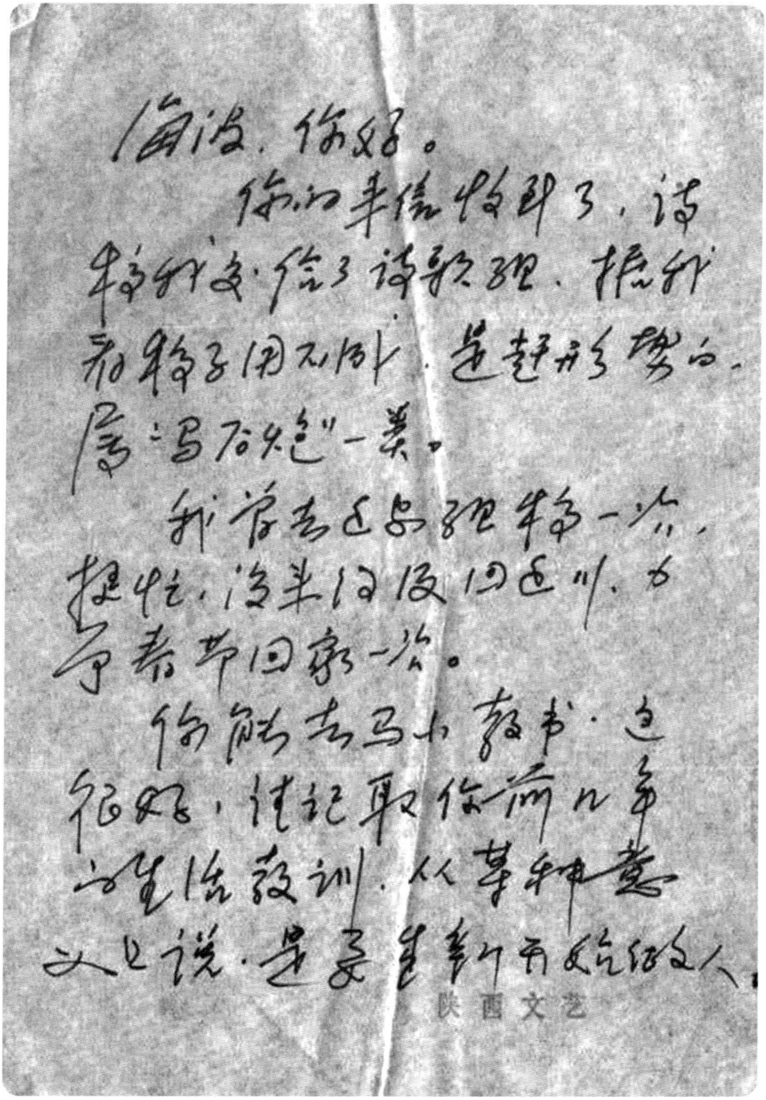
海波：你好。
你的来信收到了，诗
稿我交给了诗歌组，据我
看稿子用不了，是整个形势的
原因，与写不好一类。
我曾去延安组稿一次，
想找你，你未回，没回延川。大
约春节回家一次。
你能去马上教书，这
很好，请记取你前几年
的生活教训，从某种意
义上说，是要重新开始做人。
陕西文艺

路遥致海波的信（第一封）原件－1

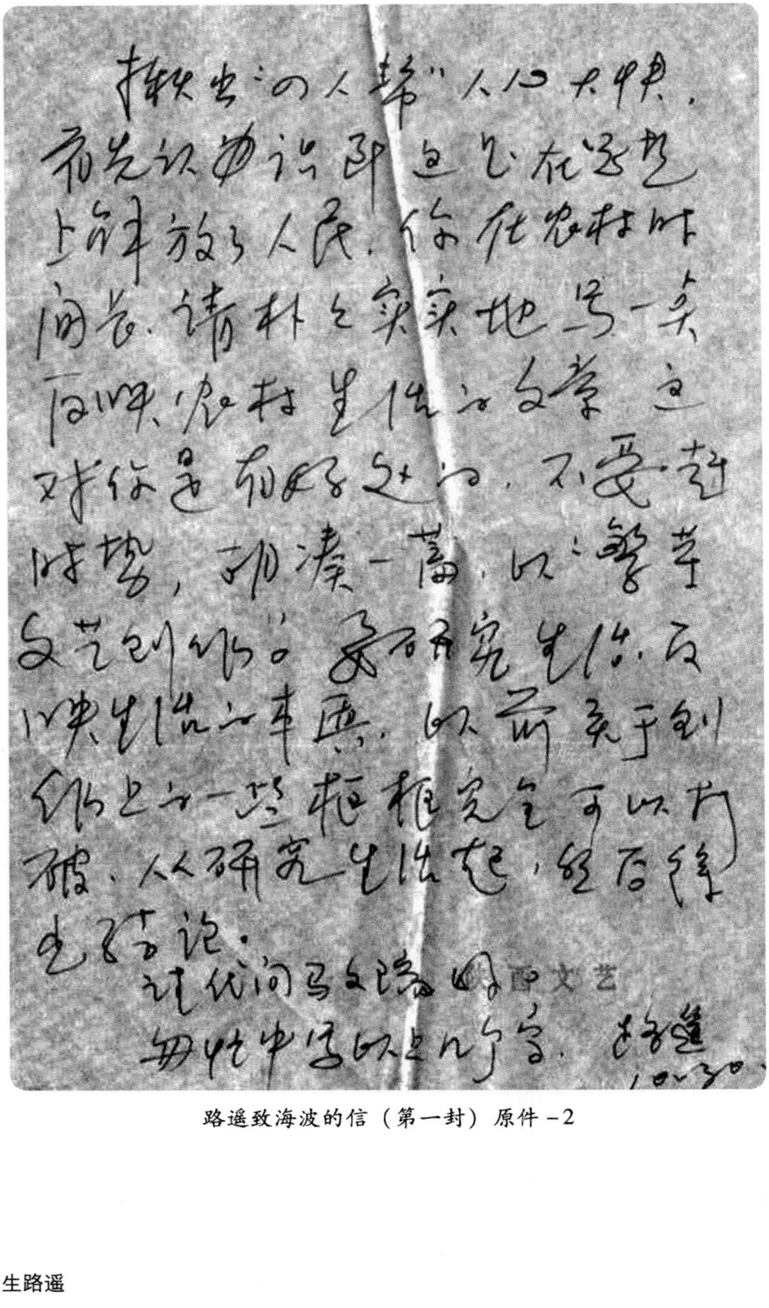

揪出了"四人帮"，人心大快。首先认为此事的意义在思想上解放了人民。你在农村时间长，请朴朴实实地写一点反映农村生活的文章，这对你是有好处的。不要赶时髦，胡凑一篇，以繁荣文艺创作。要研究生活，反映生活的本质。以前关于创作上的一些框框完全可以打破，从研究生活起，然后得出结论。

请代问马文瑞的好

和姓中学以上几个问好。

路遥

10.30

西文艺

路遥致海波的信（第一封）原件 –2

第二封

海波：

来信收到，本来到西安后就想给你寄刊物，无奈把伟大的“玉龙河”忘记了，幸亏你来一封扯淡信，内容等于零，但却使我知道你在什么地方了。

我的工作挺忙，整天看稿，创作只能暂时中断了。

你在那里还觉得不错，那就行了，反正到什么山上唱什么歌。不过，还是要自己严（格）要求自己，不要虚度光阴。只要努力，什么都会好起来的。人可以亏人，土地不会亏人；有白享的福，没有白受的苦。

希望你能写封长封［信］，告诉我农村目前的真实情况。

紧握你的手！

路遥

（1977 年）4 月 6 日

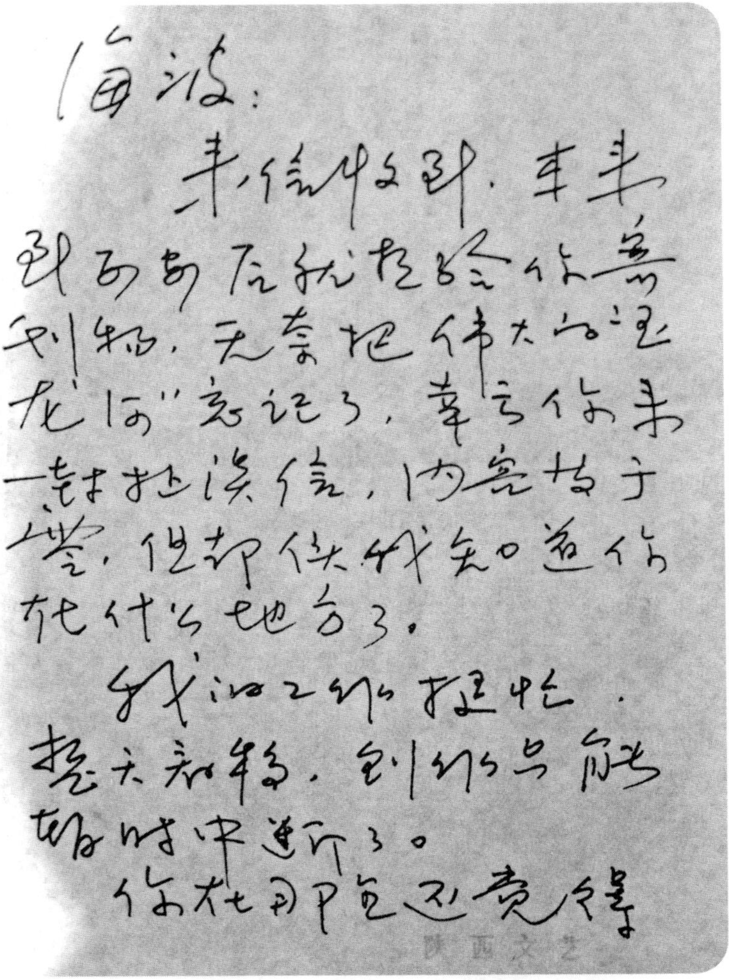

海波：

来信收到。本来到西安后我想给你写刊稿，无奈把"伟大的通龙河"忘记了，幸亏你来一封挂号信，内容极于丰富，但却使我知道你在什么地方了。

我们工作极忙，赶大新稿，创作只能暂时中断了。

你在那里还觉得

路遥致海波的信（第二封）原件－1

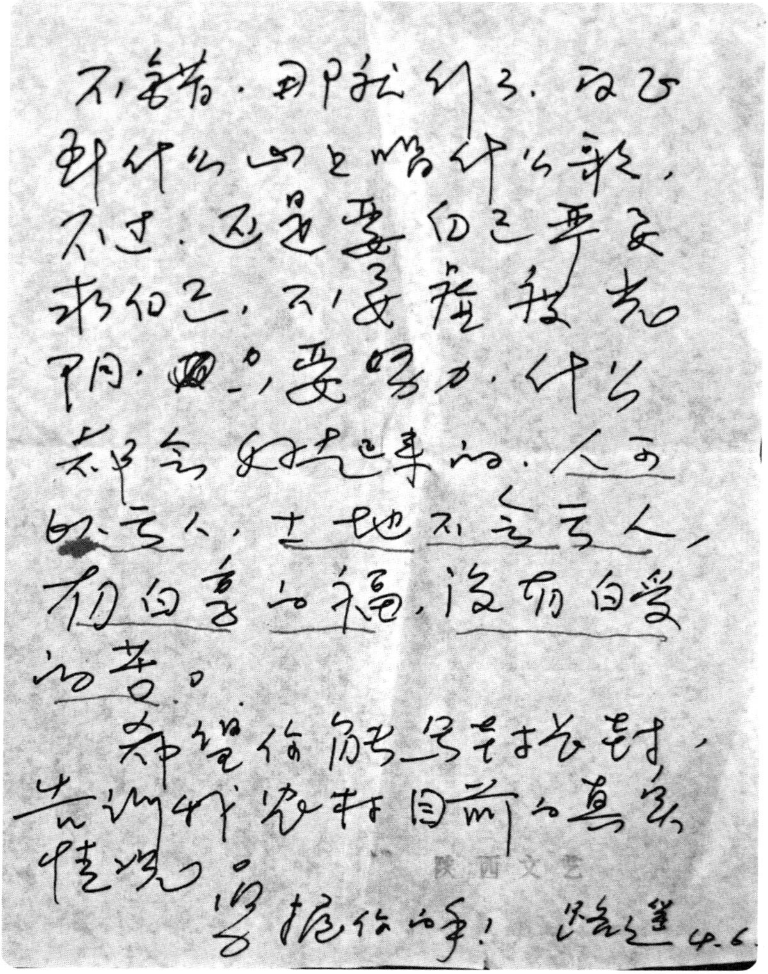
不错。那就行了。这也到什么山上唱什么歌，不过，还是要自己要求自己，不要[illegible]门。[illegible]，要努力。什么都会好起来的。人可以亏人，土地不会亏人，勤自享的福，懒汉自受的苦。

希望你能写长长一封，告诉我农村目前的真实情况。

紧握你的手！ 路遥 4.6.

路遥致海波的信（第二封）原件－2

第三封

海波：

你的情况如何？请写封认真的信来告诉我。

我一切均好，勿念。刊物是否能收到，请告诉（我）。

路遥

（1977 年）12 月 30 日

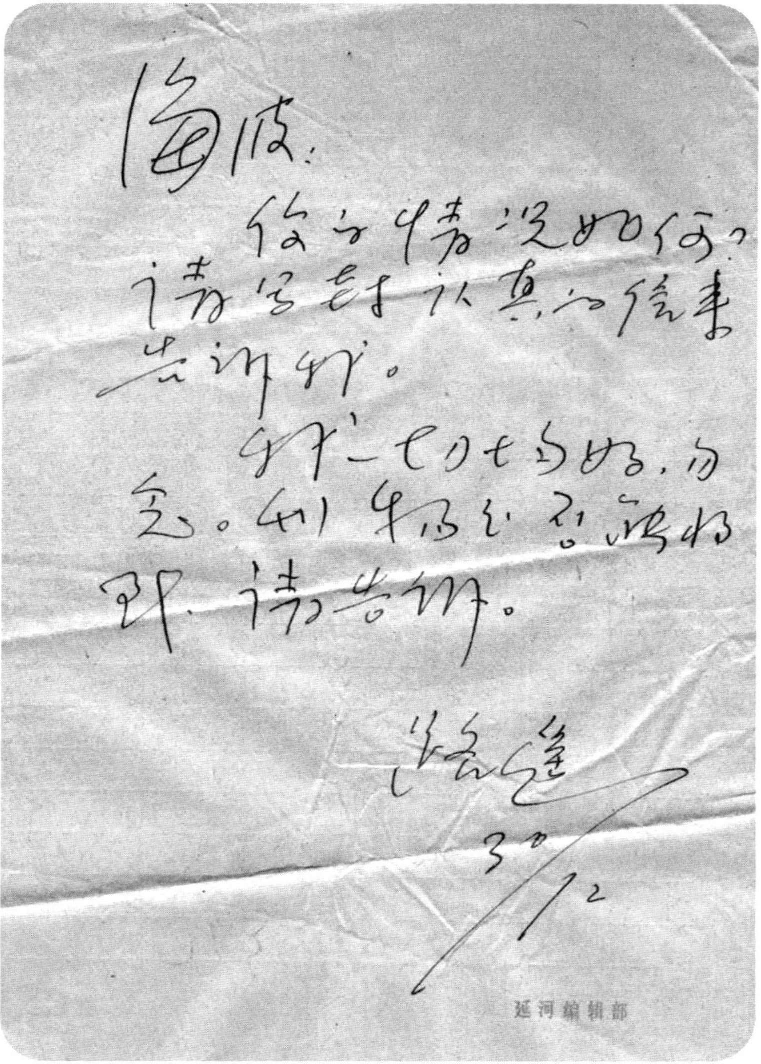
海波：

你的事情况如何？请写封认真的信来告诉我。

我于七月七日离此，回京。如果稿子已改好，即请告诉。

路遥

30/12

延河编辑部

路遥致海波的信（第三封）原件

第四封

海波同志：

你好。

接你信后，碰巧尔雄开会来西安，走了一趟我这里，我当即就把你的问题提出来了。据他说，这次实在无法，因为你不在“杠杠”里边。不过他答应力争在今后为你的事努力，请你以后多与他联系。我只要有机会，一定全力以赴帮助你，这点请你放心。

今有两事需要告诉你。

第一件：我那个不成器的弟弟四锤，经过一番相当艰苦的努力，终于在县农机局施工队上班了（新成立的，当然是交钱挣工分，现在永坪公社），他开推土机……

第二件：我们这里鸡蛋已到一元钱五个的光景，想延川会便宜一些，这是我孩子的每天必需品，如可能设法再买一点捎来（当然越快越好），十分感激。如有困难，也就算了。

刊物我当每期寄上，有时我不在，误了一半期，也请你原谅。

请你给我回信。

（明年学习班我会给你争取的。）

路遥

（1979 年）12 月 4 日

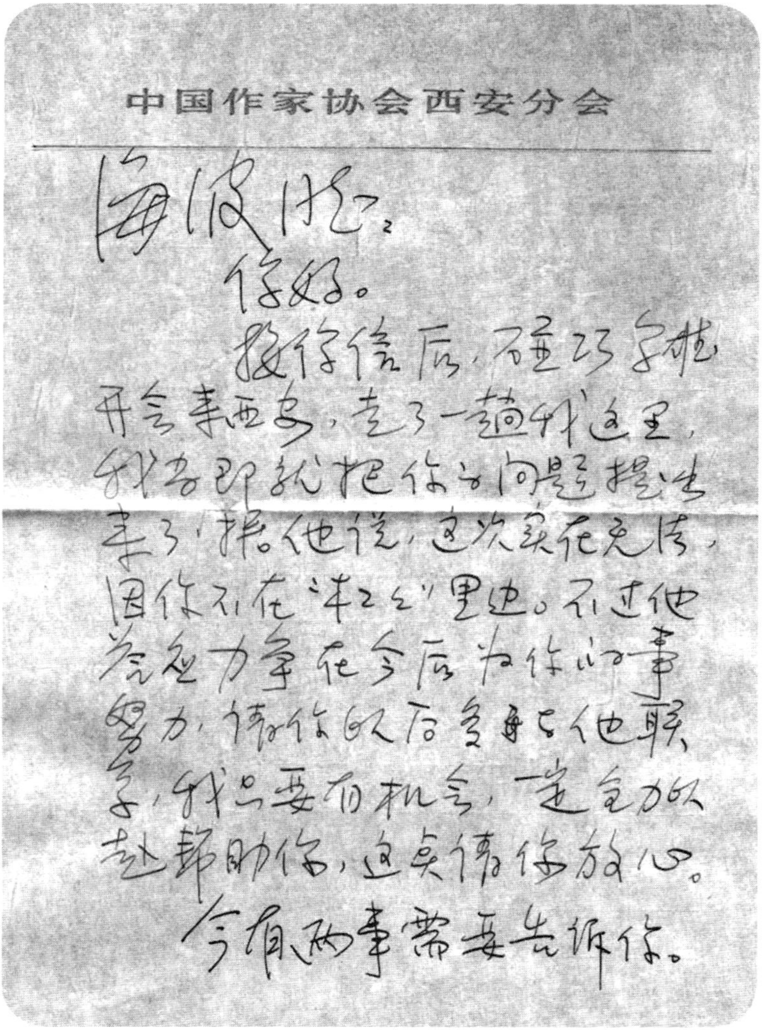

中国作家协会西安分会

海波同志：

你好。

接你信后，碰巧乡桂开会来西安，来了一趟我这里，我当即就把你的问题提出来了，据他说，这次实在无法，因你不在“林子”里边。不过他答应力争在今后为你的事努力，请你以后多与他联系，我只要有机会，一定全力以赴帮助你，这点请你放心。

今有两事需要告诉你。

路遥致海波的信（第四封）原件－1

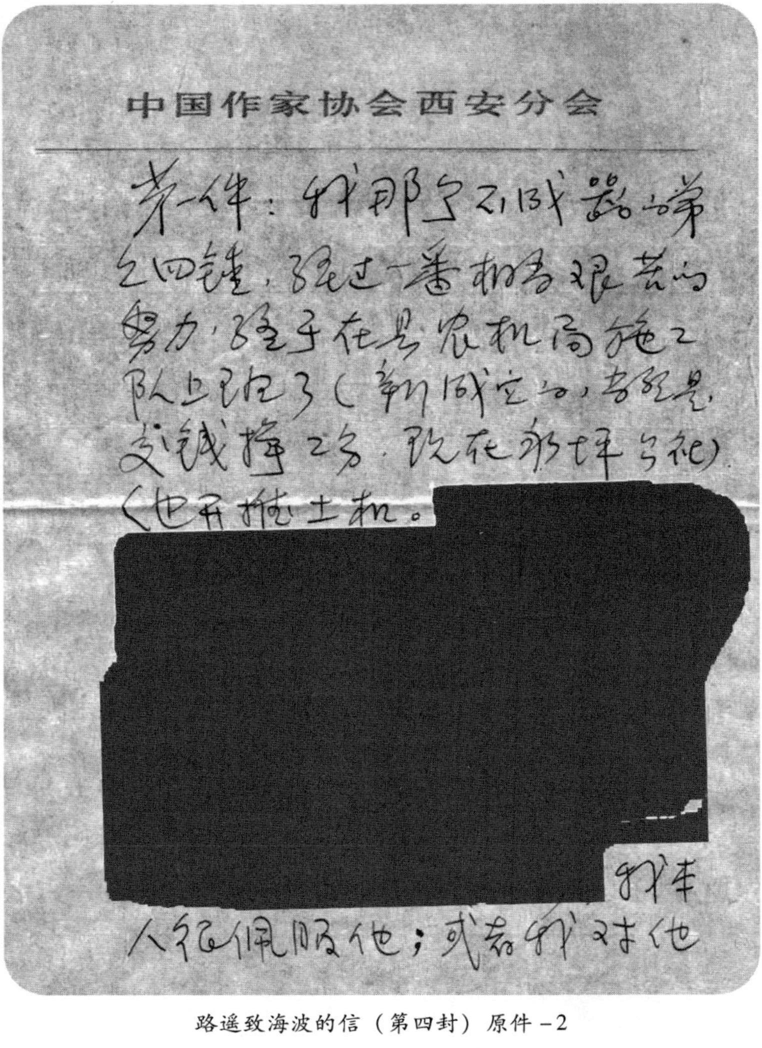
中国作家协会西安分会

第一件：我那个不成器的弟弟四锤，经过一番相当艰苦的努力，终于在县农机局施工队上跑了（新成立的，当然是交钱搞工务，跑在郊坪公社）（他开推土机。[redacted]我本人很佩服他；或者我对他

路遥致海波的信（第四封）原件－2

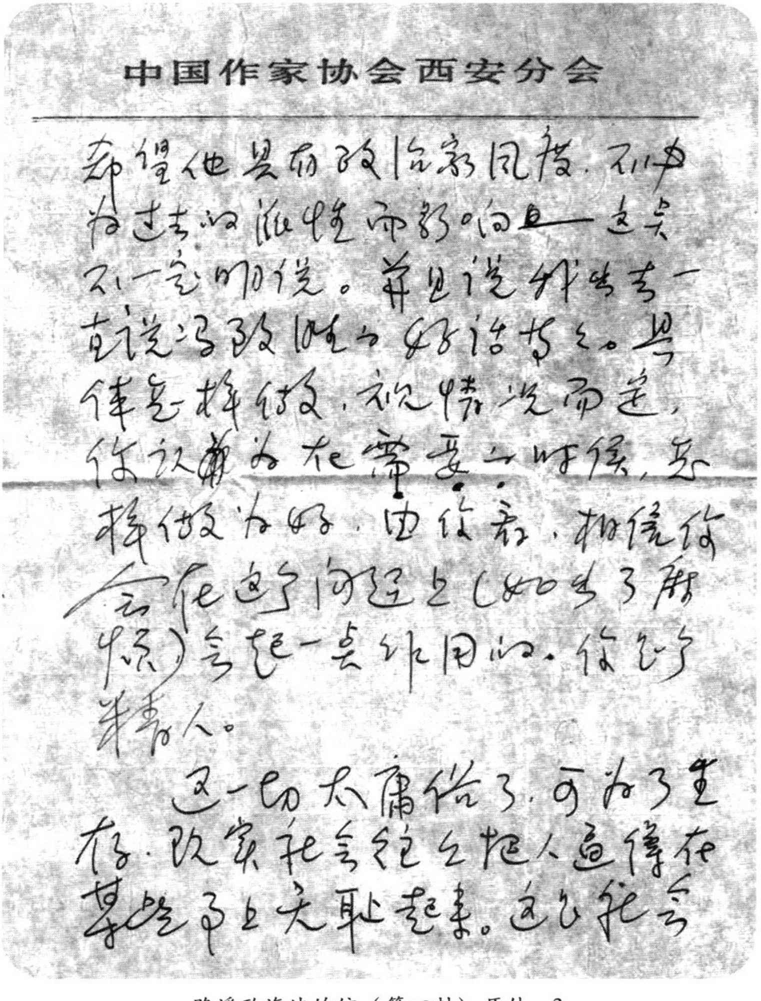
中国作家协会西安分会

希望他具有政治家风度，不以为过去的旧怨而影响自己——这点不一定明说。并且说我出去一直说路遥的好话等等。具体怎样做，视情况而定，你认为在需要的时候，怎样做为好，由你看，相信你会在这个问题上（如出了麻烦）会起一点作用的。你是个精人。

这一切太庸俗了，可为了生存，政客社会往往把人逼得在某些事上无耻起来。这也社会

路遥致海波的信（第四封）原件－3

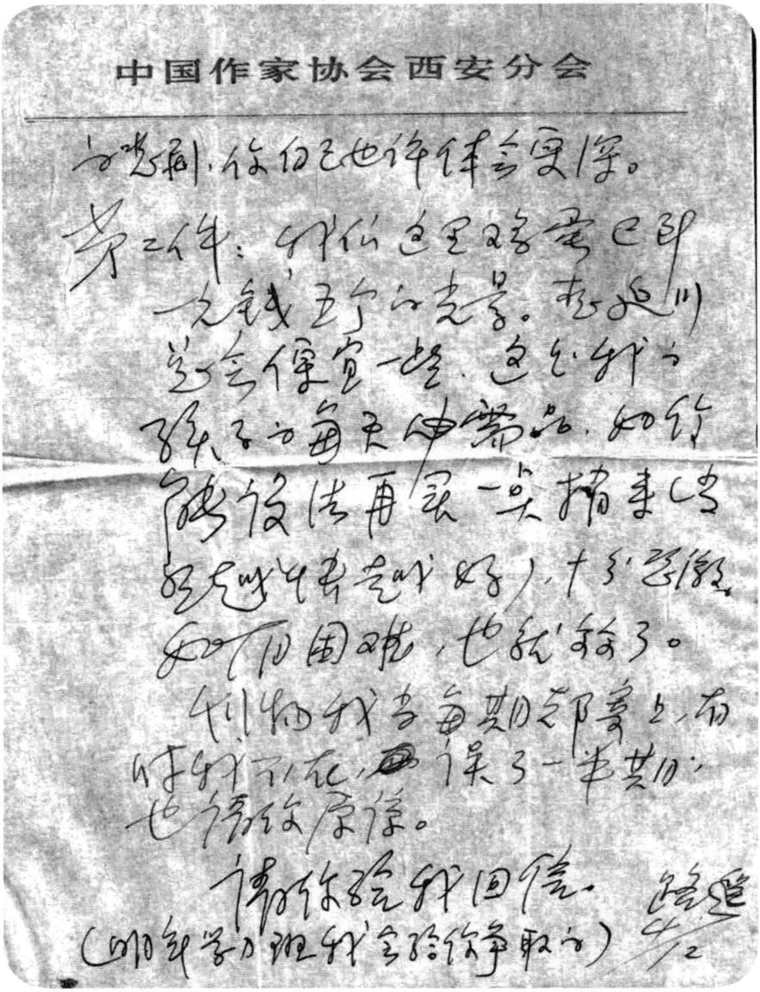

中国作家协会西安分会

的长副，你们也许体会更深。

第二件：我们这里路费已到一定钱到你们那里。在延川也会便宜一些。这次我们孩子的每天中需品，如能路线法再寄一点糖来（当然是越快越好），太麻烦如有困难，也就算了。

刊物我当每期都寄上，有时我们在误了一半其期，也请你原谅。

请你给我回信。　路遥 4/2

（明年学习班我会给你争取的）

路遥致海波的信（第四封）原件 -4

第五封

海波：

收读了你的来信，对你的近况有个一般的了解了。在本质上说，我是个重情义的人，但由于我自己幻想多，具体的生活并不细，因此可能得罪朋友。其实他们不了解我，我爱所有的亲朋，但我自己的事太多，不能一一周全。上帝可以作证，我没有说慌［谎］。

你近几年的生活可以说基本上是正常的，克服了一部分疯狂性，希望能继续成熟起来。……你是一个弹性很大的人，你要变好，就能变成一个精神上很优秀的人。

对生活的苦闷是正常的，我虽未处在你的位置上，但完全能理解你。但不要紧，只要热爱生活，就能活下去，并且可能活得好一些。

关于教师转正的问题，我不知道怎样帮你的忙。延川的人事已经淡漠了，就是原来关系要好的人也不会重视我的意见，因为我对他们没什么用处，这点想必你能够理解的。但我还可以写信。给谁写呢？请你自己权衡后告诉我。

我这里一般情况都很好。如果可能，请你给我弄一点软米，因我母亲在这里，春节想吃点油糕，如没顺车就算了。你如见了四锤，让他给我写封信，告诉他的近况。这也是一个心高命薄的可怜虫，希望你多开导他，帮助他。

深致敬意。

路遥

（1981 年）元月 12 日

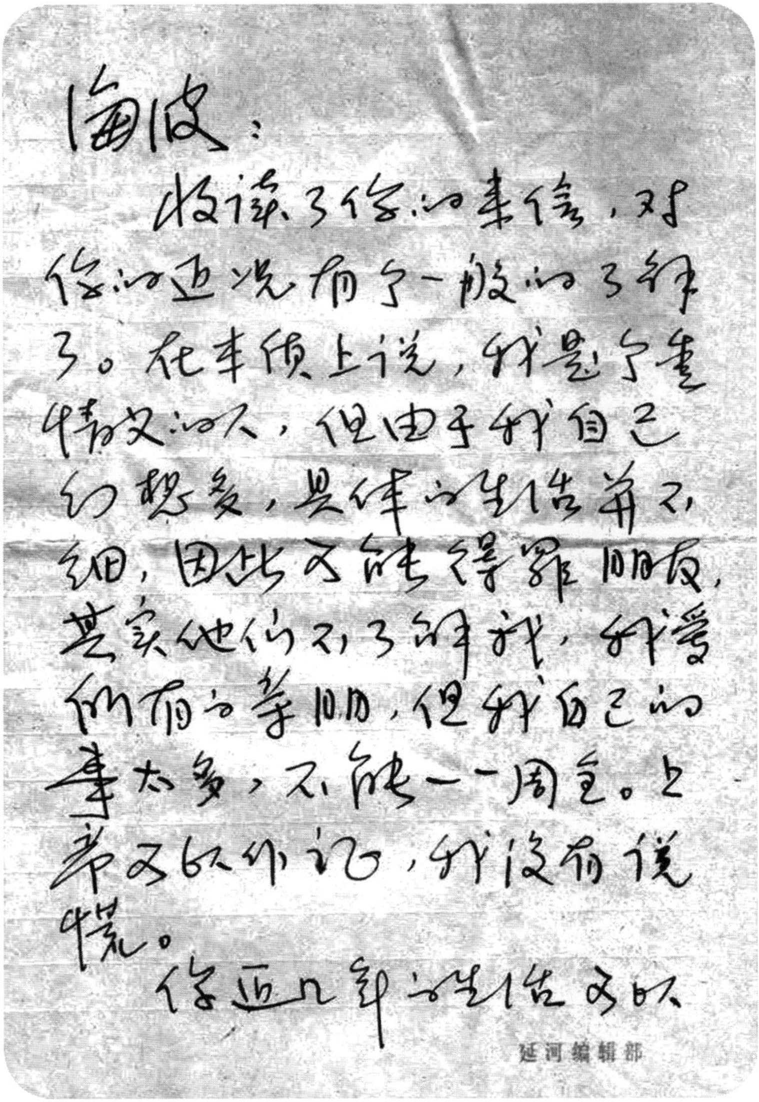

海波：

收读了你的来信，对你的近况有了一般的了解了。在本质上说，我是个重情义的人，但由于我自己幻想多，具体的生活并不细，因此可能得罪朋友，其实他们不了解我，我爱所有的挚朋，但我自己的事太多，不能一一周全。上帝可以作证，我没有说谎。

你近几年的生活可以

延河编辑部

路遥致海波的信（第五封）原件－1

谈恋爱上是非常的，克服了一部分粗犷性，希望能继续成熟起来。[redacted]你是一个可塑性很大的人，你要变好，就能变成一个精神上很优秀的人。

对生活的苦闷也是非常的，我虽未处在你的位置上，但完全能理解你。但不要学，只要把学生

延河编辑部

路遥致海波的信（第五封）原件 –2

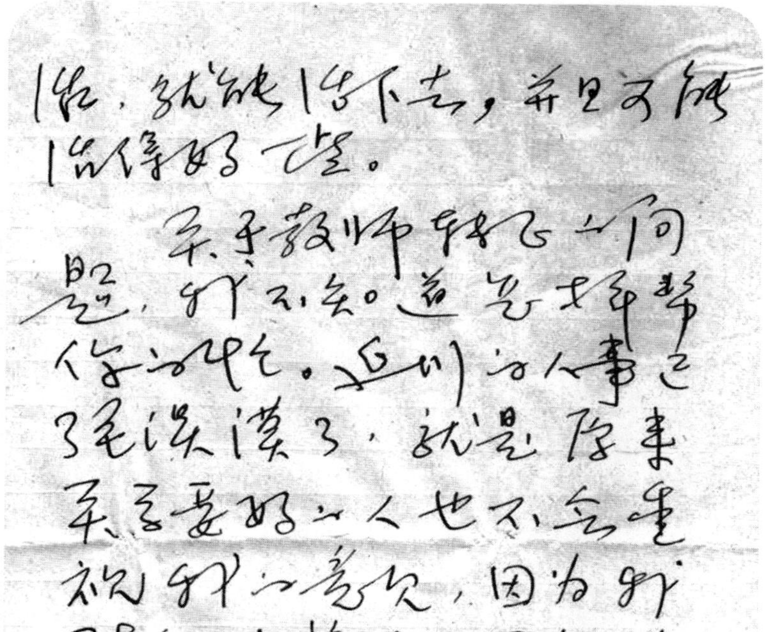

活，就能活下去，并且可能活得好一些。

关于教师转正的问题，我不会。道觉老师帮你说说。我对人事已经淡漠了，就是原来关系要好的人也不会重视我的意见，因为我对他们没什么用处，这一点你能够理解的。但我还可以写信，给谁写呢？请你自己打听清楚告诉我。

我这里一般情况都

延河编辑部

路遥致海波的信（第五封）原件－3

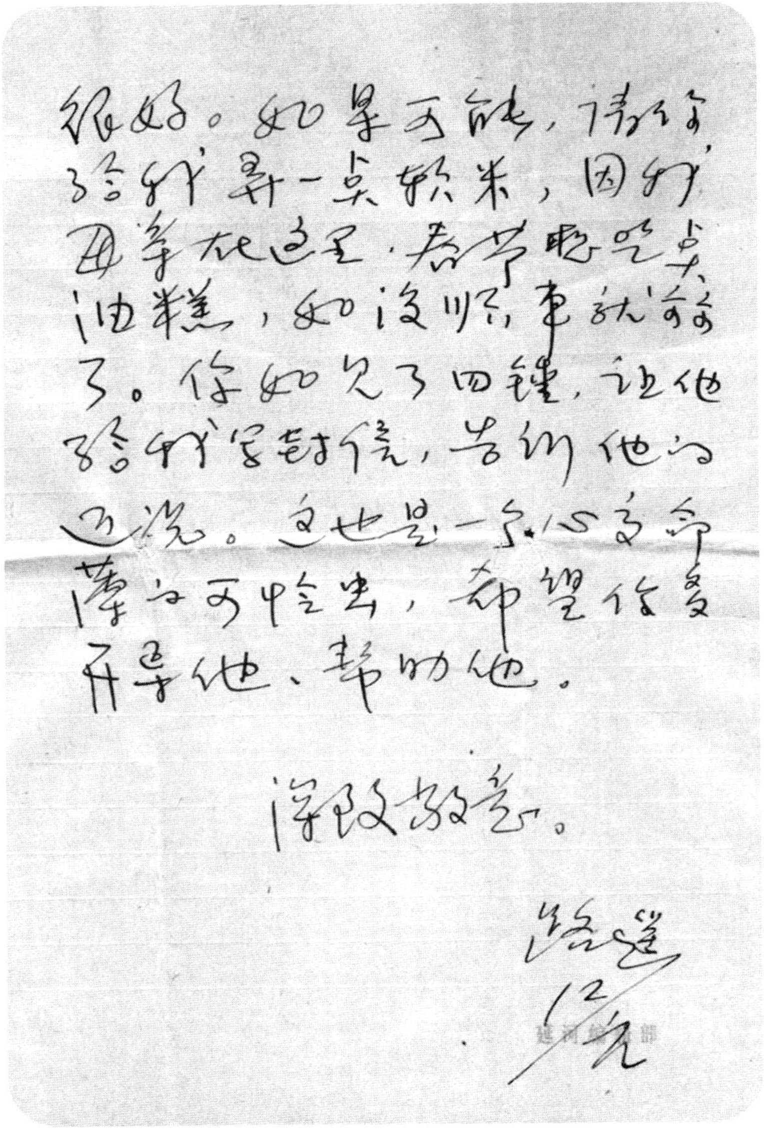
很好。如果可能，请给
给我弄一点粘米，因我
母亲在这里，春节想吃点
油糕，如没顺车就算
了。你如见了四锤，让他
给我写封信，告诉他的
近况。这也是一个心高命
薄的可怜虫，希望你多
开导他、帮助他。

深致敬意。

路遥
12日

路遥致海波的信（第五封）原件－4

第六封

海波：

收到你寄来的红枣及信、稿子。红枣我将慢慢吃，稿子及信当时就看了。枣子看来花钱不少，想寄钱，太少，难看，等到陕北再给你。信看了，知道了你目前的心境及生活状况。

先谈谈稿子。此稿目前显然不成熟，主要是艺术构思差，写的［得］较零乱、杂芜，没有感染力。短篇小说主要要抓住一个侧面，在一点上深入细致地写，才能达到一种好效果。另外，也有概念化倾向（总体意图上的）。此稿当然不能用，就退你了，请原谅。六月份你的小说题目我改成了《啊，妈妈》。前几天刚校对完，看来还不错。我们理论组的一位同志配了千把字的短评。第一次在正式文学刊物上发稿，还是较为排场的。

关于写作事业，我的概括看法是，先要正确理解人生，才能写好文章。你已快三十的人了，三十而立，相应地要完全成熟起来，不光能写点文章，（而且）要在整个社会生活中向公众表明，你已经是一个成熟的大人了。在社会生活中，要控制激情，在写作中要放纵激情，要正确地把二者统一在你的整个生活中。至于写文章，不要焦躁，沉住气努力，焦躁反而坏事。你可以这样想：我就是我，我不能离开我的条件和能力去设想我不能达到的事；另外，我要把这个“我”发挥到完全的程度，不浪费一点。这样，结果就是一百分。各人都有各人的一百分，各人的一百分决然不是等同的，对自己也要现实一些。你总的在进步着，但这是起码的，难道还能退步吗?

关于四锤的事，就那样办，到出了问题时再说吧。

我七月份开始休创作假，大概有四个月，到时我将回陕北来，但不一定在延川长住，因我有较大的创作计划，需要干扰少的地方争分夺秒完成。

我最近又完成了一部中篇小说，叫《1961年：在困苦中》(作者注：此小说发表时改名为《在困难的日子里》)，《当代》秦兆阳主编来信，觉得还不错，初步决定要在《当代》发表，可能到年底了。

我是非常忙的，许多事在交叉进行，紧张的程度是一般人难以想象的，一天只能有三四个钟头睡觉。真想到什么地方安安静静休息一半个月——

抽空写了以上的话，即兴式的，望谅解。

祝你运气好!

路遥

(1981年) 5月16日

又补：

我的中篇《惊心动魄的一幕》今天收到通知，已获全国优秀中篇小说二等奖。我23号动身去北京领奖（25号开大会)。这是一件对我绝对重要的收获。

因忙，就写这几句。

祝好!

路遥

(1981年) 5月17日

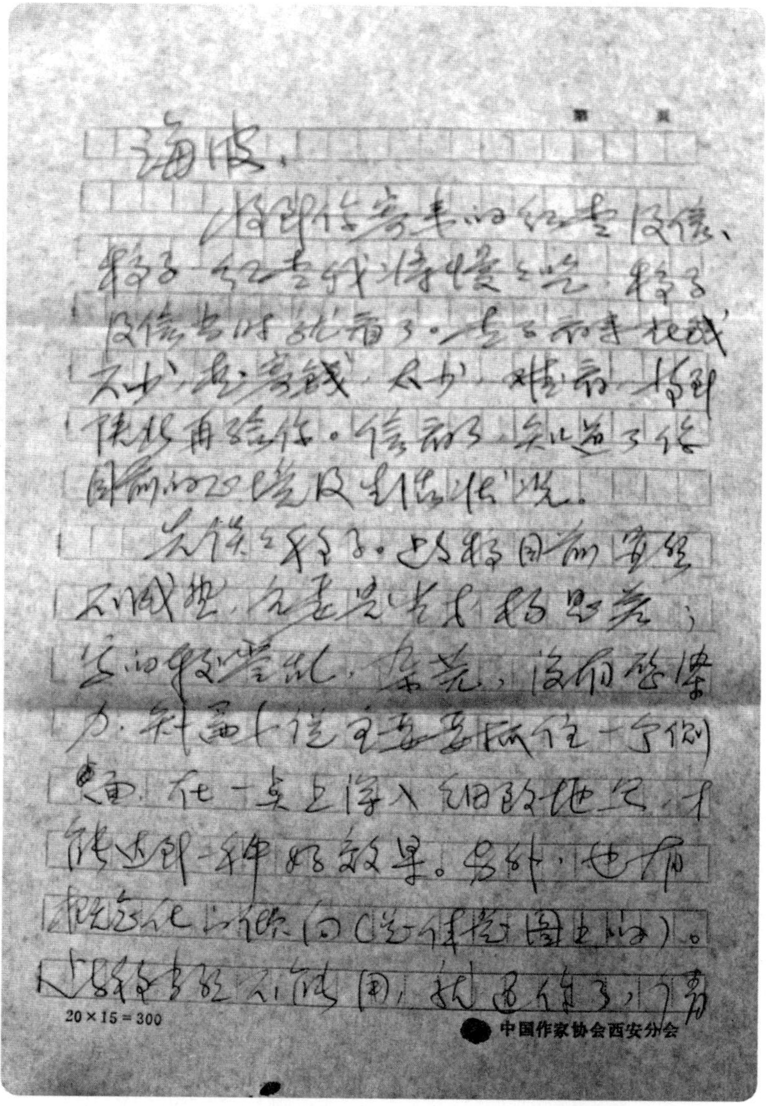
第　页

海波：

20×15=300

中国作家协会西安分会

路遥致海波的信（第六封）原件－1

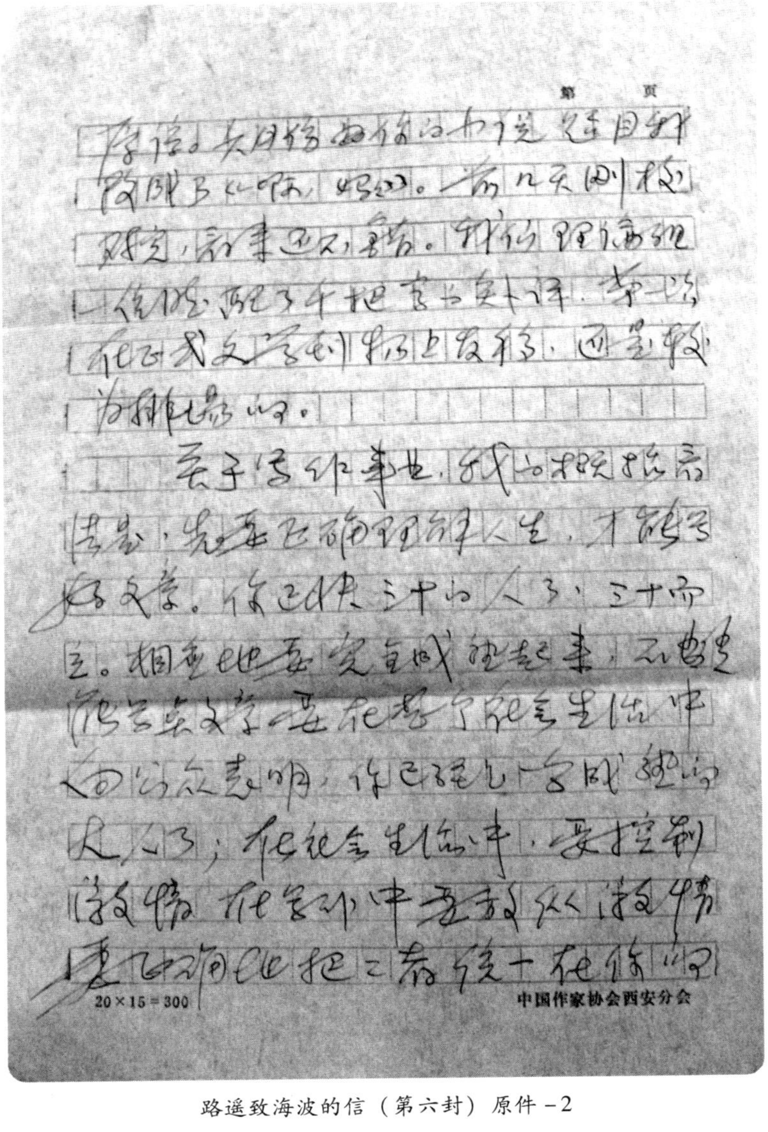

第　页

接信后，我即将你的小说送给目前较熟了的编辑，好的。前几天回来稿子，说来还不错。我们准备给他们说了年把当作重点，争取在西安文学刊物上发稿，还是较为稳妥的。

关于写作事业，我以为根本的是，先要正确地理解人生，才能写好文章。你已快三十的人了，三十而立。因此要安自成熟起来，不要总是作家文学要在个人生活中向公众表明，你已经是个成熟的人了；在社会生活中，要控制激情，在写作中要放纵激情，要正确地把二者统一在你的

20×15＝300　　中国作家协会西安分会

路遥致海波的信（第六封）原件－2

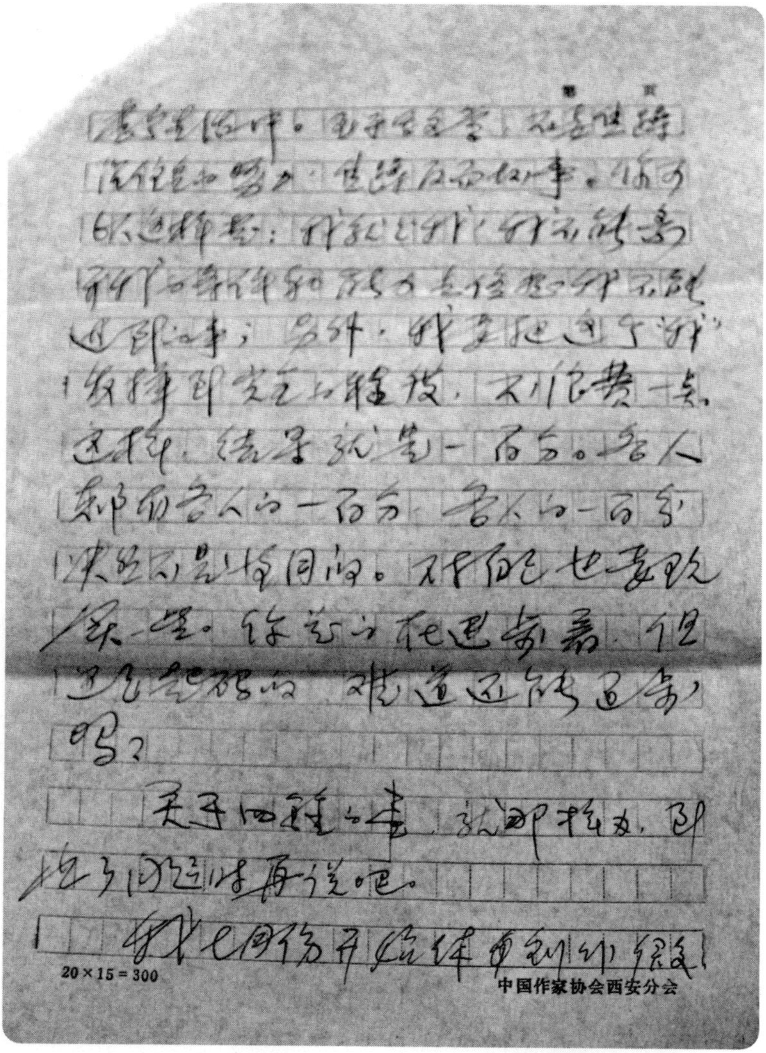
20×15=300

中国作家协会西安分会

路遥致海波的信（第六封）原件－3

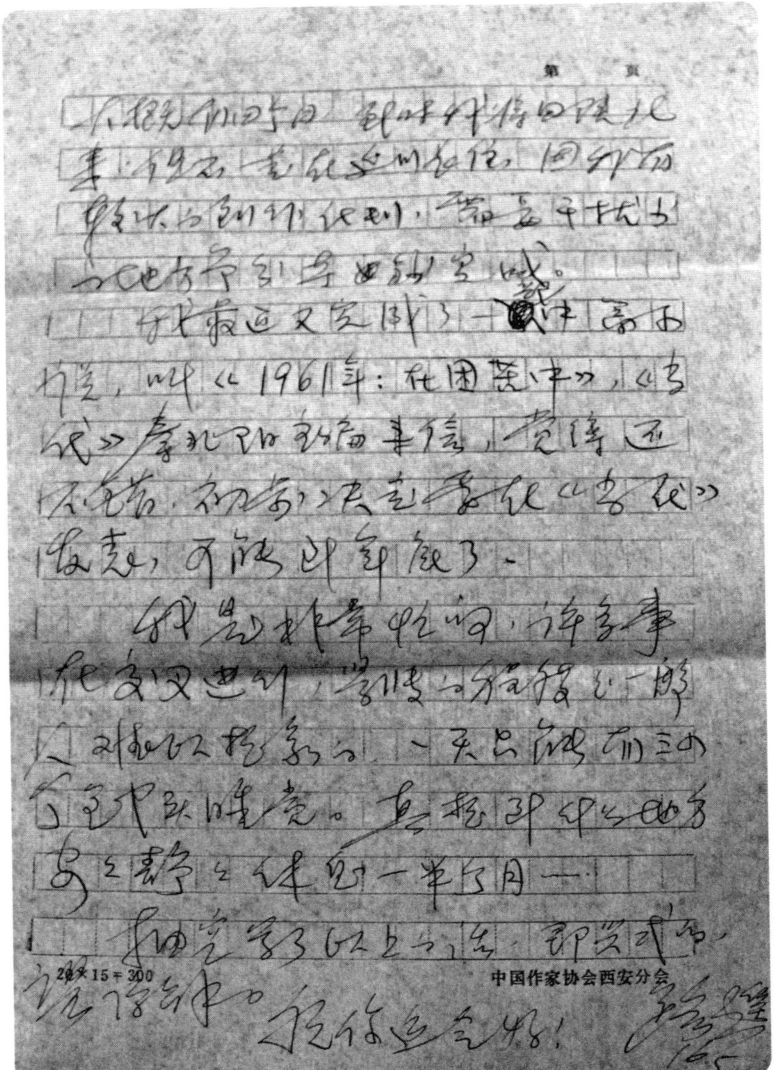
第 页

20×15=300

中国作家协会西安分会

路遥致海波的信（第六封）原件－4

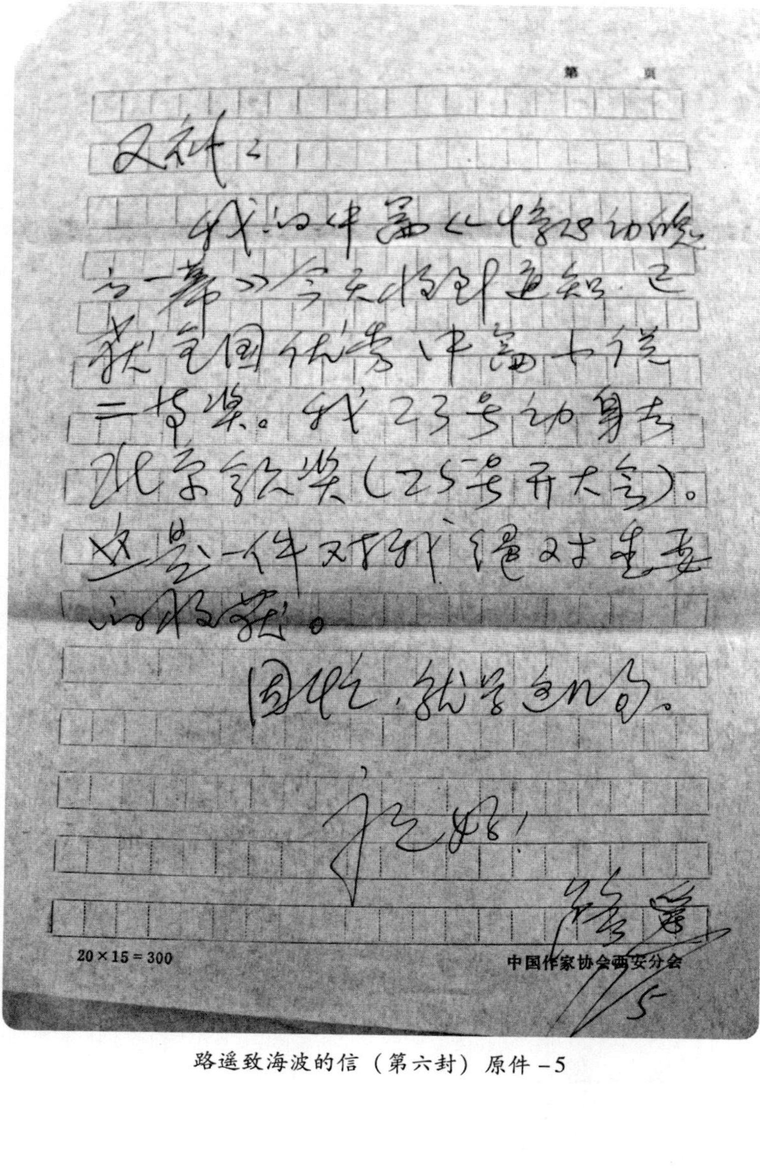

文祥：

我的中篇《惊心动魄的一幕》今天收到通知，已获全国优秀中篇小说二等奖。我23号动身去北京领奖（25号开大会）。这是一件对我们很及时重要的鼓励。

同时，祝你全家好。

握手！

路遥

5

20×15=300　　中国作家协会西安分会

路遥致海波的信（第六封）原件－5

第七封

海波：

《芳芳》一稿看来内涵不深，有做作的地方，结局牵强，不好用。我送审了一下，被刷下来了，因此退稿迟一点，请原谅。

我这几天就来陕北，先到甘泉，到时再看什么时间回延川。当然希望和你见一面。

祝好！

路遥

（1981 年）7 月 6 日

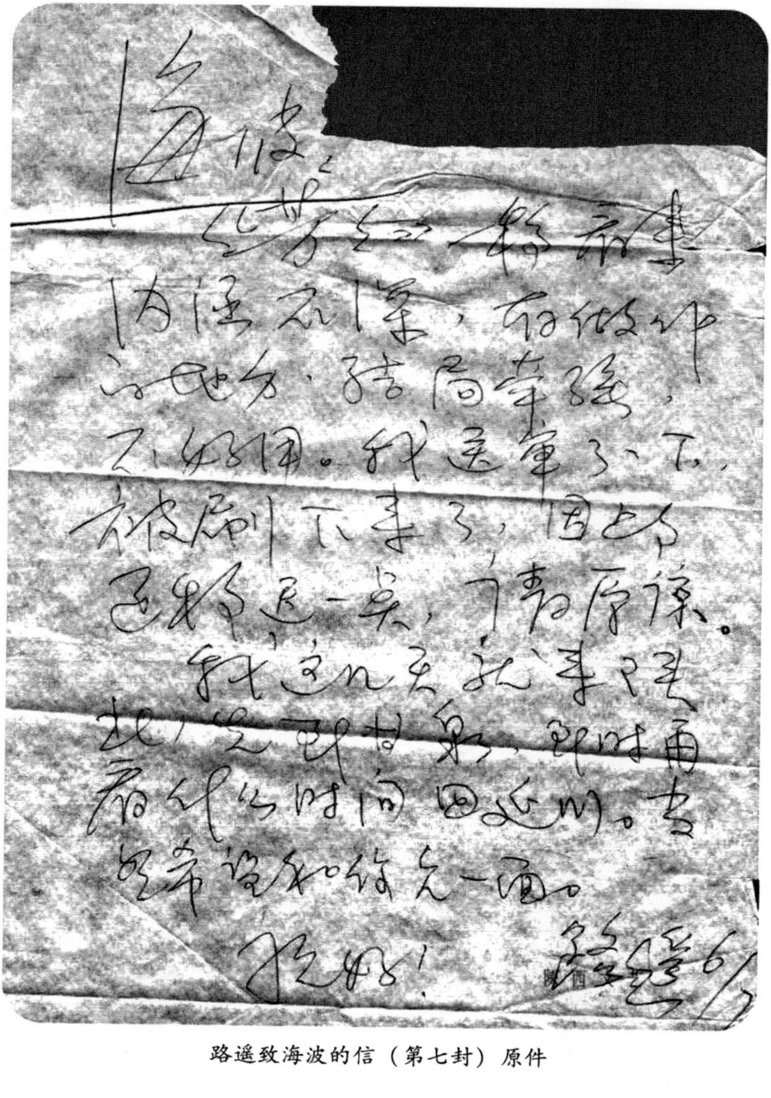

海波：

你的另一篇稿子，内容不错，有些修改的地方，结局草率，不好用。我还争了一下，被刷下来了，因这个[illegible]这一点，可望原谅。

我过几天就要陪[illegible]去甘泉，那时再看什么时间回延川。[illegible]说和你见一面。

握好！

路遥 6/7

路遥致海波的信（第七封）原件

第八封

海波：

上次延川匆匆几面，也没谈什么。其实，以前我们已经谈的［得］不少了，反正，我是就我知道的和认识到的，对你毫无保留。当然，就你所处的环境，要突破是较困难的，但只要努力，人间是没有什么东西能挡住人的发展的。有话请来信，寄上刊物一本。

路遥

（1981年）9月12日

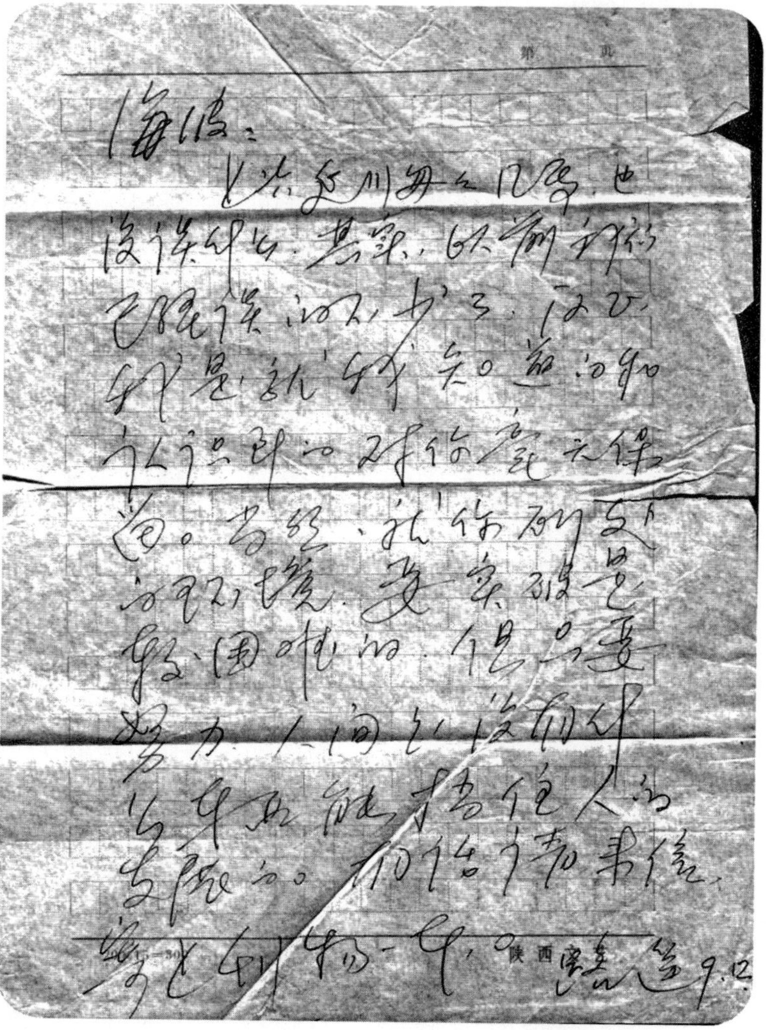

路遥致海波的信（第八封）原件

第九封

海波：

你好。

感谢你多方关照，你捎的东西都接到了。

我最近才上班，上班后即给你跑读书班的事，无奈管理读书班的同志最近出差，一直没回来，因此没办法商量。等回来后，我一定给你争取一下。此次读书班（我）打听了一下，十五个人，大部分都是在省及全国刊物上发过许多次文章的人，你能不能参加还是个问题。不过，我可以努力一下。

稿件我已经看过，看来还是简单和粗糙一些，缺乏文采，只是急急忙忙说明白一个事，细部及语言都苍白无力。稿件积压很多，即就是留作配稿也很困难，只得还退给你，请你寄《延安文学》试试。我是很愿意为你帮忙的，你自己也应创造一些条件。要想取得成功，就要收心务正，只有保持庄严的心境，才可能进入庄严的工作，也才可能取得成绩，这一切都是统一的。

有什么事请来信，我这方面的结果如何，将写信给你。

致敬！

路遥

（1981 年）10 月 31 日

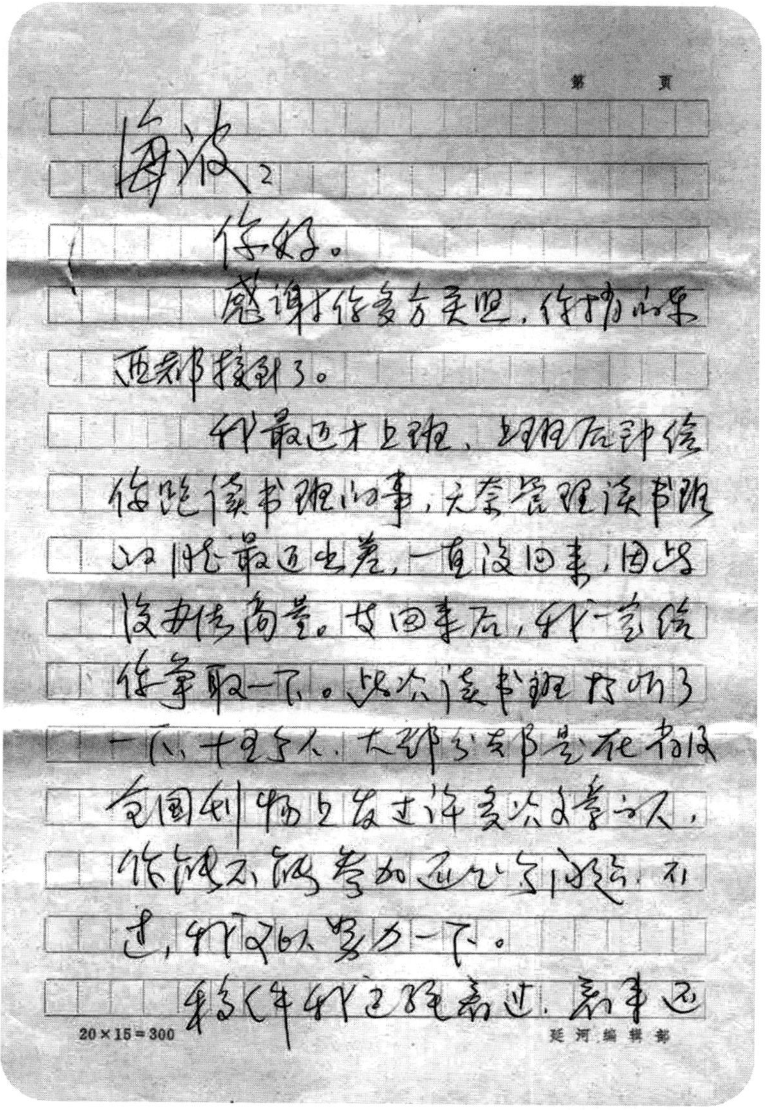

第　页

海波：

　　你好。

　　感谢你多方关照，你捎的东西都接到了。

　　我最近才上班，上班后即给你跑读书班的事，负责管理读书班的人最近出差，一直没回来，因此没办法商量。他回来后，我一定给你争取一下。此次读书班只招了一、二十个人，大都是在省级、全国刊物上发过许多次文章的人，你能不能参加还不好说。不过，我可以努力一下。

　　稿件我还没看过，最近

20×15＝300　　　　延河编辑部

路遥致海波的信（第九封）原件－1

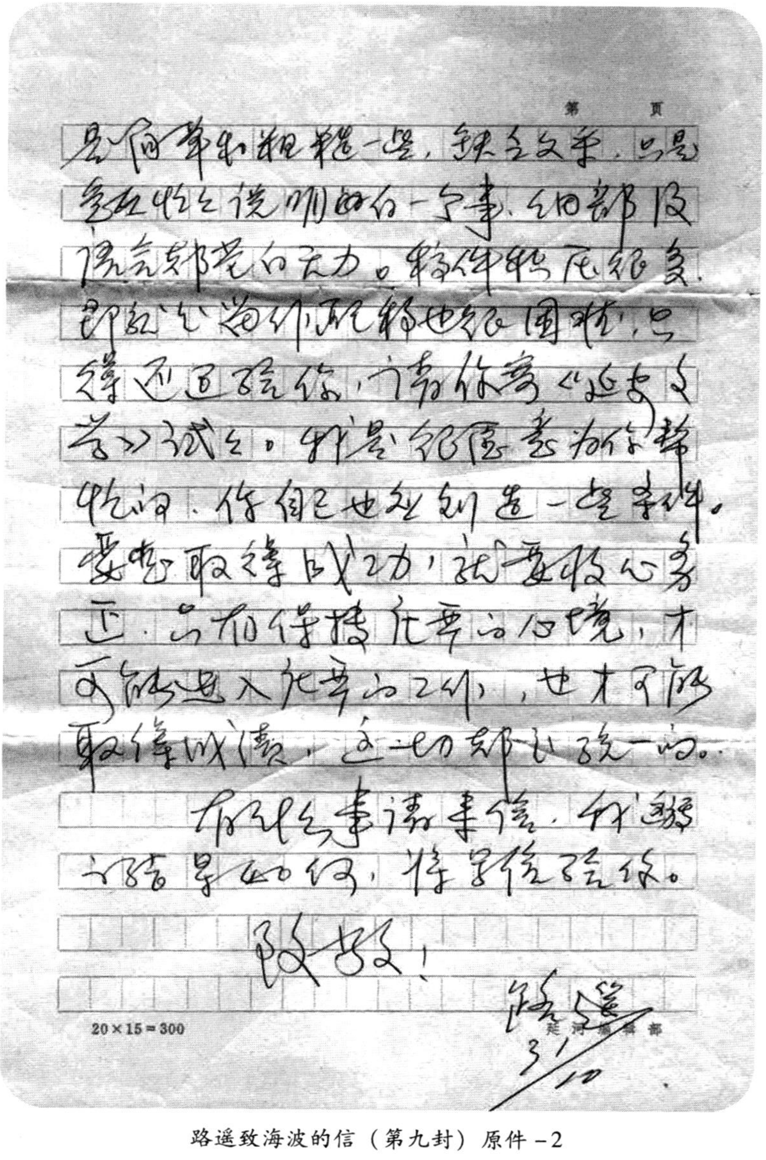

路遥致海波的信（第九封）原件－2

第十封

海波兄弟：

来稿来信均收读。我前几天去外地出差，回信迟了，请谅解。

稿子我看了，觉得比你以前进步了，但目前还不能够达到发表水平，望你继续努力。你有时选材还不错，只是匆忙完成了过程，深入考虑不够，一般很粗糙，叙述多于刻划，细节更差一些，作为小说，这些都是最要害的。我现要发稿，较忙，等闲一点，再详细写信给你。

多年来，我们诚心相交，友谊是会永生保持的，常不写信的原因仅仅是因为信不能表达多少思想和感情。我衷心地希望你能坚实地走一条有出息的生活道路，不断克服由于年轻而造成的许多荒唐。希望理性战胜你性格中不健康的情感，做一个优秀的现代人。我信任你。你是不应该垮掉的，应该合理地生活，合理地做人。

祝你日新月异。

路遥

（1981 年） 11 月 8 日

路遥致海波的信（第十封）原件－1

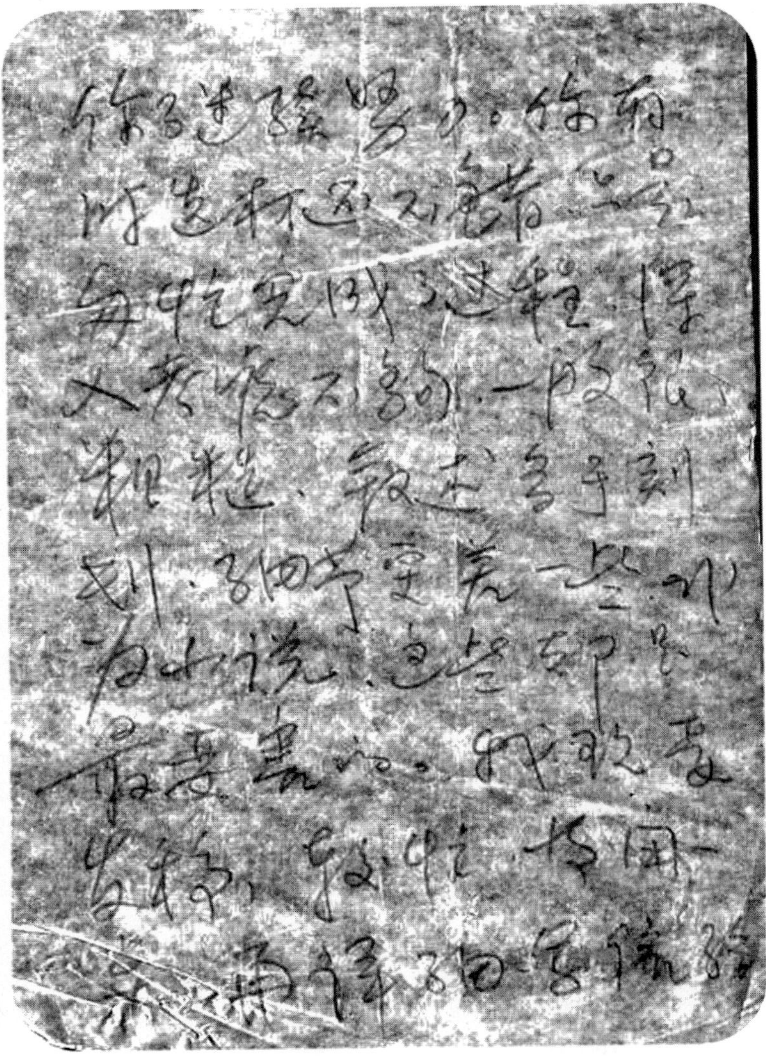

路遥致海波的信（第十封）原件 –2

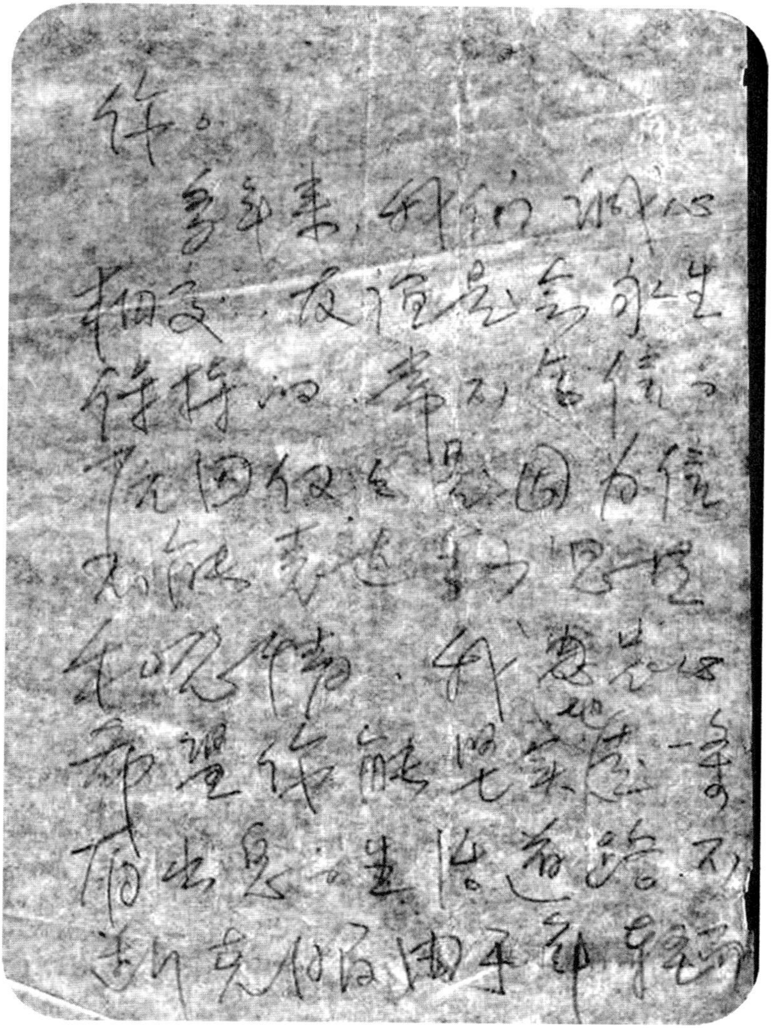

路遥致海波的信（第十封）原件 –3

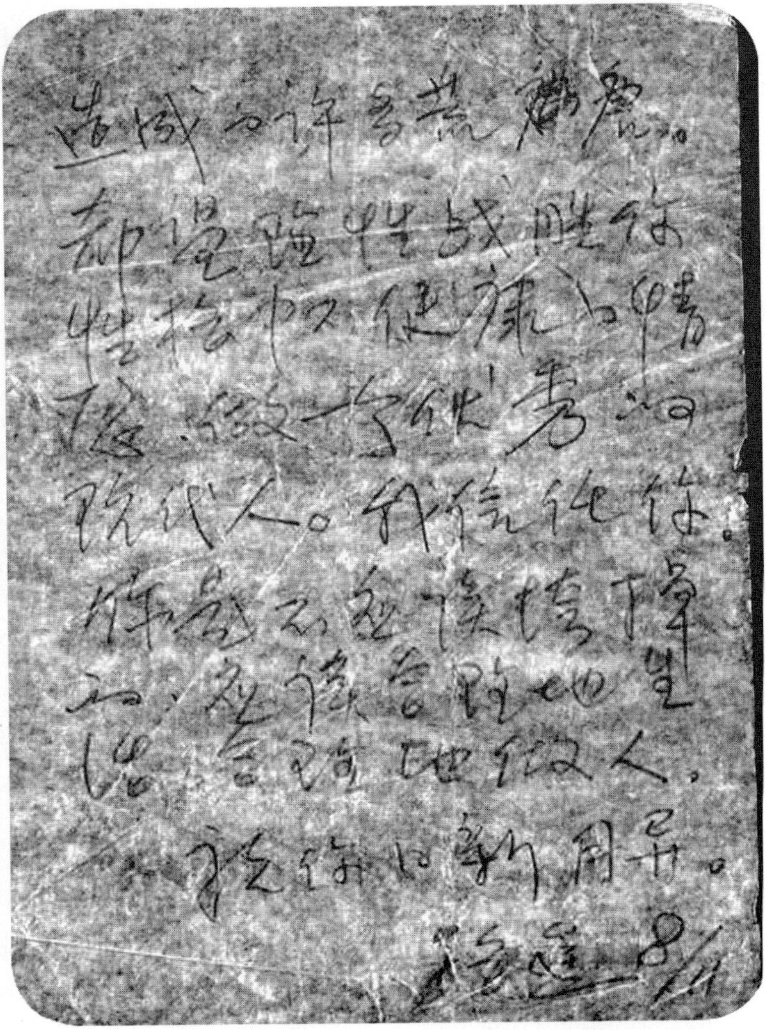

造成的许多悲剧。
都是理性战胜任
性格和健康的情
绪，做一个优秀的
时代人。我相信你。
你是会在以后的生
活里，会随时坚
强地做人。
祝你的新开始。
路遥 8/11

路遥致海波的信（第十封）原件 -4

第十一封

海波：

我前一段去北京中国青年出版社改那部中篇，才回西安，见你信。明年农历正月二十前后（大约），《延河》要开个新作者会（发过一篇东西的），到时一定让你参加，因我负责这个会。到时通知会发到县文教局，也会给你本人的，请事先到文教局打个招呼。另外，关于读书班，问了一下，在明年下半年才办（因房子问题），这一届将一定让你参加。

你若能搞点豆类（如豇豆、绿豆等），给我弄一点，鸡蛋恐怕不好带。这些主要是为孩子的。

我已被告知，今年上半年再带半年班，从下半年开始搞专业创作。

另告：我去年在甘泉（写的）那个中篇，中青社评价很高，已决定出版，并先在刊物上发表。另外二十一万字的中短篇集，上海已初步决定出版。如上帝保佑，不出什么差错，我今年将有两本书，共三十五万字问世。但我根本不满意这种结果，按我的情况，成绩应该更大些。没办法，只能长期努力，自己知道自己能吃几碗干饭。因不久见面，此信就终止了。希望得到你的回信，并打问一下四锤的情况，一并告我。这死小子常不给我写信。

祝好！

路遥

（1982 年）元月 11 日

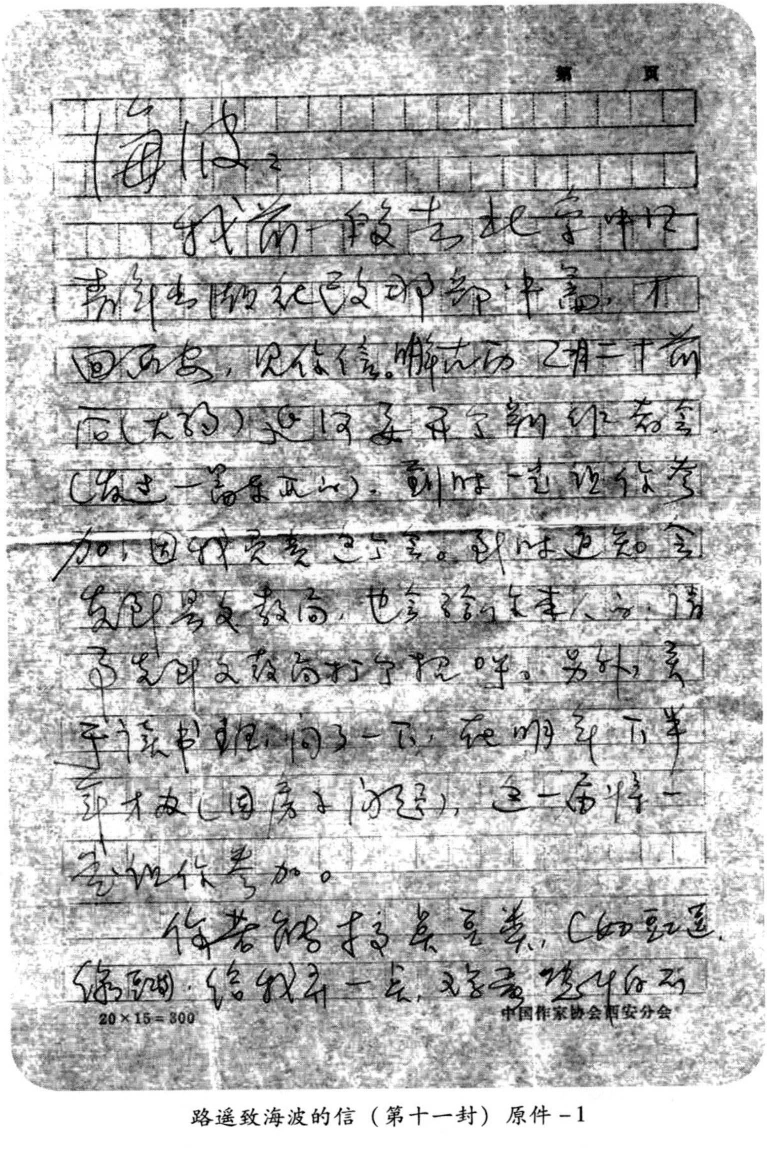
第 页

海波：

我前一段去北京中国青年出版社改那部中篇，才回西安，见你信。明年七月二十前后（大约）延河要开个创作会（或是一篇采风的）。到时一定让你参加，因我负责这个会。到时通知会发到县文教局，也会给县委人[illegible]。请事先到县文教局打个招呼。另外，青年作者讲习班我问了一下，在明年下半年才办（因房子问题），这一届将一定让你参加。

你若能将县里发表（如可以）的东西给我弄一点，或……

20×15=300 中国作家协会西安分会

路遥致海波的信（第十一封）原件 -1

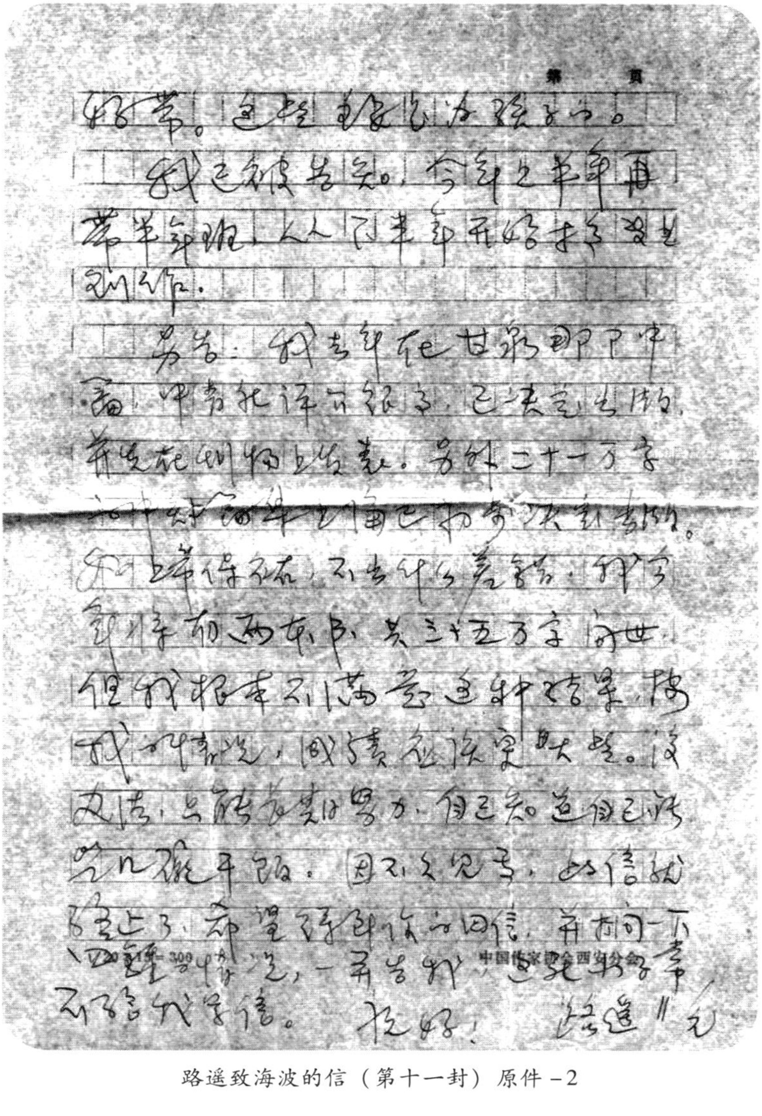

路遥致海波的信（第十一封）原件－2

第十二封

海波：

你好。

你的信收到了，东西也收到了，请你放心。所买东西需多少钱，望告知，当付上。不许打“埋伏”，因你还是社员，我的经济情况总要比你好。

上次去信谈及愚弟之事，蒙你认真对待了。此事目前可能没什么问题吧（因刚去），我很久也未收到四锤的信，不知他的情况如何。如到时有什么困难出现，务请努力挽救。

关于学习班之事，这期已结束，下期如何办，可能主席团要开会研究。有人提出下期专办理论人员学习班，现未定。等定后，我再根据情况做工作。如学习班如期办下去，你今年来学习一期看来问题不大。我在此机会说话还是有点威信的。

我元月六号回到西安，此次出去，走了不少地方：武汉，坐船下长江，上庐山，到武［南］昌等，厦门完了，到上海，然后坐飞机回来的，共有一月左右。诸方面的工作都很忙乱，生活节奏非常紧张，已经到了骑着驴寻驴的地步了。现在好在年富力强，正值工作之年，吃苦受累是当然之事。

你多年寡居乡间，一直没有丧气，经常努力追求，这是很叫人高兴的。人活一口气，当然经常需要精神安慰。如果我能在精神上给予你一点什么，这是我很宽慰（的事）。望节制、自爱、进取，不断完善自己的生活观。

你应和四锤联系一下，经常能知道他的一些大的方面的现状。请给予这个人朋友式的关怀，不要叫他走到邪路上去。如他的这个本来就不牢靠的工作有了动摇，请不择手段予以拒止……

好了，东拉西扯，加之忙，写的［得］很草率，请原谅。希望见到你的信！

祝好！

路遥

（1982年）1月17日

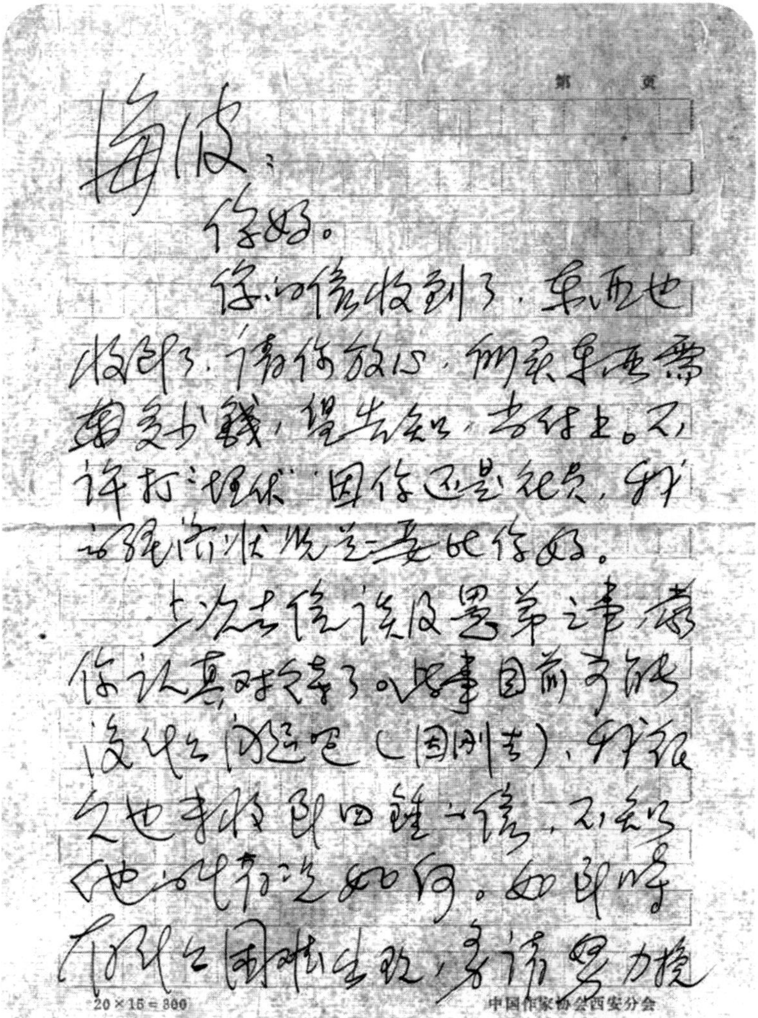
第　　页

海波：

你好。

你的信收到了，东西也收到了。请你放心，所买东西需要多少钱，望告知，去补上。不许打埋伏，因你还是社员，我的经济状况总要比你好。

上次去信谈及黑弟之事，希你认真对待了。此事目前可能没什么问题吧（因刚去），我和父也未收到四妹一信，不知他的情况如何。如那时有什么困难发生，当请罢力援

20×15＝300　　中国作家协会西安分会

路遥致海波的信（第十二封）原件 –1

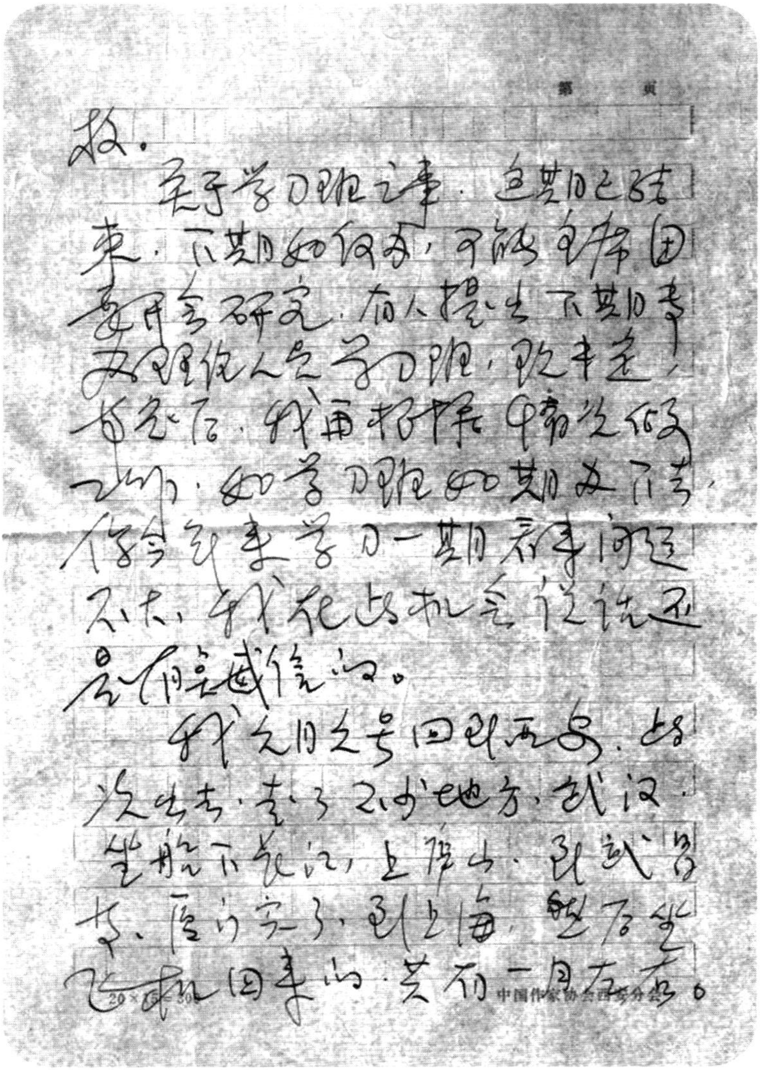

第 页

校。

关于学习班之事，这期已结束，下期如何办，可能由本团委开会研究，有人提出下期专办理论人员学习班，[illegible]了。我再根据情况作些工作。如学习班如期办下去，你今后来学习一期，看来问题不大。我在找机会[illegible]。

我九月五号回到西安，此次出去，去了不少地方，武汉坐船下长江，上庐山，[illegible]，到上海，然后坐飞机回来的，共有一月左右。

20×15=300 中国作家协会西安分会

路遥致海波的信（第十二封）原件 -2

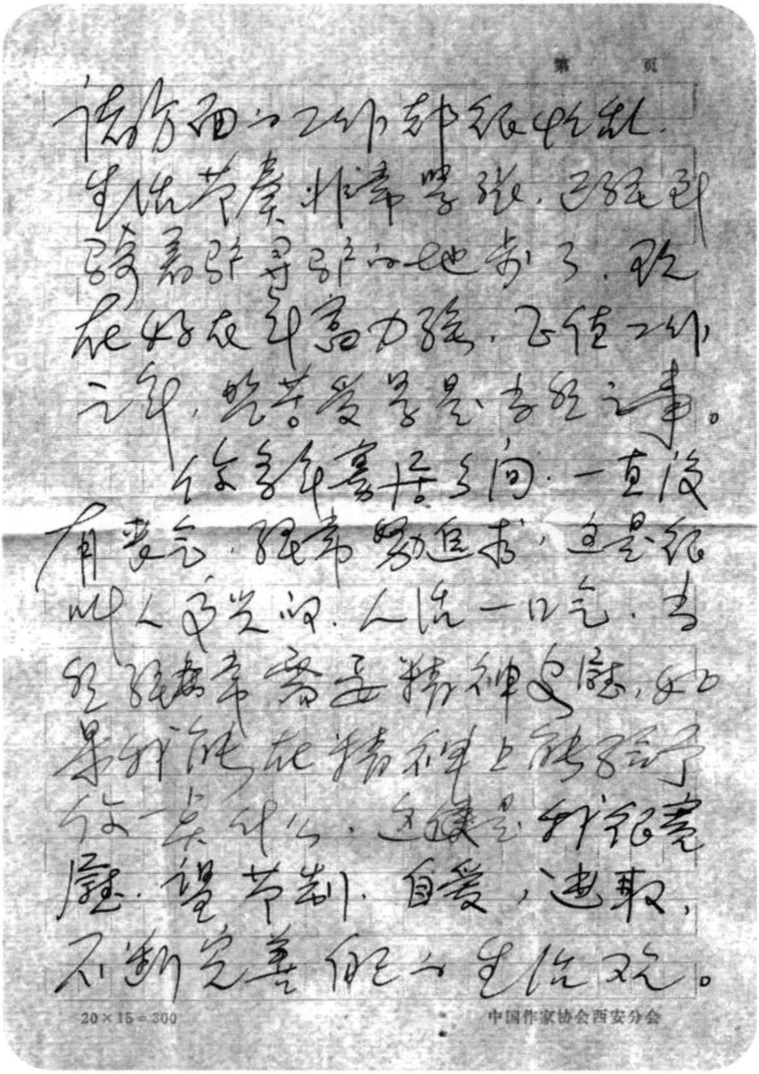
第　页

20×15=300

中国作家协会西安分会

路遥致海波的信（第十二封）原件－3

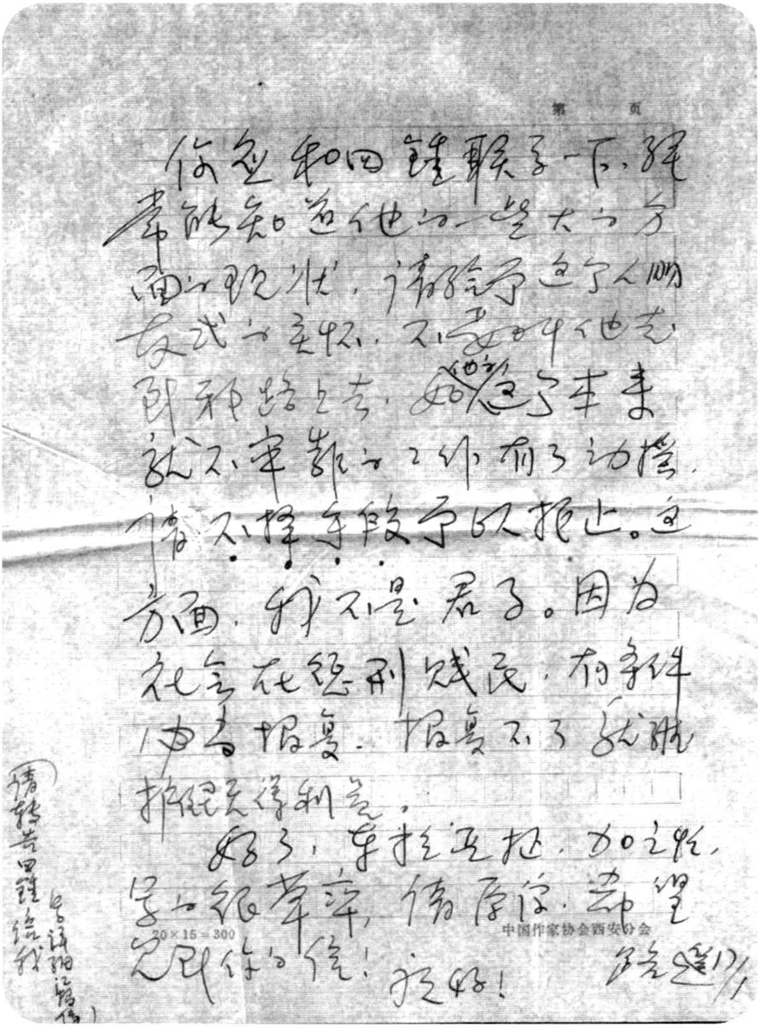
第　页

你急和田鍵联系一下，经常能知道他的一些大的方面的现状，请转告这个人聪明方式的关怀，不要叫他走那种路上去，如果他这样，本来就不牢靠的工作前景动摇，情不择手段予以拒止。这方面，我不是君子。因为社会在惩罚贱民，有条件也要报复，报复不了就能摧毁宝贵利益。

好了，草草写此，加之忙，写的很草率，请原谅。希望见到你的信！

握好！

路遥 17/1

20×15=300　　中国作家协会西安分会

（请转告田鍵给我 另写回信）

路遥致海波的信（第十二封）原件 -4

第十三封

海波：

你的稿件已决定在《延河》六月号“处女地”栏发表，并同期配发一篇一千字的短评（由编辑部评论组的一位同志写），特此通知。对于初学者来说，这一步是相当要紧的。为此，我已经尽了自己的力量。愿你认真努力，争取再大一点的成功。我从五月号（实际工作从现在起）已负责小说散文组的发稿工作，忙是不必说的。七月到十月底（四个月）是我的创作休假，到时可能还要回陕北，见面再深谈。请来信告诉你的情况……

祝好！

路遥

（1982 年）3 月 6 日

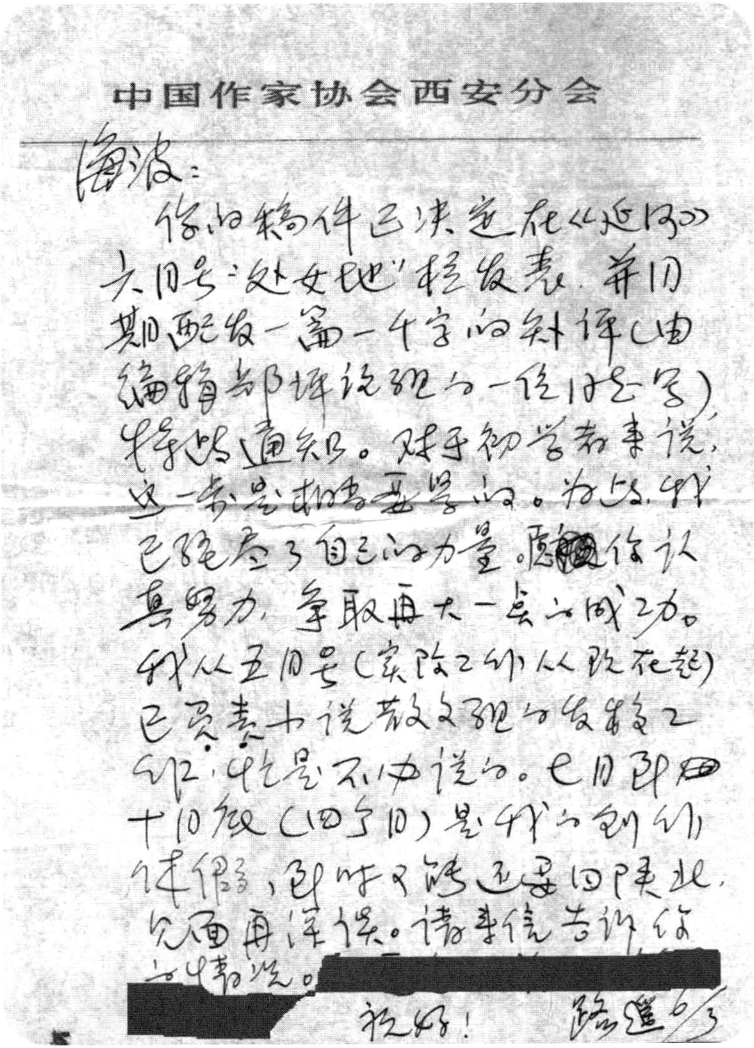

中国作家协会西安分会

海波：

你的稿件已决定在《延河》六月号"处女地"栏发表，并同期配发一篇一千字的短评（由编辑部评论组的一位同志写）特此通知。对于初学者来说，这一步是相当重要的。为此，我已尽了自己的力量。愿你认真努力，争取再大一点的成功。

我从五月号（实际工作从现在起）已负责小说散文组的发稿工作，忙是不必说的。七月到十月份（四个月）是我的创作休假，到时可能还要回陕北，见面再详谈。请来信告诉你的情况。[redacted]

[redacted] 祝好！

路遥 6/3

路遥致海波的信（第十三封）原件

第十四封

海波：

你来去匆匆，未能详谈，以后还有机会。望努力工作，一定要站住脚。

宝鸡文创室主任蒋金彦同志苦心经营了一部中篇，叫《儿女强》。请你一定设法将此稿在你们刊物发一下，如需修改，也可请他去青海。金彦是我多年的朋友，他身体不好，搞一部作品也不容易。

我不久即外出，没什么大事，就不写信了，争取在青海见面。

祝好。

路遥

（1985 年）5 月 14 日

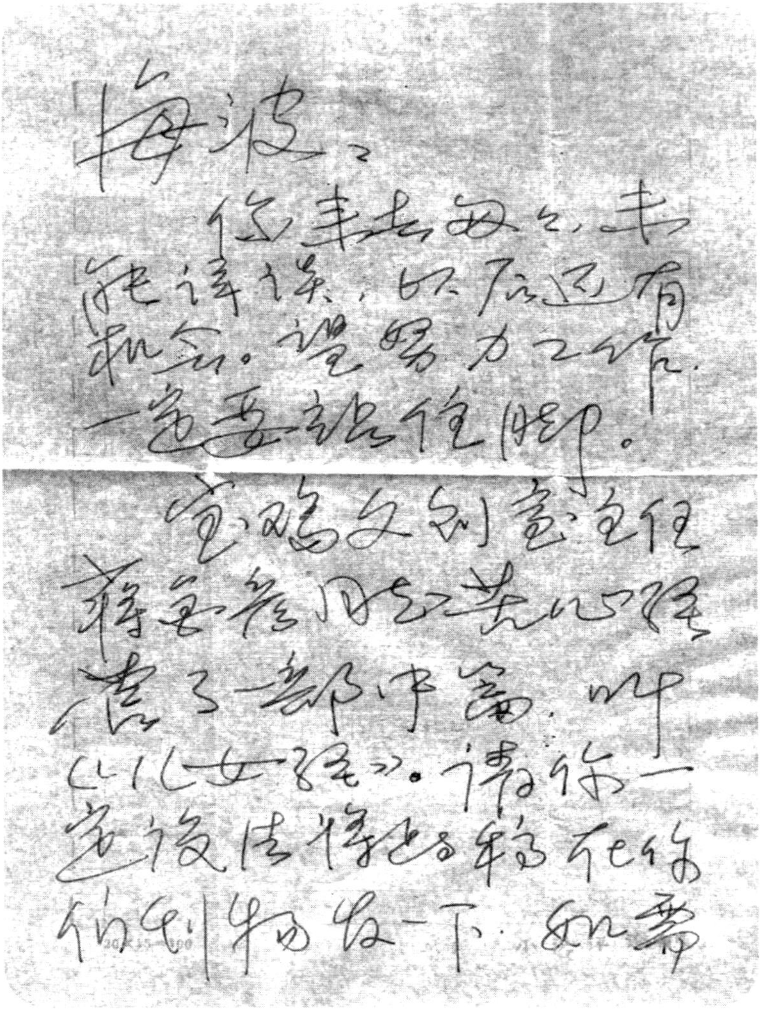

海波：

你来去匆匆，未能详谈，以后还有机会。望努力工作，一定要站住脚。

宝鸡文化局副主任蒋金彦同志是我好朋友，他写了一部中篇，叫《儿女情》。请你一定设法将此稿在你们刊物发一下。如需

路遥致海波的信（第十四封）原件－1

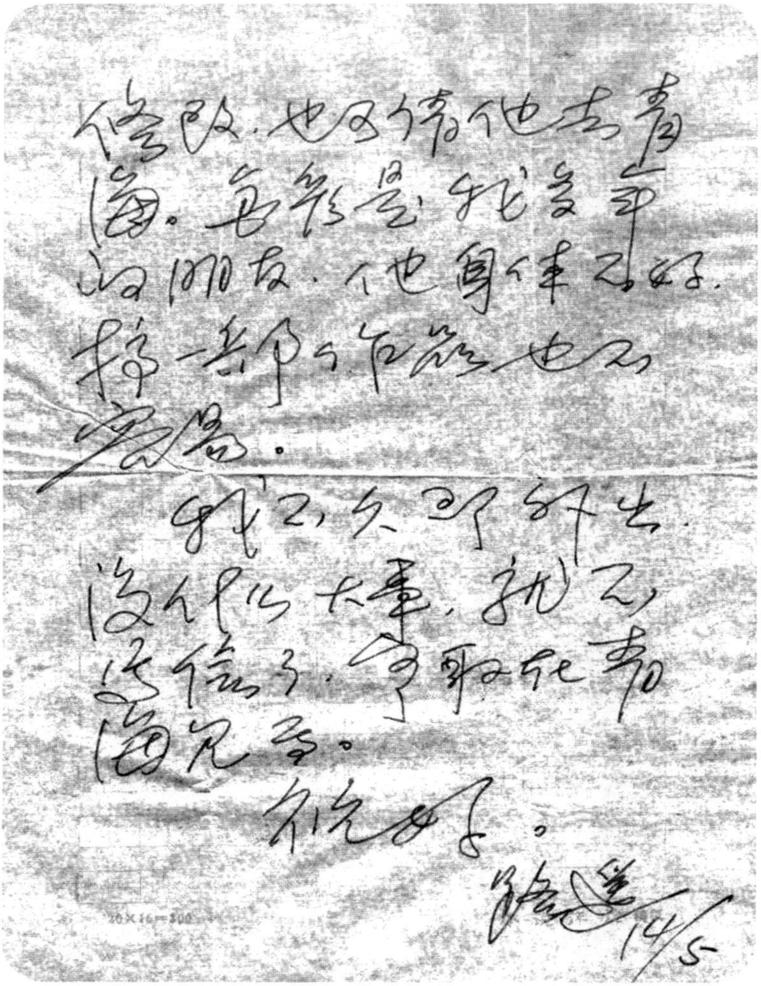
修改，也可请他去青海。乌热是我多年的朋友，他身体不好，接一部分任务也不容易。

我们又可能出没什么大事，就不送信了。争取在青海见面。

祝好。

路遥
14/5

路遥致海波的信（第十四封）原件－2

第十五封

海波：

序已写好，托雨果捎你，你请抄一下，将原稿留我。

需要发表一下吗？

路遥

（1989 年）5 月 4 日

（作者注：这是路遥给我拟出版的小说集《农民儿子》写序言后，托人捎时写的便条。信中提到的雨果，指著名摄影家柏雨果。我的这个小说集因故当时没有出版。）

路遥给海波拟出版的小说集《农民儿子》写的序言

海波和我是同乡，又是同学，少年时期一块在故乡陕北延川的城关小学、县立中学读书。那时我们都属家境极端贫苦的农民子弟，活像一对乞丐，除过内心的尊严，几乎一无所有。以后，海波的道路尤为艰难，年复一年为起码的生存而在凄风苦雨中不停奔波。一般人在他的情况下，怕早已垮掉了，但顽强的海波没有听凭于命运的摆布，他内心的理想之火一直在熊熊燃烧。这本凝结着他血泪的小说集就是他人生态度的一个证明。

正如本书中那个中篇小说的篇名一样，海波是纯粹的农民的儿子。他的全部小说都散发着一股土腥味。我们读他的小说，简直就是在读生活本身。我们也看出，他对土地和农民有着一种近似偏执而狂热的激情，这同时造成了他作品的非凡品格和重大不足。是的，一个人的财富也可能就是他的负担。

总之，海波是一位悲怆的诗人。在我看来，即是他用嘶哑的嗓门所发出的吼喊，也要比许多无病者矫情的呻吟更能拨动人心灵的弦索。

1989 年 4 月 1 日

西影大酒楼

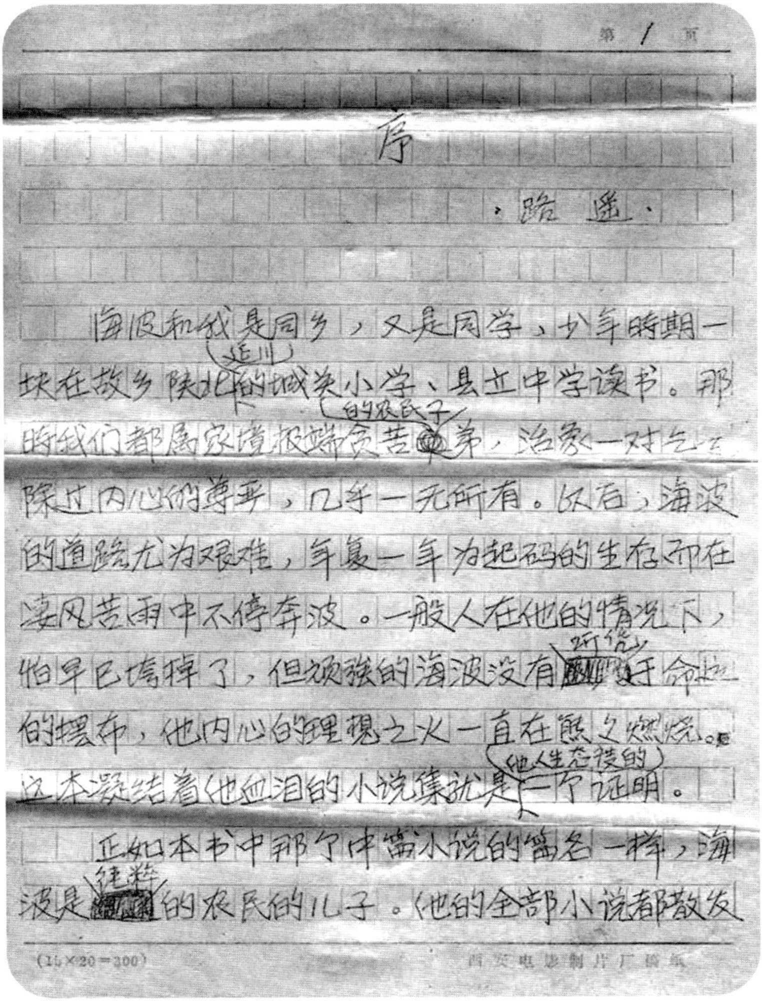

第 1 页

序

·路遥·

海波和我是同乡，又是同学，少年时期一块在故乡陕北延川的城关小学、县立中学读书。那时我们都属家境极端贫苦的农民子弟，活象一对乞丐除过内心的尊严，几乎一无所有。以后，海波的道路尤为艰难，年复一年为起码的生存而在凄风苦雨中不停奔波。一般人在他的情况下，怕早已垮掉了，但顽强的海波没有[redacted]听凭于命运的摆布，他内心的理想之火一直在熊熊燃烧。这本凝结着他血泪的小说集就是他人生态度的一个证明。

正如本书中那个中篇小说的篇名一样，海波是纯粹[redacted]的农民的儿子。他的全部小说都散发

(15×20=300)　　西安电影制片厂稿纸

路遥为海波拟出版的小说集《农民儿子》写的序言原件（片断）

路遥为海波工作事致孟伟哉信

老孟：

您好。

上次冒昧用电话打扰您，实在对不起。和您短暂接触几次，觉得您是一个胸怀宽阔和目光远大的人，因此作为晚辈可以和您率直对话。这种率直丝毫不影响内心对您的敬重……

我初中时的同学海波，多年一直热爱文学，并在很艰难的生活条件下坚持不懈，也发过一些东西。因此，不久前地区（延安）破格招工。（他）本人则向往到青海去工作和生活，求我作一介绍。青海我没熟人，突然想到了您，便冒昧将他介绍来，看您是否能给予安排。这要根据您的情况来决定，千万不要为难。有关他的情况，由（他）本人向您面述。

我去年一年参加整党，基本没写什么。准备写长篇，但准备极不成熟，看来很为艰难。我已听说您组织创办了《现代人》杂志，我一定设法支持这个刊物。如无意外，我准备夏天去一趟青海，因为我正有一个有关青海的写作想法（一个中篇），到时再去拜访您。同时欢迎您来西安作客。您如在陕西有什么事需帮忙，请您打招呼，一定全力以赴。

顺致

崇高的敬意！

路遥

1985 年元月 29 日

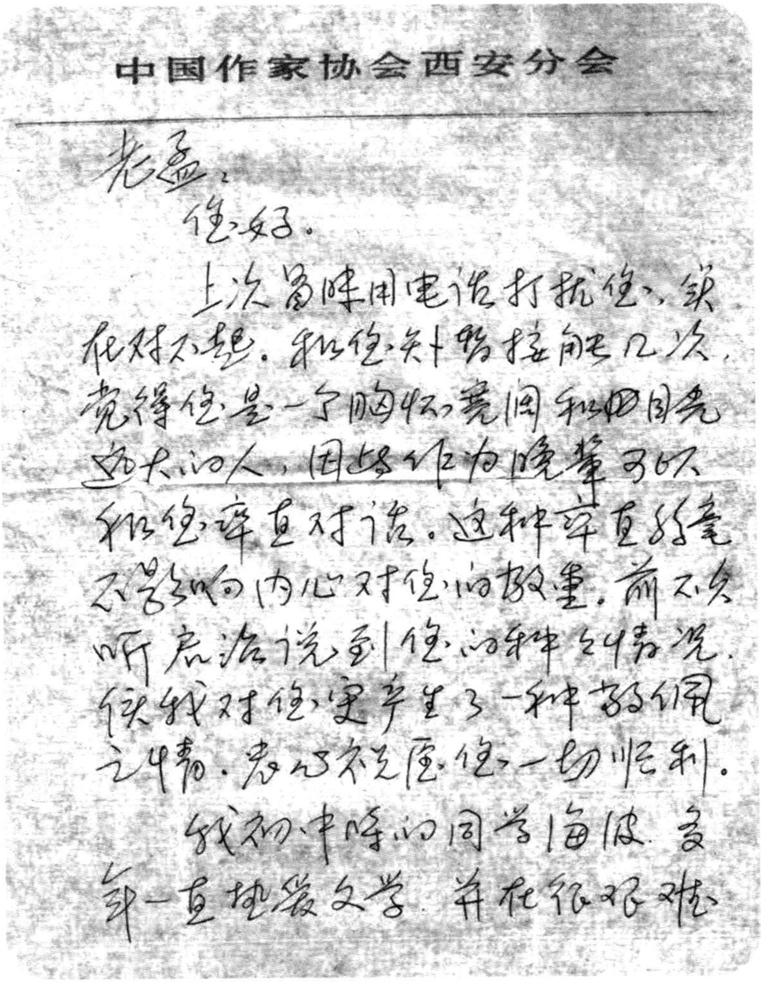

中国作家协会西安分会

老孟：

您好。

上次冒昧用电话打扰您，实在对不起。和您虽只接触几次，觉得您是一个胸怀宽阔和目光远大的人，因此作为晚辈可以和您率直对话。这种率直丝毫不影响内心对您的敬重。前不久听启治说到您的种种情况，使我对您更产生了一种敬佩之情。衷心祝愿您一切顺利。

我初中时的同学海波，多年一直热爱文学，并在很艰难

路遥为海波工作事致孟伟哉信原件－1

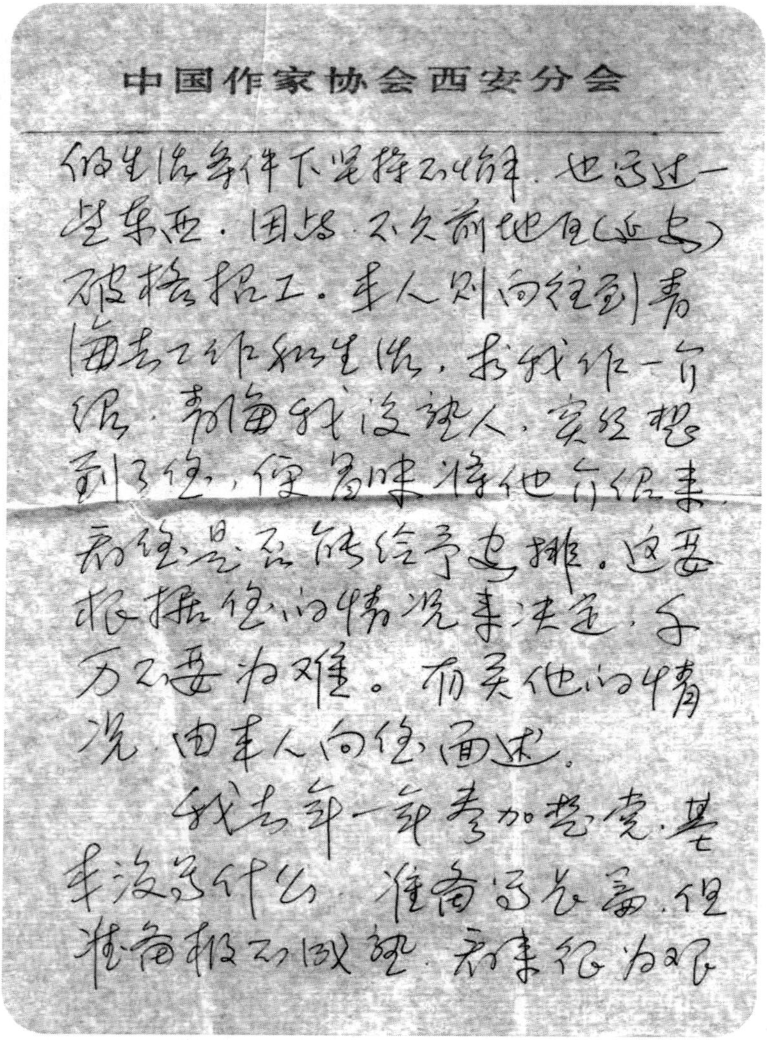

中国作家协会西安分会

的生活条件下坚持不懈，也写过一些东西。因此，不久前他在（延安）破格招工。本人则向往到青海去工作和生活，求我作一介绍。青海我没熟人，突然想到了您，便冒昧将他介绍来。看能否给予安排。这要根据您的情况来决定，千万不要为难。有关他的情况，由本人向您面述。

我去年一年参加整党，基本没写什么，准备写长篇，但准备很不成熟，看来很为艰

路遥为海波工作事致孟伟哉信原件 –2

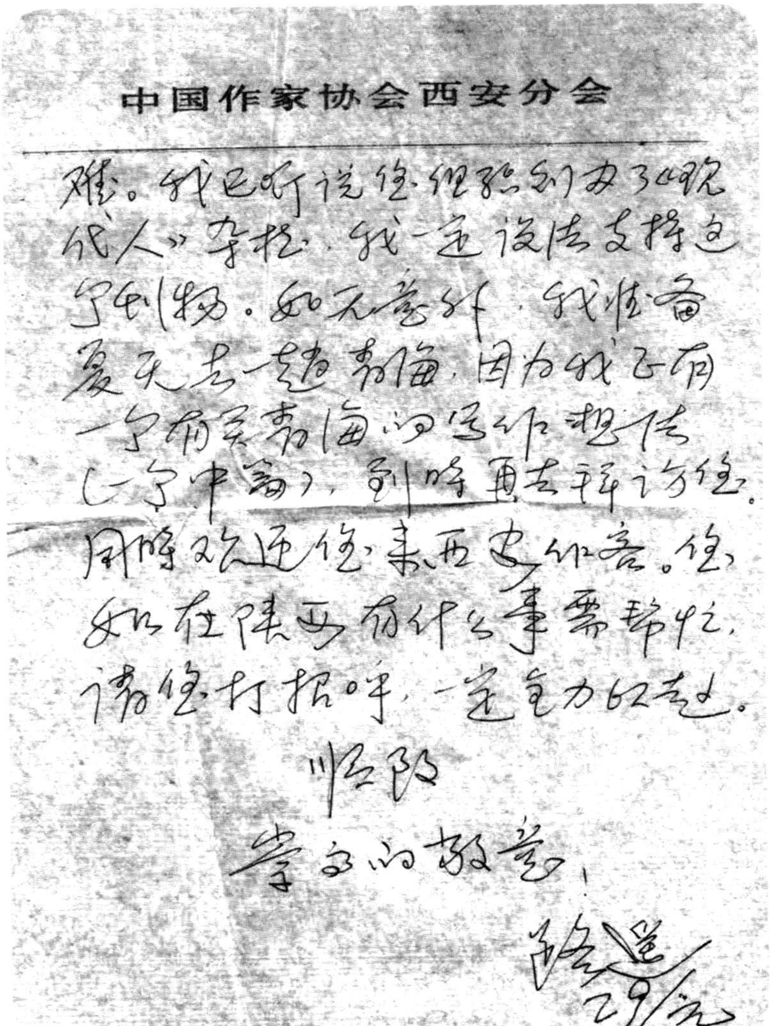
中国作家协会西安分会

难。我已听说您组织创办了《跨世纪代人》杂志，我一定设法支持这个刊物。如无意外，我准备夏天去一趟青海，因为我正酝酿一个有关青海的写作想法（一个中篇），到时再去拜访您。同时欢迎您来西安作客。您如在陕西有什么事需帮忙，请您打招呼，一定全力以赴。

顺致

崇高的敬意！

路遥

29/元

路遥为海波工作事致孟伟哉信原件 –3

后　记

这本书我构思了好久，提笔开始了不下十次，但都没能写下去。写不下去的原因不是因为没得写，而是能写的太多；不是对路遥不熟悉，而是对他太熟悉。陕北有一句熟语：“提灯的人是瞎子。”这和我写这书时的感觉差不多。偶然见了一个人，只要这人稍有特点，人们就能说出他的模样来，大都不会离了大谱；但，谁能很准确地说出自己亲人的模样呢？即便说出又有几分像呢？为什么说不出，因为太熟悉。如果出这样一个题目让人回答：什么东西对你最重要？孩子会说奶汁或者奶粉，成年人会说水和粮食，很少人会记起阳光和空气来。为什么？因为阳光和空气太无私，对人的服务太周到，无私和周到到让人忘记它存在的程度。

本书曾以《我所认识的路遥》为书名在长江文艺出版社出版过，此次为修订补充后重新出版。

我对路遥很熟悉，路遥对我很关心，这是我写这本书的基础，同时也是我写好这本书的最大障碍。在整个写作过程中，我基本上是一个“提着灯的瞎子”，凭着感觉探脚而行，所以难免有这样那样的不足、不到乃至不确，希望知情者指点、阅读者明察。

感谢北京师范大学赵勇教授的热情推荐，他的序言令本书增色颇多，感谢责任编辑向继东和古海阳的精心策划和精细编辑，感谢所有支持和鼓励过我的人。

海　波

2010 年 6 月 15 日—8 月 5 日写于长安

2017 年 12 月—2018 年元月修订